UN SECRET REBELLE

LA LIGUE DES REBELLES
TOME VIII

LAUREN SMITH

Traduction par
VALENTIN TRANSLATIONS

Traduction par
ANGELIQUE MOREAU

Titre original : His Wicked Secret – Copyright Lauren Smith

Traduit de l'anglais (États-Unis) par Valentin Translation - Copyright 2023

ISBN: 978-1-962760-27-0 (version e-book)

ISBN: 978-1-962760-28-7 (version papier)

CHAPITRE 1

Règle de la Ligue numéro 17 :
 « Ne laissez jamais votre titre ou absence de titre définir qui vous êtes. »

Extrait de la *Gazette de la Lorgnette* du 9 septembre 1821, rubrique de Madame Société.

Depuis un moment, Madame Société est frustrée par les gentlemen, particulièrement ceux d'une nature espiègle. En particulier, elle adresse un regard désapprobateur à M. Saint-Laurent, le frère cadet du duc d'Essex. Ce gentleman a tenté une cruelle séduction sur une jeune dame de la haute société puis l'a repoussée quand elle a exprimé son intérêt. M. Saint-Laurent, vous ne pouvez pas jouer au chat et à la souris avec une femme qui n'est plus dans la partie. C'est terminé. Laissez cette dame tranquille, puisque vous n'avez aucun désir de l'épouser. Je vous aurai prévenu.

— Elle m'aura *prévenu* ?

Jonathan Saint-Laurent regarda le journal qu'il avait chipé à Lucien, le marquis de Rochester. Tous les deux étaient installés confortablement dans une pièce du club de Berkley. Comme toutes les semaines, ils attendaient l'arrivée de leurs amis pour boire et fumer le cigare.

Le marquis à la chevelure de feu ricana.

— Vous vous êtes attiré la colère de Madame Société. Que Dieu ait pitié de votre âme.

— En effet.

Jonathan relut la rubrique des potins mondains, s'étranglant sur chaque mot. Il n'avait pas joué au moindre jeu. Il n'y avait qu'une seule femme dans tout Londres qui aurait pu affirmer avoir été séduite... ou du moins soutenir qu'il y avait eu une tentative : Miss Audrey Sheridan, la benjamine de son ami Cédric, le vicomte Sheridan.

Jonathan avait passé sa vie tout entière dans l'idée qu'il était domestique. Jusqu'à l'année précédente, il ignorait d'ailleurs qu'il était le demi-frère du duc d'Essex. Il apprenait sa place dans le beau monde, adoptait les us d'un gentleman et faisait de son mieux pour laisser sa vie de service derrière lui... mais les ennuis lui étaient tombés dessus. Des ennuis qui portaient le nom d'Audrey.

Elle était une véritable furie. Une beauté aux cheveux sombres et à la langue acérée qui attirait les problèmes, et avoir des ennuis était la dernière chose dont il avait besoin. Toutefois, il songeait constamment à elle depuis leur première rencontre.

— Eh bien, qu'avez-vous l'intention de faire ? s'enquit Lucien qui sirotait son brandy avec un sourire amusé et sardonique.

— Que puis-je faire ? répliqua Jonathan qui roula le journal en boule. Je ne l'ai pas séduite, pas selon des critères qui comptent vraiment.

— Desquels parlez-vous ? Ceux d'un gentleman ou bien de votre situation précédente ?

Ces paroles blessèrent Jonathan.

— Je me suis comporté envers elle comme un véritable gentleman.

Lucien se rendit compte que ses paroles avaient heurté Jonathan et il se reprit.

— Je veux simplement dire qu'un malentendu s'est peut-être produit. Vous savez, les femmes ont souvent une vision différente de nous de la séduction.

— Absolument pas ! Du moins, je n'ai rien vu de tel. D'ailleurs, j'étais tout disposé à l'épouser. J'allais la demander en mariage cet après-midi-là, la dernière fois que je l'ai vue.

Plus tôt la même journée, il avait voulu lui faire sa demande, mais elle s'était enfuie avant qu'il ne puisse lui poser la question. Il avait craint qu'elle ne se fourre dans des ennuis, aussi l'avait-il suivie jusqu'à un bordel, le Jardin de Minuit, qui répondait aux besoins d'une clientèle issue de la haute société. Ayant trouvé Audrey seule dans une chambre avec un beau jeune homme, il avait perdu le contrôle et jeté l'homme hors de la pièce. Audrey et lui s'étaient disputés, chose qui menait toujours à des moments de passion brefs, mais intenses.

Il n'avait jamais rencontré de femme qui lui enflamme le sang avec un rire ou un simple sourire. Tout en elle faisait briller le monde d'une façon qu'elle n'aurait jamais crue possible.

Mais il ne l'avait pas séduite, pas comme l'avait suggéré la rubrique mondaine. Il lui avait donné un avant-goût du plaisir qui pouvait exister entre un homme et une femme qui s'aimaient et quand il la prit dans ses bras, alors que son corps tremblait des soubresauts du plaisir, il s'était perdu dans ses doux yeux bruns. La demande en mariage s'était attardée sur ses lèvres et quand *lui* avait invoqué le courage de parler, *elle* avait invoqué toute sa défiance et s'était écartée de lui. Elle l'avait abandonné et une douleur inimaginable lui avait serré le cœur. Il avait été meurtri et dérouté face aux réactions négatives de la jeune femme envers lui. Une minute, elle ronronnait dans ses bras comme un chaton et la suivante, elle était entrée dans une colère noire qui lui avait fait sentir les blessures profondes de ses piques verbales.

— Pourquoi ne lui avez-vous pas demandé ? demanda Lucien. Vous ne devriez pas avoir peur. J'étais nerveux quand j'ai fait ma demande à Horatia alors que je n'aurais pas dû l'être.

Jonathan soupira.

— Mais Horatia est vraiment plus raisonnable que sa sœur. Audrey est...

Les mots lui échappaient.

— Sauvage ? Indomptable ? La pire des chipies ? proposa Lucien avec une lueur espiègle dans les yeux.

— Exactement, en convint Jonathan.

Elle était toutes ces choses et plus encore. Bien plus.

— Cédric approuvera, vous savez. Vous n'avez pas besoin de vous inquiéter à ce sujet. Il ne m'a même jamais témoigné autant de confiance qu'à vous.

Il y avait dans sa voix une note sensible et mélancolique qui attira l'attention de Jonathan. Les deux hommes en étaient venus aux mains à propos d'Horatia et avaient fini par s'affronter en duel le jour de Noël. Que personne n'ait été tué ce jour-là relevait du miracle.

Savoir que Cédric n'objecterait pas à la pensée qu'il épouse Audrey réconfortait Jonathan, mais c'était la lady en personne qui le préoccupait. Il avait été prévenu par un valet des Sheridan qu'Audrey était décidée à apprendre l'art de l'espionnage afin de devenir espionne. C'était ridicule ! Était-ce ceci qui avait ouvert un fossé entre eux ? Autrefois, elle lui avait témoigné de l'intérêt, mais à présent, elle semblait déterminée à n'épouser personne et elle s'impliquait dans des situations de plus en plus dangereuses.

La blessure douloureuse du rejet d'Audrey lui rappela les paroles de Lucien.

— Ce n'est pas Cédric qui m'inquiète. L'année dernière, j'étais vraiment convaincu qu'Audrey avait envie que je la courtise, mais à présent... quelque chose a changé.

Il fit courir son regard autour de la pièce, cherchant des réponses, mais conscient qu'il n'en trouverait pas.

Lucien alluma un cigare et prit une lente bouffée tout en réfléchissant.

— Parfois, les femmes sont convaincues qu'elles veulent quelque chose, mais une fois que c'est à leur portée, elles ont peur de pouvoir enfin l'obtenir.

— Mais pourquoi ?

— Seigneur, mon brave ! Si je le savais, je vous le dirais, croyez-moi.

Jonathan soupira et s'appuya contre le dossier de son siège.

— Si Madame Société dit la vérité et qu'Audrey n'a pas envie de moi, ne serait-il pas gentleman de la laisser partir ?

Lucien déposa son cigare sur un plateau et se pencha en avant. Il posa les coudes sur ses genoux tout en joignant les doigts pour réfléchir. Puis il regarda intensément Jonathan. Lucien avait à peine plus de trente ans et il avait vu et fait beaucoup de choses dans ce monde. Par comparaison, Jonathan était un garçon qui n'avait que vingt-cinq ans. Il faisait confiance aux conseils que son ami pourrait lui prodiguer.

— Je crois qu'on ne devrait pas la laisser partir. Elle a mal. Il s'est passé quelque chose et elle est en train d'abandonner. Mais *vous* ne devriez pas lâcher prise ! Horatia a agi de même avec moi. J'ai dit des choses ridicules, j'ai fait des choses encore plus ridicules, et au lieu de me le faire violemment savoir, elle s'est mise à m'éviter. Audrey se comporte peut-être comme sa sœur. J'ai vu la façon dont elle vous regarde quand elle pense que personne ne la voit. Il y a des étoiles dans ses yeux, mon garçon. Si vous la désirez, prenez-la.

Le sourire de Jonathan était triste. Il débordait d'un espoir imbécile et il le savait.

— Des étoiles dans ses yeux ?

— Elle se montre frivole en matière d'amour, mais c'est une vraie romantique. C'est le genre de femme qui sauve des chatons de la pluie, qui veut habiller et nourrir les démunis, et qui part en croisade pour ses idéaux. Je suppose qu'elle n'est pas très différente de notre Madame Société.

Il fit un geste de la main vers le journal que Jonathan tenait toujours et ses lèvres tressaillirent.

— Une telle femme mérite un champion qui se battra à ses côtés et ne trahira pas ses nobles causes. Si vous êtes cet homme-là, alors je vous dirai de la poursuivre à n'importe quel prix.

Jonathan posa le journal froissé sur la table, lissa les pages et repensa à toutes les fois où il avait rencontré Audrey. Depuis ce premier baiser dans sa chambre à Noël jusqu'à cet après-midi dans le bordel quand elle s'était abandonnée dans ses bras et l'avait touché pour la première fois de façon si intime. Après coup, elle avait été en colère, blessée et froide, mais dans ces premiers moments, alors qu'il lui avait enseigné le plaisir, il avait vu la fille qui l'avait regardé avec des étoiles dans les yeux.

— J'ai envie d'être son homme. Son héros, son rebelle, tout ce qu'elle veut que je sois.

Lucien sourit et reprit son brandy.

— Ça me fait plaisir de vous l'entendre dire !

Quand Jonathan ne bougea pas, Lucien lui donna un autre coup de botte.

— Allons, ne restez pas planté là. Allez la séduire avant qu'elle ne s'attire des ennuis supplémentaires.

Jonathan bondit hors de son siège et fit signe à un jeune domestique de s'approcher.

— Allez me chercher mon manteau et faites venir mon cheval.

— Tout de suite.

Le garçon fila. Jonathan voulut partir, mais il s'arrêta dans l'encadrement de la porte.

— Vous direz aux autres que j'ai des affaires urgentes à régler ? demanda-t-il à Lucien.

— Bien sûr. Pas besoin de leur révéler ce que vous avez prévu de faire... pas avant que la petite chipie ait la corde au cou... ou du moins ait accepté. Cédric insistera pour l'escorter jusqu'à l'autel, alors ne faites pas quelque chose de stupide comme de vous enfuir ensemble à Gretna Green.

— Bien sûr que non. Elle voudra un mariage digne de ce nom, ne serait-ce que pour avoir l'excuse d'acheter une nouvelle robe.

Jonathan pianota du bout des doigts sur l'encadrement de la porte, hésitant un moment supplémentaire avant de quitter la pièce. Oui, Audrey et ses robes... Elle était obsédée par la mode ! Il sourit légèrement en décidant que lorsqu'ils se marieraient, il remplirait une pièce entière juste avec des bonnets si elle le désirait.

Tout ce que vous voulez, mon cœur, vous l'obtiendrez... si seulement je peux vous convaincre de dire oui.

Il traversa la galerie du club. La plupart des sièges étaient occupés par des hommes en pleine lecture, quoique plusieurs gentlemen plus âgés s'étaient assoupis. Un club digne de ce nom offrait à ces hommes un refuge contre le monde, leurs épouses ou tout ce qu'ils auraient pu vouloir éviter. Jonathan n'évitait rien, mais il était encore nouveau en société et ici, au moins, il n'avait jamais l'impression d'être jugé. Il aimait la camaraderie tranquille de Berkley, particulièrement quand son demi-frère et ses amis étaient là.

Il descendit les escaliers qui menaient à la salle des cartes. La soirée était tranquille. Seules quelques tables jouaient au pharaon et au whist, mais Jonathan savait que les mises seraient élevées. Plus tôt dans l'année, Cédric, le frère aîné d'Audrey, avait remporté un duo de chevaux arabes contre un homme qui avait bien failli tuer Cédric et sa femme pour se venger.

Jonathan avait la sagesse d'éviter ces tables. Il n'avait jamais aimé parier, du moins pas avec de l'argent. Les cartes et les jeux de hasard n'avaient aucun attrait pour lui. Il avait beau posséder un petit domaine et une maison à Londres doublés d'une fortune conséquente et de revenus réguliers fournis par son demi-frère, il ne pouvait pas se forcer à risquer ne serait-ce que de petites sommes aux tables de jeu. Il avait toujours gagné son propre argent. La pensée de tout abandonner aux mains du destin était pure folie.

Une voix l'arrêta quand il atteignit le vestibule.

— M. Saint-Laurent ? Un jeune homme vêtu de la livrée des Lonsdale pénétrait par la porte d'entrée du club.

Il le reconnut. C'était Tom Linley, le valet de Charles Humphrey, le comte de Lonsdale, un autre de ses amis. Alors que la plupart des valets restaient à la maison de leurs maîtres, Linley était devenu également un compagnon pour Charles. Il le suivait partout, effectuait toutes sortes de courses pour lui et livrait des messages au besoin.

— Tom ?

Jonathan prit son manteau des mains du serviteur et se dirigea vers Linley. Le garçon ouvrait de grands yeux bleus et son front était barré d'un pli inquiet.

— J'ai de la chance de vous avoir trouvé, Monsieur. Sa Seigneurie m'a envoyé au club en avance pour vous voir. Il est à Tattersall's, mais il a reçu un message de Miss Audrey Sheridan.

Normalement, je ne dévoilerais jamais le contenu d'une lettre privée...

— Mais vous sentez le besoin d'en parler à quelqu'un ?

— Pas quelqu'un... *vous*, inspira Linley. Elle... Miss Sheridan, je veux dire... Elle était censée demander à Sa Seigneurie de l'escorter jusqu'à un club peu reluisant ce soir-même, mais dans la lettre, elle lui dit qu'elle n'a plus besoin de lui.

Linley s'agita nerveusement.

— Et vous vous inquiétez ?

Jonathan enfila son manteau et ses gants d'équitation.

— Je crains qu'elle n'y aille quand même. Pardonnez-moi de parler ainsi, mais vous savez comment elle est, M. Saint-Laurent. Enthousiaste et entêtée.

— Que trop, répondit-il avec un soupir. Savez-vous où elle prévu d'aller ?

— Oui.

Linley lui tendit un bout de papier marqué d'une adresse.

— Faites attention, Milord. C'est un club clandestin, qu'on dit peuplé d'hommes mauvais. Elle ne doit pas s'y rendre toute seule.

Un club clandestin ? Cette femme était-elle folle ? Une boule de crainte se forma dans son ventre. C'était bien plus téméraire que tout ce qu'elle avait pu imaginer jusque-là. Pourquoi diable faisait-elle cela ?

— Vous avez raison. Merci, Tom.

Essayant de conserver un calme apparent malgré son cœur battant, Jonathan tapota l'épaule du garçon et s'en alla.

Il était très tôt dans la soirée et à tout instant, le reste de ses amis viendraient prendre un verre dans la salle Bombay. Les épouses de tous les hommes mariés donnaient un dîner, aussi Audrey se servirait-elle de cette soirée comme d'une excuse pour s'échapper.

Elle pense sans doute que je ne serai pas là pour découvrir qu'elle s'est à nouveau éclipsée. Je ne devrais pas être surpris, vraiment pas...

Il avait pourtant espéré que leur entrevue de l'après-midi l'aurait retenue de s'engager dans d'autres aventures, du moins pendant quelques jours. À présent, il se doutait que cela n'avait fait que l'encourager. Il trouva son cheval qui l'attendait et retourna chez lui sur Half Moon Street. Son majordome la salua chaleureusement, mais se ravisa en avisant l'air sombre de son maître.

— Puis-je faire quelque chose pour vous aider, Monsieur ? demanda M. Leigh.

— Appelez un fiacre. J'ai besoin de me rendre tout de suite dans le quartier de Temple Bar.

— Tout de suite.

M. Leigh sortit de la maison et Jonathan se dirigea vers sa chambre à coucher. Louis, son valet, polissait une paire de bottes. Quand Jonathan entra, il se redressa de son siège près du feu et s'inclina.

— Bonsoir, Louis. J'ai besoin d'une chemise, d'un gilet et d'un pantalon. Entièrement noirs.

— *Entièrement* noirs ? demanda le jeune homme qui inclina la tête avec étonnement.

— Oui.

Il voyait que l'autre homme avait d'autres questions au bord des lèvres, mais heureusement, le valet ne dit rien de plus. Jonathan n'avait aucun désir de révéler à quiconque que ce soir, il infiltrerait un club clandestin. Cela dit, sa mission n'était toujours pas claire... Il découvrirait quoi faire une fois qu'il parviendrait sur les lieux. Il ouvrit le tiroir de sa commode et en retira un pistolet, une habitude qu'il avait adoptée après que plusieurs de ses amis se soient retrouvés dans des situations périlleuses au cours de l'année précédente. Il aurait été sage de le prendre ce soir au cas où il aurait des ennuis ce qui, vu l'implication d'Audrey, était quasiment une certitude.

Une fois habillé, il se précipita au rez-de-chaussée et sauta dans le fiacre qui l'attendait. Quand la calèche atteignit le quartier de Temple Bar, il paya le cocher et passa rapidement devant le magasin de thé de Twinning's et les juridictions de seconde instance. Il trouva la demeure qui correspondait à l'adresse que Linley lui avait donnée et il regarda autour de lui, attendant qu'une opportunité se présente. Il ne serait pas capable d'entrer facilement, pas par la porte d'entrée. Les membres du club se tiendraient certainement prêts, avec des mots de passe secrets et d'autres bêtises pour empêcher les intrus d'entrer.

Il se glissa dans la ruelle entre la maison et le bâtiment suivant, et trouva l'entrée des domestiques. Il aurait parié que cette porte ne serait pas verrouillée. Refermant les doigts autour de la poignée, il l'ouvrit doucement pour révéler une cuisine. Une cuisinière trapue vêtue d'un tablier graisseux remuait le contenu d'une casserole fumante avec une immense louche.

— Satané chat, marmonnait-elle. Pourquoi ces lords en costume en ont-ils besoin ? Pas pour attraper des rats, si vous voulez mon avis.

Jonathan secoua la tête et essaya de se glisser derrière la cuisinière sans se faire voir. Elle s'arrêta de touiller et s'essuya le front avant de se redresser pour partir. Il était presque parvenu à la porte qui menait au reste de la maison quand elle le repéra.

— Hé ! Qu'est-ce que vous faites là ?

Il s'immobilisa et se tourna vers le visage renfrogné de la cuisinière.

— Il est tard et j'ai peur qu'ils ne me laissent pas entrer. Je me suis dit que si je passais par les cuisines...

Seigneur, faites que cela fonctionne.

La cuisinière lui sourit de toutes ses dents.

— Vous êtes nouveau, non ? Vous êtes plus mignon que les autres. Ces cheveux pâles, ces yeux verts... Je parie que ces dames se pâment, n'est-ce pas ?

— Oui, parfois.

Il déglutit, priant pour qu'elle se laisse prendre à son mensonge. Heureusement, elle avait l'air de l'apprécier. Sa beauté avait toujours été un atout. Même les anciennes maîtresses de son frère aîné avaient voulu coucher avec lui, ce que Jonathan n'avait jamais osé lui révéler : le duc d'Essex avait un uppercut droit percutant.

— Alors, allez-y. Vous ne devez pas arriver en retard pour le souper. Vous allez avoir besoin de ceci.

La cuisinière se pencha et ouvrit le placard près du poêle et en retira un masque sur lequel était peint le visage du diable. Il n'exposait que le bout de son nez, sa bouche et son menton. C'était un déguisement parfait.

— Merci.

— Vous pouvez me remercier par un baiser, suggéra la cuisinière en battant des cils dans sa direction.

— Plus tard, je vous promets, lui offrit-il plutôt avec un sourire canaille.

— Pas si vite. Je veux me faire payer tout de suite.

Elle tint le masque hors de sa portée.

— Très bien, Tentatrice.

Il se pencha pour déposer un baiser rapide sur sa joue, mais elle se déplaça et lui agrippa la cravate, tirant son visage vers elle et pressant leurs lèvres ensemble.

Surpris, il eut un mouvement de recul et lui arracha prestement le masque avant qu'elle ne puisse exiger d'autres baisers. Elle lui adressa un clin d'œil puis il se détourna et s'essuya discrètement la bouche sur la manche de son manteau.

Seigneur, Audrey, j'espère que vous en valez la peine.

Il savait pourtant bien que oui. Elle méritait tous les sacrifices du monde.

Il enfila son masque et sortit dans le couloir. Un groupe d'hommes se tenait dans le vestibule. Ils s'enivraient. Tous portaient du noir et des demi-masques comme le sien. Il regarda autour de lui, le cœur battant alors qu'il cherchait Audrey du regard, mais la pièce ne contenait que des hommes. Où était-elle ? Il pouvait peut-être s'éclipser et fouiller le reste de la maison ?

Une voix tonitruante leur provint du haut du grand escalier.

— Bienvenue, gentlemen.

Jonathan se réfugia derrière les hommes qui buvaient alors qu'il étudiait l'individu qui descendait les escaliers pour venir les rejoindre.

— Le Seigneur de la Luxure vous accueille à notre fête satanique de ce soir.

L'homme tenait un chat noir dans ses bras. Apeuré et furieux, le chat plaquait les oreilles contre sa tête, mais il ne griffait pas et ne crachait pas comme Jonathan s'y serait attendu. L'homme qui le tenait, le soi-disant Seigneur de la Luxure, avait une voix familière, mais il n'arrivait pas à la reconnaître.

— Langley... dit un homme saoul d'une voix traînante. Avez-vous enfin trouvé cette Madame Société ? Vous aviez promis que...

L'homme eut un hoquet.

— J'aimerais retrousser ses jupes et...

Le Seigneur de la Luxure siffla.

— Seigneur du Vin, nul besoin de vous rappeler que nous devons nous appeler par nos péchés, pas par nos véritables noms. L'anonymat doit être préservé.

Le Seigneur du Vin ricana.

— Ah... oui. Eh bien, l'avez-vous trouvée, Luxure ?

L'homme soupira. Il sentait clairement que son entrée théâtrale était gâchée.

— Oui.

Langley... Jonathan connaissait ce nom. Gérald Langley était un imbécile ridicule, mais dangereux qui avait récemment été montré du doigt en public pour sa cruauté et sa vilenie.

Et la femme qui avait traîné son nom dans la boue était Madame Société.

— Alors où est-elle ? demanda un autre homme.

— Elle arrive. Je lui ai fait parvenir une invitation irrésistible. Elle croit bêtement qu'elle aura la main sur nous. Pour le moment, je suggère que nous nous installions tous dans la salle à manger pour boire en attendant son arrivée.

Le groupe d'hommes entra dans un salon à la décoration macabre et ils s'installèrent à table. Des douzaines de bougies étaient allumées et leur cire dégoulinait, apportant une atmosphère gothique à toute l'affaire. Le « Seigneur de la Luxure » s'assit et le chat noir siffla puis bondit de la table avant de s'enfuir dans le couloir.

— Satané chat !

Langley poussa un juron et se versa un verre de vin. Il s'appuya contre le dossier de sa chaise et observa le reste des fidèles avec un léger sourire aux lèvres. Quand les autres le rejoignirent, Jonathan prit un verre et en but une petite gorgée pour tenter de s'intégrer. Pourquoi Audrey se trouvait-elle dans un endroit pareil ? Elle n'avait quand même pas reçu pour mission d'épier ces individus ? Ils n'étaient pas dangereux, du moins pas pour la Couronne. Certains clubs clandestins étaient connus pour causer des problèmes et inciter la violence dans les rues – des émeutes mêmes –, mais de toute évidence, le club de Langley n'était qu'une excuse pour que les hommes s'adonnent à la débauche.

Pourquoi Audrey avait-elle choisi cet endroit ? Soudain, cela le frappa. C'était Madame Société que Langley avait attirée ici ce soir ! Cette chroniqueuse notoire qui avait dévasté avec sa plume ceux qui, selon elle, le méritaient.

Si Audrey était l'amie de Madame Société, cela expliquerait tout de l'article de ce jour-là. Il avait envie de rugir. Une fois qu'il l'aurait trouvée, il la placerait en sécurité loin de ces hommes puis lui donnerait une bonne fessée. Enfin, il la serrerait contre lui et pousserait un soupir de soulagement.

La porte de la salle à manger s'ouvrit et le majordome fit entrer un nouvel homme. Il avait quelque chose de familier. Il s'avançait la tête haute et le dos droit, une posture qui parlait d'une noblesse transmise par une lignée ancienne. Il ne ressemblait absolument pas aux hommes attablés, ces bandits malpolis et insensibles qui portaient beau, mais n'avaient pas la moindre goutte de noblesse. Il garda un œil sur l'homme, essayant de déchiffrer cette impression de familiarité.

L'homme sourit à certains des membres qui étaient occupés à raconter des blagues débauchées. Malgré son sourire visiblement forcé, Jonathan le reconnut enfin, du moins le croyait-il. Était-ce James Fordyce, le marquis de Pembroke ? Il n'était quand même pas membre ? Il était trop intelligent pour cela et c'était un homme bon, trop bon. C'était un ami de la Ligue des Rebelles qui l'avaient jugé bien trop gentil et chevaleresque pour lui proposer de les rejoindre. Ils ne l'avaient quand même pas aussi mal jugé ? Jonathan l'appréciait profondément et ses instincts ne le trompaient généralement pas.

Alors pourquoi James se trouvait-il ici ? Cet homme — si c'était bien lui — vint les rejoindre et s'assit en face de lui. Ils s'échangèrent un bref regard, mais ne se dirent rien.

— Messieurs !

L'exclamation de Langley coupa court aux histoires et aux rires. Comme le reste des hommes, Jonathan se tourna vers leur hôte. Se découpant devant le feu ardent dans l'âtre, l'individu jouait à la perfection son rôle d'adorateur satanique, et il semblait que même le Seigneur du Vin entrait dans l'ambiance. Il se redressa et les lumières des bougies dansèrent sur le visage étrange qui décorait son masque. Jonathan en frissonna de dégoût.

— Ce soir, nous vous avons préparé un festin. Comme je l'ai mentionné lors de notre dernière réunion, nous avons plusieurs invitées *spéciales*, des dames que vous connaissez bien.

Langley marqua un temps d'arrêt pour permettre aux hommes de ricaner à une plaisanterie qui leur était personnelle. La cruauté dans la voix de Langley crispa Jonathan. *Je vous en prie, faites qu'Audrey soit en sécurité à la maison... ou n'importe où sauf ici.*

Langley poursuivit.

— Elles souhaitent à nouveau se mêler aux forces du mal. Nous avons en prime deux jeunes beautés vierges délicieuses qui se sont gentiment portées volontaires pour assouvir notre désir de sang d'innocentes.

Jonathan se pencha en avant sur son siège, essayant de réprimer l'envie de bondir et de se précipiter hors de la pièce. Il voulait simplement retrouver Audrey et s'assurer qu'elle soit en sécurité, loin de ces saligauds.

Son voisin de table lui enfonça son coude dans les côtes.

— J'aimerais bien cueillir ce fruit mûr. Pas vous ?

Jonathan émit un son bourru et espéra que les hommes présument qu'il était d'accord, même si toute cette histoire le rendait malade. *Volontaires.* Il trouvait cela très improbable. Si une chose comptait pour lui, c'était le droit d'une femme de choisir ses amants. Cette nuit compterait probablement une série de viols. Qui que ces femmes soient, elles n'étaient pas en sécurité.

Je vous en prie, faites qu'Audrey ne compte pas parmi elles. Faites qu'elle soit restée à la maison.

— Êtes-vous prêts ? demanda Langley avec un sourire sombre à peine visible sous le bord de son masque.

Les hommes présents poussèrent des vivats et des sifflements quand les portes de la salle à manger s'ouvrirent et laissèrent entrer six dames. Elles s'assirent aux places libres entre les hommes attablés.

Langley s'éclaircit la gorge.

— Mes amis, en tant que Seigneur de la Luxure, laissez-moi vous présenter nos invitées. La Lady du Péché, la Lady de la Nuit, la Lady du Désir Défendu et la Lady de la Chambre à coucher.

Jonathan étudia les femmes de près au fil du catalogue. Mais quand il atteignit les deux dernières, il en eut le souffle coupé. Une femme dans une robe rouge et une autre en violet étaient assises côte à côte. Elles portaient des demi-masques qui découvraient suffisamment leurs visages pour qu'il les reconnaisse. La dame en violet était Gillian Beaumont, la fidèle amie et suivante d'Audrey. Et la diablesse dans la robe rouge était...

— Audrey.

Il prononça le nom à haute voix, mais si doucement que personne ne l'entendit.

Par l'enfer ! Elle était venue, après tout... avec Gillian. Il faudrait qu'il les secoure toutes les deux et ce soir, le sort ne leur était pas vraiment favorable.

Il décocha un bref regard à James Fordyce. Il avait une intuition concernant sa présence et il espérait ne pas se tromper. Mais même si James l'aidait dans cette mission-sauvetage, ils restaient terriblement en sous-nombre.

— Pour couronner le tout, une invitée de marque se trouve parmi nous. Vous souvenez-vous de la plume acérée et empoisonnée de cette reine des salopes qui s'est donné le nom de Madame Société ? cracha Langley.

Le corps de Jonathan se tendit quand les hommes qui l'entouraient frappèrent du poing sur la table. Audrey sursauta et Jonathan vit les muscles de sa gorge se contracter alors qu'elle essayait de rester calme.

— Eh bien, ce soir, j'ai créé le piège parfait et j'ai attiré Madame Société en personne jusqu'à ma porte. L'autre soir, j'ai laissé échapper pendant un bal que nous nous retrouverions ce soir et qu'elle ne voudrait certainement pas manquer les événements.

Le visage d'Audrey perdit de sa couleur et elle entrouvrit les lèvres. Jonathan eut un éclair de compréhension et la regarda avec horreur. Audrey n'était pas là pour aider son amie, Madame Société.

Elle est Madame Société.

Cela signifiait-il que tout ce qu'elle lui avait dit dans cette rubrique était vrai ? Qu'il devait la laisser tranquille, qu'elle n'avait pas envie de lui ?

Un profond sentiment de honte menaçait de lui couper le souffle, mais il se raccrocha à sa résolution. Pour le moment, il devait se concentrer sur son sauvetage. Peu importait ce qu'elle ressentait pour lui ; cela ne l'empêcherait pas de faire ce qui était juste.

Les conséquences des croisades de Madame Société la rattrapaient enfin. Et maintenant, elle allait signer leur perte.

CHAPITRE 2

C'était la pire nuit de toute l'existence d'Audrey Sheridan.

Sa fuite folle loin des bras séducteurs de Jonathan Saint-Laurent au Jardin de Minuit plus tôt dans la journée l'avait précipitée ce soir-là dans une croisade téméraire. Et voilà que cette mission était un véritable désastre !

Jonathan en était l'unique responsable. Il avait eu l'audace d'entrer dans sa vie au pire des moments. Quand elle avait décidé de l'épouser dès leur première rencontre, il n'avait jamais raté une occasion de l'éviter. Puis quand elle avait décidé qu'elle ne voulait plus l'épouser parce qu'il se raccrochait à cette attitude froide et détachée, il avait détruit cela aussi en lui faisant perdre la tête sous ses baisers, lui révélant un monde fantastique de plaisirs dont elle ne soupçonnait pas l'existence. Et bien entendu, il avait fallu qu'il déboule en plein milieu de son entraînement d'espionne comme un taureau fou de rage, soutenant qu'*elle* était folle, la prenant dans ses bras et...

et rien de plus ! Elle avait fui tout ce que ses lèvres avaient promis pour venir se fourrer directement dans cette situation périlleuse. Elle avait tant voulu oublier ses déboires sentimentaux qu'elle avait décidé d'infiltrer un stupide club clandestin afin d'en démasquer les membres. Elle avait entendu trop d'histoires sur les injustices faites aux femmes par ces monstres et avait eu l'intention de les dénoncer dans sa rubrique de Madame Société.

À présent, elle faisait face aux conséquences de sa distraction. Avec Gillian, sa suivante, elle se retrouvait prisonnière, à la merci des gentlemen de ce club de dévoyés. Elle ne se le pardonnerait jamais si elle ne parvenait pas à les sauver toutes les deux de ces imbéciles ridicules, les soi-disant Pécheurs Impies de l'Enfer. Ne voyaient-ils pas que leur nom était absurde ? Pécheurs. Impies. De l'Enfer. C'était une tentative absurde de se donner un air perversement vaniteux. Audrey aurait levé les yeux au ciel, mais le fait était qu'en dépit de toute cette pompe et cette prétention, Gérald Langley et ses comparses ivres étaient terrifiants. Même profondément enivrés, ils parvenaient à la faire se sentir totalement prise au piège.

Tu t'es mise dans la mouise, ma fille, se gronda Audrey en coulant un regard à Gillian qui était assise à côté d'elle. Elle n'avait pas voulu emmener son amie, mais celle-ci avait soutenu qu'elles avaient créé ensemble l'alias de Madame Société, et qu'elle n'allait sûrement pas laisser sa maîtresse entrer toute seule dans la gueule du loup.

Ainsi, les deux femmes se retrouvaient présentement confrontées à la vengeance de l'homme affreux qu'elle avait couvert d'opprobre dans sa rubrique. Les crimes de cet individu étaient légion, mais elle avait révélé au grand jour le pari horrible qu'il avait fait de détruire l'innocence d'une ravissante jeune femme par simple boutade. Audrey n'avait pas pu le tolérer. Elle s'était donné pour mission de s'assurer que Gérald

Langley ne soit plus invité en société. Sa tentative d'héroïsme l'avait conduite droit dans ce piège.

Elle s'était crue futée, soudoyant deux dames pour qu'elles ne se présentent pas ce soir-là, Gillian et elle devant les remplacer. Malheureusement, Langley n'avait pas seulement découvert l'échange, il en avait escompté.

Maudits soient Jonathan et ses baisers. S'il ne l'avait pas autant distraite, elle ne se serait pas laissée prendre à la ruse de Langley. Elle frissonna en discernant le regard lubrique derrière le masque de ce dernier alors qu'il s'approchait d'elle et de sa suivante.

— Eh bien, ce soir, j'ai créé le piège parfait et j'ai attiré Madame Société en personne jusqu'à ma porte. L'autre soir, j'ai laissé échapper lors d'un bal que nous nous retrouverions ce soir et qu'elle ne voudrait certainement pas manquer les événements. Mais voilà, laquelle est Madame Société ?

Il marqua une pause dramatique. Audrey se dit que si elle admettait son identité, les hommes perdraient leur intérêt pour Gillian.

— Je suppose que cela importe peu. Nous aurons le plaisir de vous avoir toutes les deux.

Langley claqua des doigts. L'homme à droite d'Audrey et celui à gauche de Gillian leur attrapèrent les bras afin de les tirer brusquement derrière leur chaise où ils les ligotèrent avec la corde. Audrey la sentait cisailler sa peau nue, mais elle laissa la douleur sustenter sa rage.

— Comment osez-vous, monsieur Langley ? Je ferai bien plus qu'écrire un article qui vous détruira. J'aurai vos testicules sur un plateau d'argent !

Elle acheva sa menace sur un grondement bas. Elle pesait ses mots. Elle vit le visage de Langley noircir de rage à l'endroit où le masque dévoilait sa bouche et son menton. Quelques hommes attablés ricanèrent comme des écoliers derrière leurs gobelets.

Oh, non...

— Comment est-ce que j'ose ? Ma chère dame, gronda Langley, vous êtes venue ici de votre propre gré. Personne ne vous a forcée à venir. Je dirais qu'il existe peu de gens qui ressentiraient la moindre sympathie pour une femme qui s'est rendue *volontairement* dans un club de marginaux. Votre réputation sera en lambeaux et vos propos impubliables. Et ce n'est que le début de ce que j'ai prévu pour vous ce soir. Vous avez détruit ma famille, mon nom... Tout ! Et je vais vous détruire en retour !

— Vous n'avez eu que ce que vous méritez, espèce de saligaud ! lâcha-t-elle.

Les yeux de Langley brûlèrent comme des braises chaudes, puis il se reprit. Il la considéra à nouveau avec un sourire narquois.

— Vous parlez comme une traînée. Alors je vais vous traiter comme telle.

Audrey en resta bouche bée et l'appréhension lui noua le ventre. Il pouvait faire tout ce qu'il voulait, à Gillian autant qu'à elle. Elle n'avait aucun moyen de l'arrêter... et elle venait de le provoquer.

Seigneur, Jonathan avait raison. Je n'attire que des ennuis.

— Bâillonnez-les. Je veux qu'on profite de notre festin en silence.

Langley claqua des doigts et les hommes de part et d'autre des deux femmes leur fourrèrent soudain des mouchoirs dans leurs bouches. Audrey crépitait de rage et poussa des cris en dépit du bâillon. Le groupe d'hommes éclata de rire comme si être réduite au silence la rendait également insignifiante. Elle regarda autour d'elle, observant les environs. Douze hommes, au moins sept serviteurs, un majordome, trois valets, une cuisinière et une servante, deux grandes fenêtres donnant sur la rue. Elle avait tout gravé dans sa mémoire, son esprit passant l'éventail des possibilités en revue alors qu'elle essayait de trouver comment s'échapper toutes les deux.

Langley ricana.

— Bon, je suis affamé.

Il prit une clochette posée près de lui en bout de table et la secoua. La porte de la salle à manger s'ouvrit et quelques valets entrèrent, chargés des premiers plats.

— Seigneur, auriez-vous oublié...

Un homme près d'Audrey désigna une chaise vide.

— Ah, oui.

Langley leva les yeux au ciel et attira l'attention d'un des valets avec un geste de la main.

— Amenez Sa Damnation.

Audrey grimaça. *Sa Damnation ? Ils ne pensent quand même pas aduler un véritable démon ou même le diable en personne ?*

Le valet apporta un chat noir dans la pièce qu'il plaça délicatement sur la table avant de lui glisser une assiette de morceaux de poulet rôti. Ce chat était très beau, avec un pelage noir brillant et des yeux jaunes qui luisaient à la lumière de la pièce. Il observa chaque personne présente avant de baisser la tête, renifler le poulet et entamer son repas.

Langley avait dû remarquer qu'elle regardait le félin.

— Madame Société, cela vous plaît-il de rencontrer notre invité ? C'est notre plus vieux membre, voyez-vous, dit-il d'un ton faussement solennel. On pourrait même dire le plus *ancien*.

Ancien ? Il ne croyait tout de même pas que ce félin était le diable en personne ? Langley était clairement fou. Tous ces hommes étaient fous ! À côté d'elle, Gillian se crispa pour tester ses liens et Audrey l'imita.

Dieu merci, elle garde la tête froide durant les moments de crises. Audrey savait que dans ce genre de situations désespérées, elle ne se maîtrisait pas autant. C'était une des nombreuses raisons pour lesquelles elle aimait Gillian comme une sœur. Alors que la plupart des dames conservaient une distance polie avec leur personnel, Gilly et elle étaient devenues amies proches dès leur rencontre à l'âge de seize ans.

Et j'ai mis sa vie en danger.

Elle accrocha le regard de Gillian et essaya de lui adresser un regard rassurant, puis elle réfléchit à un plan pour les faire sortir de là. Si elles trouvaient un moyen de se libérer les poignets et que les hommes décidaient de les faire sortir de la pièce, elles réussiraient peut-être à s'échapper. La porte d'entrée n'était pas loin de la salle à manger et si elles parvenaient à atteindre la rue, elles pourraient appeler au secours ou trouver un endroit où se dissimuler.

Oui, cela pourrait marcher. Il n'y avait pas d'alternative.

Le temps que le festin – si l'on pouvait appeler ainsi des portions aussi petites – se termine, Langley quitta sa chaise et brandit deux dés noirs. La pièce redevint silencieuse.

— Chaque homme lancera les dés sacrés afin de déterminer qui aura la joie de coucher avec la femme en robe violette. Puis nous jetterons les dés pour Madame Société. Mais soyez assurés que nous avons toute la nuit et que tous les hommes auront l'occasion de goûter aux *deux* dames.

Il brandit les dés comme s'il montrait un joyau précieux puis il poussa un ricanement sombre en observant tous les visages présents. Il agita les dés dans l'air tel un artiste de rue, souriant aux quelques individus les plus proches.

Malgré son bâillon, Audrey cria une bordée d'injures à Langley. Si l'un des hommes avait entendu ses paroles, il aurait rougi jusqu'à la racine de ses cheveux. Ses jurons étouffés ne firent qu'accroître leurs rires et les dés passèrent de main en main jusqu'à atteindre le dernier gentleman près de Langley. Elle continua de le fusiller du regard alors qu'il acceptait les dés et les observait, son hésitation attirant l'attention de la jeune femme. Pourquoi hésitait-il ?

Puis il jeta les dés qui cliquetèrent le long de la table avant de s'arrêter.

— Douze ! s'écria l'homme à côté de lui. Par tous les saints, vous avez de la chance !

Il donna une claque sur le bras du vainqueur. Audrey contempla cet homme, essayant d'en prendre la mesure. Il n'avait pas l'air aussi sinistre ou horrible que les autres, mais compte tenu des circonstances, elle n'avait aucune raison de ressentir le moindre réconfort.

Gillian la regarda à la dérobée. La terreur crépitait dans ses yeux comme des éclairs.

Je suis vraiment désolée, Gilly. Je vais trouver un moyen de vous sauver. Je le jure.

— Je crois qu'on a notre gagnant, annonça Langley en se tournant vers l'homme qui le flanquait. Amenez votre précieuse récompense dans une des chambres à l'étage. Je vous donne une demi-heure puis on lancera les dés pour déterminer qui sera le prochain.

Le gagnant s'avança et l'homme à côté de Gillian lui libéra les poignets et la fit se redresser violemment. Il lui claqua fort les fesses et la jeune femme poussa un cri de douleur. Audrey vit rouge, mais elle était dans l'impossibilité de se libérer afin d'aider son amie. Le vainqueur saisit le bras de Gillian et l'attira hors d'atteinte de l'homme qui l'avait fessée.

— Par ici, ma chère, dit le vainqueur.

Audrey essayait frénétiquement de cracher le mouchoir fourré dans sa bouche. Elle y parvint enfin quand Gillian et l'homme passèrent devant elle.

— Si vous la touchez, je vous tue ! jura-t-elle.

L'homme eut l'air de vouloir dire quelque chose, mais un autre lui coupa l'herbe sous le pied.

— Tenez votre langue ou bien je trouverai un meilleur usage pour votre bouche.

Audrey s'immobilisa. Elle connaissait cette voix, la connaissait intimement. Elle la connaissait quand elle lui provoquait des frissons de plaisir et murmurait à son oreille... et elle la reconnaissait telle qu'elle était présentement, menaçante et froide. Elle connaissait même cette voix quand elle se faisait tendue et paternelle, lui rappelant à quel point elle était jeune, naïve et insouciante. Cette voix savait la faire se hérisser comme nulle autre ; pourtant, elle aurait confié sa vie à son propriétaire.

Elle tourna la tête et croisa le regard de Jonathan Saint-Laurent.

L'homme qu'elle adorait, l'homme qu'elle méprisait, l'homme qui lui avait brisé le cœur ! Elle voyait ses séduisants yeux verts la contempler. Il opina imperceptiblement du chef avant qu'elle ne puisse parler. Elle ne songea plus à Gillian. Si Jonathan était ici, il ne permettrait pas à son amie de courir le moindre danger, ce qui devait signifier qu'on pouvait faire confiance à l'autre homme. Elle reprit espoir.

Je vais vous faire confiance, juste pour une fois.

Elle espérait simplement que Jonathan soit capable de déchiffrer son visage.

— Bon, voilà pour une de ces jolies colombes. Passons à la suivante !

Langley reprit les dés et se redressa avant de les jeter en l'air.

Jonathan se redressa et tendit la main vers la table près de Langley. Il saisit les dés à la seconde avant qu'ils n'atterrissent.

— Ce ne sera pas nécessaire. Cette dame va venir avec moi.

— Qu'est-ce qui vous prend ? s'étrangla Langley.

Jonathan sortit un pistolet de sa redingote et le braqua sur Gérald.

Audrey inspira profondément. Le sang commença à rugir si fort dans ses oreilles qu'elle entendit à peine les hommes qui se mirent à crier autour d'elle, paniqués. Un pistolet ? À quoi diable songeait-il ?

— Il me prend que cette amusette est terminée et qu'on en a fini. Cette femme va être libérée tout de suite et elle partira avec moi.

La voix de Jonathan débordait d'autorité. La main qui serrait le pistolet ne flanchait pas. Audrey le contempla avec admiration.

Personne n'osa plus parler ni même respirer, hormis un homme qui hoqueta puis renversa son verre avant de marmonner un juron. Seul le chat noir assis sur la table bougeait, sa queue ondulant ici et là alors qu'il regardait les événements se dérouler.

— Libérez-la. Tout de suite.

Jonathan leva le pistolet un peu plus haut, visant le cœur de Langley.

Ce dernier pointa sèchement le menton et l'homme à côté d'Audrey la libéra de ses liens. Elle l'entendit marmonner « petite chienne » puis elle repoussa sa chaise pile sur le pied de l'homme, lui tirant un juron. Elle frotta ses poignets libérés.

— Madame Société, si vous voulez bien me rejoindre.

Profondément soulagée, elle contourna la table pour rejoindre Jonathan. Ils allaient s'échapper ! Malgré la fureur qu'elle ressentait encore contre lui, elle aurait pu l'embrasser, même si cela n'aurait fait que créer plus de problèmes.

Alors qu'elle passait près de Langley, il lui saisit le poignet, essayant de la positionner devant lui. Jonathan tira un coup de feu. Langley et elle s'immobilisèrent brusquement. Ce dernier poussa un juron. La balle avait frôlé son épaule. S'il n'avait pas bougé, elle l'aurait touché en pleine poitrine. Jonathan aurait pu la blesser ! Que lui avait-il pris ?

Langley la poussa contre la table et elle émit un grognement de douleur.

— Il est désarmé, maintenant ! Saisissez-le !

Toutefois, la foule qui les entourait ne s'était pas préparée à cela et la plupart des hommes n'avaient aucune envie de s'en mêler. Ils entrèrent tous en mouvement d'un coup, criant, hurlant, battant des pieds et des mains, se précipitant hors de la pièce ou essayant d'avancer vers Jonathan. Quelqu'un emboutit Audrey par-derrière, expulsant l'air de ses poumons. Elle vit Jonathan jeter son pistolet à terre et se jeter vers elle, mais il y avait trop d'hommes enivrés qui titubaient autour d'eux. Ceux qui tentaient de l'arrêter entrèrent en collision avec les fuyards. Langley était quasiment parvenu à la porte. Il s'en allait !

— Oh, non, certainement pas !

Elle se jeta sur lui, mais trébucha sur sa robe et la déchira. Langley disparut dans le vestibule.

Poltron. Elle fut tentée de le pourchasser, mais bon nombre des hommes présents étaient bien trop saouls pour avoir l'intelligence des pleutres, comme leur maître. L'un d'eux tendit la main vers elle, mais elle se baissa brusquement. Sa robe se déchira à l'ourlet quand ses bottes s'y accrochèrent et elle s'écroula. L'homme qui tentait de l'attraper entra en collision avec la jeune femme, trébucha sur elle et atterrit lourdement sur le tapis avec un grognement de douleur.

— Restez sous la table ! siffla Jonathan. Sans quoi vous allez vous prendre les pieds dans cette robe et vous vous l'arracherez !

Elle fut tentée de l'ignorer, mais il avait raison. La dernière chose qu'elle voulait était de courir toute nue au milieu d'une bagarre dans un club de dévoyés. Elle s'enfonça plus profondément sous la table pour regarder les hommes se battre. Elle reconnut les jambes minces de Jonathan qui dansait d'un pied sur l'autre, tournant le chaos généralisé de la pièce à son avantage. Il se déplaçait avec la grâce qu'elle avait souvent vue chez son frère quand il s'entraînait dans sa salle de sport de Brighton. Étrangement, Jonathan en devenait plus beau.

— Venez, espèce de saligauds ! rugit-il.

Audrey hoqueta quand un homme l'attrapa et le poussa fort contre la table. Plusieurs plats et un candélabre tombèrent sur le plancher. Audrey saisit la base de l'accessoire lourd et rampa en avant, observant la bataille des pieds bottés devant elle tout en retenant son souffle. Elle frappa le tibia de la jambe la plus proche qui n'appartenait pas à Jonathan et poussa un cri de triomphe quand sa victime se mit à sautiller de douleur.

— Prenez ça !

Elle le frappa à nouveau.

— Et ça !

Frapper ces hommes horribles lui provoqua une vague de joie mesquine. Ils avaient détruit tant de vies afin de satisfaire leurs désirs et vices dépravés !

— *Miaou.*

Un son colérique détourna son attention de la bagarre. À quelques pieds de là, elle aperçut le chat noir qui se dissimulait aussi sous la table, les oreilles plaquées contre sa tête. Pourtant, il ne s'enfuit pas à son approche.

Pan ! Un autre tir résonna et Audrey cria le nom de Jonathan, car elle craignait qu'il n'ait été touché. Elle fut saisie de terreur. Elle récupéra le chat qui essayait de s'enfuir et se le cala sous un bras. Elle rampa de sous la table, espérant découvrir que Jonathan avait dégagé un passage afin qu'ils s'échappent.

Cependant, le vent avait tourné contre son sauveteur. Il était plaqué à terre par deux hommes qui se succédaient pour le frapper au ventre. Elle courut à la cheminée, s'empara d'un tisonnier et se rua vers l'homme le plus proche pour le frapper dans le dos. Celui-ci lâcha Jonathan et hurla comme un animal sauvage alors qu'il se tournait vers elle. Audrey tituba en arrière, serrant toujours le chat et le tisonnier duquel elle fendait l'air comme un fleuret.

Mais son attaque avait permis à Jonathan de reprendre le

dessus. Il décochait des coups de poing comme un pugiliste professionnel et avant que l'homme qui s'approchait d'elle ne puisse faire un pas supplémentaire, Jonathan l'avait saisi et projeté contre l'un de ses compagnons. Pendant une brève seconde, elle reprit espoir avant que le vent ne tourne à nouveau contre Jonathan. Ils étaient simplement trop nombreux.

Elle resta bouche bée quand la dernière personne qu'elle s'était attendue à voir pénétra soudain dans la pièce : James Fordyce, comte de Pembroke, tout rouge et couvert de poussière.

— Que... ? commença-t-elle avant de pousser un vivat quand James se saisit d'un homme et le jeta par-dessus la table tout en jouant des coudes pour atteindre Jonathan.

Audrey se dirigea vers le centre de la salle à manger, vers Jonathan et James.

— Lord Pembroke ! Par le ciel ! s'écria Audrey. Je suis si heureuse de vous voir ! Où est Gillian ?

— Elle est ici.

Il fit un geste par-dessus son épaule.

— Je vais l'emmener en sécurité. Saint-Laurent, nous pourrons nous retrouver demain, quand le danger sera passé.

— D'accord.

Jonathan décocha un uppercut puissant à l'homme contre lequel il avait lutté, le projetant à plat sur le dos. Audrey donna un bon coup de pied à l'entrejambe d'un homme enivré alors qu'elle s'empressait de rejoindre Jonathan.

Celui-ci tomba à genoux en poussant un cri aigu. Aucun de ceux qui les entouraient ne semblait vouloir continuer la bagarre, mais il restait une chance que ceux qui s'étaient enfuis rassemblent leur courage et prévoient de revenir. Jonathan alla à la fenêtre à guillotine qui donnait sur la rue et la remonta, leur offrant un passage pour s'enfuir.

— Sautez, aboya-t-il.

Elle s'exécuta sans attendre et se glissa à travers avant de se laisser tomber à terre. S'échappant de ses mains maladroites et tremblantes, le chat atterrit à côté d'elle, le dos cambré, le pelage noir hérissé.

— Attention !

Audrey le rattrapa juste à temps pour lui éviter d'être écrasé quand Jonathan atterrit à côté d'elle.

— Tout va bien ? lui demanda Jonathan en l'observant à la pâle lueur du clair de lune.

—Je crois.

Ce n'était pourtant pas vrai. Une tempête de peur et de panique croissait en elle et elle savait que si elle ne regagnait pas un endroit tranquille et sûr, elle ferait bientôt une crise.

Jonathan percevait clairement son anxiété.

— Oh, ma chère, murmura-t-il avant d'enrouler un bras autour de sa taille pour l'entraîner plus loin dans la rue. Allons, ne nous attardons pas. Je vous promets de vous emmener en sécurité.

Ils coururent pendant une éternité et les bottes d'Audrey lui faisaient mal aux pieds. Le chat était remarquablement lourd dans ses bras, mais elle ne se sentit pas capable de le lâcher. Peut-être plus remarquablement encore, l'animal ne lutta pas contre elle.

Ils tournèrent à l'angle de la rue la plus proche, quittant le district de Temple Bar. Un fiacre les attendait. Jonathan paya le cocher et aida la jeune femme à grimper. Elle posa le chat sur la banquette à côté d'elle. Celui-ci aplatit à nouveau ses oreilles, mais ne fit aucun geste pour frapper ou siffler.

Calé contre le dossier de la banquette opposée, Jonathan haletait profondément. Il avait la lèvre éclatée et plusieurs zébrures rouges barraient son menton et ses joues. De la sueur brillait sur sa peau et il avait l'air profondément masculin et fantastique. Elle aurait voulu grimper sur ses genoux et se blottir contre lui. Son cœur battait toujours et elle aurait voulu n'être nulle part ailleurs que dans ses bras... mais c'était impossible !

Il toucha délicatement ses côtes et poussa un gémissement avant de la regarder enfin. Elle voyait à son regard qu'il allait lui faire la morale et Dieu savait que pour une fois, elle le méritait. Mais son regard changea, s'approfondit, et elle respira plus vite alors que l'espoir palpitait dans sa poitrine.

— Avez-vous frappé un homme avec le candélabre ?

Audrey cligna des paupières.

— Oui, absolument. Puis j'ai pris le tisonnier. J'ai pensé qu'en tant qu'arme, il serait plus long et facile à manier.

— Pardieu, sourit-il, je crois que je vous adore.

Même le visage ensanglanté et contusionné, il était absolument magnifique. Elle faillit répondre qu'elle l'adorait aussi, mais se mordit la langue. Impossible de lui révéler ce qu'elle ressentait. Il trouverait le moyen de l'éconduire à nouveau et elle refusait de réitérer un tel déchirement.

— Que faisiez-vous au club ? demanda-t-elle. Vous n'êtes quand même pas membre...

Son ricanement bas la surprit.

— En êtes-vous vraiment certaine ?

Damnation, il avait le sourire le plus diabolique du monde ! Il lui faisait oublier qu'elle était une dame de haute naissance tenue de se comporter comme telle. Bien entendu, dans la journée, ils s'étaient retrouvés au lit dans un bordel et, rien qu'avec ses mains, il lui avait montré le pouvoir étonnant et effrayant des réactions de plaisir de son propre corps. Il aurait voulu la punir en lui donnant du plaisir et il en résulterait qu'elle connaîtrait l'extase la plus exquise du monde. Il ne valait pas mieux que son frère aîné.

— Vous êtes un rebelle et un vaurien, mais vous n'êtes pas cruel. Du moins pas comme les autres hommes.

Elle baissa les yeux et joua avec la ceinture noire déchirée qui ceignait sa taille.

Elle avait conçu avec soin la robe de satin. Ses manches étaient couvertes de tulle noir et de dentelle de Belgique. La ceinture de satin avait été nouée dans son dos avec un petit nœud qui accentuait ses courbes bien mieux que l'auraient fait d'autres robes traditionnelles. Bien trop de robes modernes s'évasaient sous les seins comme un sac mal taillé. Audrey n'avait jamais approuvé cette mode ridicule.

— Me trouvez-vous donc cruel ? demanda-t-il doucement.

L'amusement dans sa voix s'était évaporé et son regard était aussi tranchant que les émeraudes qu'il évoquait.

— Je...

Il y avait de la cruauté en lui, c'était vrai. Dans la façon dont il l'évitait à chaque rassemblement social, dans celle dont il ignorait toutes ses avances... Elle avait voulu l'épouser, désespérément, mais cet homme lui avait opposé une telle froideur qu'elle s'interrogeait sur sa propre valeur. Elle grimaça en se remémorant toutes les fois où elle s'était jetée sur lui. Même leur premier baiser à Noël dernier l'avait fait fuir. Si un homme ne voulait pas d'une femme, il n'avait qu'à l'informer poliment que son affection n'était pas réciproque. C'était ainsi que les choses se passaient. Mais ce n'était pas ce qu'*il* avait fait. Non, il était resté aussi froid que la glace sur la Tamise en plein hiver.

— Je n'ai jamais eu l'intention d'être cruel, murmura-t-il en se touchant à nouveau la lèvre.

Le pensait-il ? Elle avait si peur de croire en ses paroles. Elle n'était plus la fille qu'il avait rencontrée à l'automne dernier. Elle avait changé.

Je ne le laisserai plus me refaire du mal en me repoussant.

Dense et étouffant, le silence entre eux satura la calèche. Même le chat noir, percevant la tension entre eux, se roula en boule, les yeux écarquillés et les oreilles toujours rabattues.

Audrey eut très envie de tendre la main pour caresser l'animal. Il la distrairait du tumulte de ses pensées centrées sur Jonathan. Elle avait récemment perdu un des deux chats qu'elle possédait depuis son enfance. Pauvre Manchon ! Ce nouveau chat ne lui ressemblait pas et n'agissait pas comme lui, mais elle aimait tous les animaux. Si ce chat l'y autorisait, elle s'occuperait de lui.

— Audrey, dites-moi quelque chose, je vous en prie.

Jonathan se pencha en avant et posa les avant-bras sur ses genoux.

— Où allons-nous ?

Elle n'avait pas entendu quand il s'était adressé au cocher plus tôt.

— Ma résidence. Vous devez être examinée par un docteur...

— Un docteur ? Seigneur Dieu, je vais bien ! Je ne saigne pas et je n'ai pas subi la moindre égratignure. Si quelqu'un doit être examiné, c'est vous.

Elle toucha l'écharpe effilochée à sa taille.

— Mon seul chagrin de ce soir est la perte de ma jolie robe. Et cela me dérange vraiment.

— Vous et vos maudites robes... lança Jonathan d'un air irrité.

La colère d'Audrey s'accrut en un instant. La garde-robe était l'un des rares outils d'une femme pour s'établir dans le monde.

— Mes robes sont magnifiques. Vous n'avez aucun droit de...

Jonathan se jeta sur le canapé et plaqua une main sur sa bouche. Leurs visages s'étaient rapprochés et leurs lèvres n'étaient plus séparées que de quelques centimètres.

— Si j'entends encore parler de robes, je...

Il n'acheva pas sa phrase de peur qu'elle lui fourre son pied botté entre les cuisses. Tentée de lui mordre la main, elle plissa les yeux.

— Vous *quoi* ? répliqua-t-elle à travers ses doigts.

Les yeux braqués sur elle, il retira sa main tout en fronçant les sourcils.

— Que vais-je faire de vous ?

Il franchit le dernier centimètre entre eux, mouchant sa réponse d'un baiser. La force douloureuse de sa bouche prit Audrey par surprise et elle écarta les lèvres. Il y glissa la langue, la faisant sursauter. C'était comme si un éclair avait voyagé de sa bouche à son bas-ventre, l'éveillant avec une palpitation. Elle saisit le tissu de son gilet, ayant l'intention de le repousser.

Peu importe qu'il embrasse très bien, ce n'est qu'un terrible rebelle. Je ne compte pas pour lui et je refuse de me faire son jouet.

Mais serait-ce vraiment si mal de simplement profiter du moment ? Elle aimait cette note de colère qu'elle ressentait dans son baiser, car elle la ressentait aussi, cette rage en elle due au fait qu'il ne lui appartenait pas. Il n'y avait rien d'aussi cruel dans le monde que d'être privé de quelque chose dont on avait envie. Pour elle, cette chose avait été lui. C'était toujours... *lui*.

Il se déplaça sur le siège et le chat siffla avant de s'éloigner d'eux, donnant à Jonathan la place de positionner Audrey sur ses genoux. Il enroula un bras autour de sa taille, la serrant contre lui et enfonçant sa main dans les cheveux de la jeune femme, en tirant quelques mèches. Elle avait l'impression qu'il la possédait, mais pas seulement... C'était comme si elle était l'air qu'il respirait. Pourtant, à chaque fois qu'il la lâchait, comme elle le pressentait, cette barrière glaciale revenait. Elle ne pouvait pas le supporter. Le goût du sang qui s'attardait sur ses lèvres traversa son plaisir et lui rappela que ce n'était pas un fantasme.

— Arrêtez !

Elle le repoussa et glissa de ses genoux. Presque instantanément, elle fut privée de la chaleur de son corps et du tendre ravissement de ses lèvres. Elles étaient enflées et magnifiquement douces. Elle n'avait même pas remarqué qu'il avait la lèvre fendue. Jonathan la considéra avec des yeux de sphinx.

— Ramenez-moi à la maison, dit-elle.

— Non, dit-il en croisant les bras.

Elle le regarda, stupéfaite.

— Quoi ?

— Non. C'est vous qui rentrez chez moi.

— Êtes-vous prêt à affronter la colère de mon frère demain matin quand il verra que vous m'avez ramenée de la sorte ?

Elle désigna sa robe déchirée et son apparence dépenaillée.

— Je sais parfaitement que votre frère n'est pas ici. Anne et lui sont partis hier soir passer la nuit chez Godric. Ils ne rentreront pas avant plusieurs jours. Cela me donne assez de temps.

— Du temps pour quoi ? le défia-t-elle d'un ton acide.

— Pour m'assurer qu'on s'occupe correctement de vous, pour une fois.

Il se cala contre le dossier à côté d'elle et ferma les yeux comme pour s'endormir. Cela aurait été impossible. Les routes étaient pleines de nids-de-poule et le fiacre tressautait et se balançait. Pourtant, il ne bougea pas, ne fit pas le moindre mouvement.

Audrey faillit lui lancer une autre pique, mais elle n'avait pas oublié sa grimace quand il s'était touché les côtes. Il avait besoin de se reposer. Elle retourna vers le siège qu'il venait de quitter. Le chat et elle se regardèrent puis elle fronça les sourcils en observant la silhouette endormie de Jonathan.

Elle fut tentée de se jeter hors de la calèche, mais elle n'était pas stupide. Elle attendrait qu'ils aient atteint leur destination puis offrirait de payer le cocher pour qu'il la ramène chez elle immédiatement, peu importe le prix.

Elle se cala à nouveau contre le dossier et croisa les bras sur sa poitrine. Le chat, qui parut enfin se détendre, vint se frotter contre sa hanche en ronronnant. Le félin lui toucha le coude avec la patte et elle céda, lui grattant les oreilles à son insistance.

— C'est un homme terrible, n'est-ce pas ? murmura-t-elle au félin.

Un homme terrible auquel je ne peux pas m'arrêter de penser.

CHAPITRE 3

Cela ferait mieux de marcher. Jonathan ouvrit les yeux quand la calèche s'arrêta devant la maison de Half Moon Street. Tous ses muscles étaient douloureux et il souhaitait seulement engloutir une bouteille de scotch et s'écrouler sur son lit. Mais d'abord, il devait s'occuper de sa future épouse... du moins l'espérait-il. Il la précéda hors du véhicule, ignorant ses sourcils froncés. Puis il attendit patiemment, tendant la main pour l'aider à sortir, mais elle ne bougea pas.

— Audrey...

— Je ne descendrai pas. Vous pouvez dire au cocher de me ramener chez moi.

En d'autres circonstances, sa réponse hautaine l'aurait fait ricaner, mais ce soir, il était trop fatigué pour ses jeux.

— Vous n'allez pas m'obliger à vous porter, quand même ?

— Vous n'en ferez rien ! Je rentre chez moi.

Il ne pouvait pas voir son visage, mais il entendit son ton boudeur.

Il résista à l'envie de lever les yeux au ciel et se pencha plutôt dans l'habitacle afin de la saisir par la taille. Elle était si délicate et pulpeuse ! Il n'eut aucun problème à la soulever, en dépit de ses protestations furieuses.

— *Reposez-moi immédiatement !*

— Certainement pas.

Il la porta à nouveau vers sa maison, ignorant les douleurs déchirantes dans son torse. Il avait dû se briser une côte ou deux dans l'échauffourée.

— Attendez ! Archimède ! s'écria-t-elle.

— Quoi ?

— Le chat !

Jonathan se tourna, mais à sa surprise, il n'eut pas besoin de songer à porter le félin. Celui-ci avait bondi hors de la calèche et patientait près d'eux sur les marches en se léchant vigoureusement une patte.

— Il est là. Il est plus futé que vous. Alors, cessez de vous débattre.

Il la reposa, mais maintint une main ferme sur son autre bras. Il n'allait pas la laisser regagner le fiacre. Il ouvrit la porte de sa maison et la guida à l'intérieur. Le chat les suivit dans le vestibule.

Un valet se précipita vers eux.

— Monsieur ? Que s'est-il passé ? Devrais-je faire chercher un médecin ?

— Pas encore, merci, Cory. Faites simplement préparer une chambre pour Miss Sheridan.

Il baissa les yeux vers le chat.

— Et allez chercher du lait pour ce chat. Apparemment, c'est notre invité aussi. Faites monter de la nourriture dans mes appartements, ainsi que du vin. Nous sommes affamés.

— Bien entendu !

Le jeune homme s'agenouilla près du chat et lui parla gentiment.

— Tu veux du lait, mon vieux ?

— Il s'appelle Archimède, l'informa Audrey.

— Bien entendu, Madame.

Le chat l'autorisa à le soulever et à l'emmener vers les cuisines.

Un pli inquiet lui barrant le front, Jonathan observa Audrey qui découvrait sa maison. Elle se tordit les doigts par habitude. Ils se retrouvaient à présent seuls et il n'y avait plus de barrières entre eux à part les vêtements qu'ils portaient. Il bannit le désir soudain de la prendre dans ses bras pour l'embrasser.

— Jonathan, je ne peux pas rester, dit Audrey dans un murmure.

Ce n'était pas pour sa réputation qu'elle s'inquiétait. Il lisait la peur dans ses yeux. Elle avait peur de lui. Elle l'avait accusé d'être froid et insensible. C'était tout le contraire, mais elle ne semblait pas comprendre pourquoi il ne pouvait pas lui dire ce qu'il ressentait. Il ne pouvait quand même pas s'agenouiller à ses pieds en déclamant *« le soleil se lève pour illuminer votre regard... »* comme un poète languissant d'amour. Elle se gausserait de lui.

— Si fait. C'est le plan d'action le plus sûr.

Il s'interrompit en observant son apparence échevelée.

— Votre robe est en lambeaux et vous avez l'air d'avoir été attaquée, ce qui est vrai, et ces hommes du club sont peut-être encore à vos trousses. Vous en savez trop... Madame Société.

Audrey rougit et détourna le regard.

— Je ne suis pas... Ce n'est pas ce que vous croyez. Qui plus est, je ne m'inquiète pas seulement pour moi-même. Gillian se trouve toujours là-bas.

— Je suis certain que Gillian est en sécurité avec James. Vous et moi savons que c'est un gentleman. Et maintenant, ces hommes savent qui vous êtes, alors que j'ai réussi à rester anonyme. Cela veut dire que c'est à moi de vous protéger, ce qui requiert que vous restiez ici ce soir.

Jonathan lui tenait toujours le bras, pas fort, mais tendrement, voulant qu'elle sente son soutien.

— Très bien. Juste pour ce soir. Mais demain matin, je m'en irai.

Au moment où elle accepta, il lui lâcha le bras.

Ils s'avancèrent vers les escaliers et Jonathan se raccrocha à l'espoir que son plan fonctionne. Il avait besoin de convaincre Audrey qu'il était digne d'elle.

Elle le suivit jusqu'en haut des marches où il la guida vers sa chambre. Autrefois, la maison avait appartenu à lord Chessley, le beau-frère de Cédric. Jonathan avait utilisé la portion de son héritage pour acheter la maison à un prix raisonnable. Elle était dotée d'un emplacement parfait sur Half Moon Street et d'un mobilier bien entretenu. La plupart des célibataires possédaient un ameublement simple, mais Jonathan savait que la résidence d'un célibataire ne serait pas assez bien une fois qu'il serait marié. Il avait passé des mois à essayer de parfaire cette maison et de la préparer pour une future épouse.

Pour Audrey.

Et maintenant, elle est là. Des palpitations nerveuses battaient dans son ventre.

Il avait longuement réfléchi au mariage. En grandissant, il avait vu son frère aîné prendre une série de maîtresses avant de se poser, et pendant un moment, lui aussi avait cédé à la luxure. Mais rencontrer Audrey l'avait changé. Il n'oublierait jamais leur rencontre en septembre dernier. Elle avait été jeune, innocente, avec des yeux couleur muscade et des cheveux comme de la cannelle. Ses traits exprimaient une animation, une intelligence et une vivacité qui l'avaient captivé.

Toutefois, son désir grandissant avait accru ses insécurités. *Je ne suis pas assez bien pour elle. C'est la fille d'un vicomte, une dame de haute naissance. Je suis né dans l'ombre, le fils secret d'un duc. J'ai passé presque toute ma vie dans la peau d'un serviteur.*

Être membre de la Ligue n'arrangeait rien.

La Ligue des Rebelles – comme les appelait la société – était constituée de ceux qui comptaient à présent au nombre de ses amis proches. Ils avaient été là quand il avait découvert son véritable héritage et l'avaient aidé à s'intégrer dans la société londonienne. Toutefois, ils avaient tous acquis une certaine réputation dans la haute société, en ce qui concernait les femmes et leur mépris désinvolte des mœurs britanniques restrictives. Seuls leurs titres de noblesse les protégeaient du rejet social, une protection dont Jonathan était dépourvu.

Il détestait l'idée de couvrir Audrey d'opprobre à cause de ses origines, mais si elle acceptait de l'épouser, il passerait le reste de sa vie à essayer de se montrer digne d'elle.

— Asseyez-vous.

Il désigna un des fauteuils confortables puis alla allumer un feu. Il se dit qu'il aurait pu demander à l'un des valets de le faire, mais ayant lui-même été serviteur, il savait combien il était ingrat d'effectuer cette tâche aussi tard. La plupart des serviteurs étaient déjà endormis. Il était plus de minuit.

Il alluma le feu et une fois qu'il fut certain que le petit bois ne s'éteindrait pas, il se tourna vers la jeune femme qui le scrutait.

— Vous avez allumé un feu.

Elle replia les doigts sur le satin rouge de sa robe. Il avait fini par reconnaître en ce geste sa confusion et sa préoccupation.

— En tant qu'ancien domestique, c'est un de mes nombreux talents. Je suis certain que cela vous choque et vous horrifie.

Audrey plissa le front.

— Ce n'est pas...

Elle secoua la tête et recommença.

— Ce que je veux dire est que j'aimerais savoir comment faire. Vous avez fait paraître la chose si simple ! Vous connaissez tant de choses ! Vous savez vous défendre... comme vous l'avez démontré à la façon dont vous vous êtes battu ce soir. J'aimerais avoir cette force.

Jonathan poussa un petit rire et se détendit légèrement. Elle n'était pas contrariée de l'avoir vu s'occuper des tâches d'un serviteur. Elle était envieuse. C'était inattendu, mais il savait qu'elle le surprendrait toujours. C'était une des choses qu'il appréciait chez elle. Elle était impossible à prédire.

— Vous voulez apprendre à allumer un feu ? demanda-t-il.

— Oui, mais ce que je souhaite vraiment est apprendre à me battre.

— Vous battre ? Audrey, vous avez manié ce candélabre très agilement. Et le tisonnier ? Vous vous êtes comportée avec comme une créature féroce.

Elle rosit.

— Oui, enfin... ce n'est pas comme si j'avais eu vraiment le choix. Vous étiez dépassé et il fallait que je vous aide. Mais j'étais tout au mieux une distraction. Voilà ce que je voulais dire. J'ai besoin d'apprendre à me défendre correctement.

— Vous défendre ? Vous ne devriez pas avoir à...

— Quoi ? l'interrompit-elle. Je ne devrais pas avoir à me défendre ? Parce qu'un homme sera toujours présent et le fera à ma place ?

— Eh bien...

— Seigneur Dieu, cela représente parfaitement les problèmes de ce pays ! Hors de la sphère domestique, les femmes sont traitées comme des incapables et si elles souhaitent acquérir des compétences, on leur répond que c'est du domaine des hommes. Le résultat ? Je n'étais absolument pas préparée aux événements de ce soir.

— Précisément, répondit Jonathan. Vous vous êtes mise en danger inutilement. Vous auriez pu être enlevée par n'importe lequel de ces hommes et vous auriez pu vous faire tuer. Langley est un démon et il était prêt à vous faire vraiment du mal.

— Et selon vous, la seule solution raisonnable est certainement de rester à la maison et de cesser de m'attirer des ennuis ?

Audrey se mordit la lèvre et il vit qu'elle était au bord des larmes. Il avait décelé une note d'accusation dans sa voix. Une accusation qui n'était pas seulement dirigée contre lui, mais contre la société. Cela en disait des tonnes sur les raisons de ses agissements. Il s'approcha d'elle et s'agenouilla. Ses ravissants yeux bruns l'engloutirent. Il tendit la main et la referma sur celles d'Audrey, détestant le tremblement qu'il y sentit.

— Vous voulez vraiment apprendre à vous battre ?

Elle pivota la main afin d'unir leurs paumes et il ressentit un désir auquel il avait trop peur de se confronter. Elle lui faisait désirer des choses : une vie tranquille à la campagne, des baisers enflammés, des nourrissons dans des berceaux... Elle lui faisait désirer un futur dont il n'aurait pas osé rêver jusqu'à maintenant !

Bien entendu, il savait aussi que sa petite diablesse désirait tout sauf une vie tranquille à la campagne. Cela ne l'empêchait pourtant pas d'avoir envie de partager avec elle la vie qui s'offrait à présent à lui en tant que fils de duc.

L'énergie entre eux parut crépiter et se densifier, et il sut que s'il se penchait et effleurait les lèvres d'Audrey avec les siennes, une étincelle naîtrait et les ferait à nouveau culbuter sur le lit. Alors, ils verraient un feu prendre pour de bon.

— M'enseignerez-vous ?

Sa question le prit par surprise, mais alors qu'il lui tenait toujours la main, il eut un soupçon d'espoir de pouvoir conquérir son cœur. Quoi qu'il ait pu faire pour la dégoûter, pour lui faire penser qu'il était froid et cruel, il lui prouverait qu'elle s'était trompée.

Je suis un homme gentil, même si je suis un peu rebelle, mais je vous désire, Audrey. Je vous désire tant que c'est douloureux.

Si lui enseigner comment être forte, comment survivre était

une façon de la conquérir, alors, il le ferait. Autrefois, Charles avait mentionné une façon de séduire une femme appelée *l'approche professorale*. En bref, un rebelle convainquait une dame d'apprendre une compétence. Cela contraignait la dame à passer un certain temps en compagnie du libertin, rendant la séduction bien plus aisée.

— Je vous l'enseignerai, mais en secret. Personne ne doit savoir.

— Oui, vous avez raison. Cédric serait furieux et...

L'enthousiasme d'Audrey disparut et il la vit se refermer comme une huître.

— Audrey...

— Ce devra être un simple arrangement, dit-elle. Strictement professionnel ! Dites-moi que vous acceptez. Plus de baisers, plus rien, hormis ces leçons.

Chaque coup bien placé qu'il avait reçu au club de dévoyés, tous les uppercuts et les coups de pied... rien n'était aussi douloureux que les mots qu'elle venait de prononcer. Mais il ne l'abandonnerait pas, pas tant qu'il n'aurait pas fait tout son possible afin de prouver qu'il était digne d'elle, qu'il pouvait veiller sur elle et l'honorer en tant qu'homme et futur époux. S'il échouait, il la perdrait pour toujours et il ne s'imaginait pas un futur sans elle.

— Êtes-vous d'accord ? répéta-t-elle.

Il n'avait encore jamais vu ses yeux bruns devenir aussi sombres et durs. Et elle disait qu'elle manquait de force ? La femme qui se dressait à présent devant lui, celle qui exigeait sa promesse, était une forteresse absolue.

Jonathan réfléchit furieusement à une façon de garder la situation professionnelle, mais pas trop... Il eut alors une idée.

— J'accepte à une condition.

Elle ne lui avait toujours pas retiré sa main.

— J'écoute.

— Que vous passerez une nuit par semaine dans mon lit... sans que je vous touche, bien entendu.

Il attendit l'explosion et il ne fut pas déçu.

— Votre *lit* ? Pourquoi voulez-vous...

— Écoutez-moi. Je sais que vous me croyez froid et distant, et peut-être qu'un jour, je parviendrai à vous faire changer d'avis à ce propos. Vous me prenez également pour un rebelle, une accusation que je ne peux pas dénier. Mais vous avez raison sur un point : notre arrangement doit rester strictement professionnel. Ce que vous devez savoir est que cela requiert de la confiance, plus que vous le réalisez. Le combat intensifie les passions. Le cœur accélère et l'esprit s'emballe. Vous craignez le pire et cette peur est à même de s'infiltrer jusque dans votre sang. Au lieu d'apprendre, vous réagirez comme un lapin au son d'une brindille qui craque. Le lapin est une proie : il entend une menace. Un renard entend le craquement d'une branche et il le prend pour une opportunité. Vous devez être un renard. Vous enseigner à vous battre de la sorte nécessitera votre confiance.

Audrey restait sceptique.

— Et vous n'allez pas retirer la moindre satisfaction personnelle de cet arrangement ?

Jonathan afficha un large sourire.

— Je n'ai jamais dit une chose pareille, sans quoi je ne serais pas le rebelle pour lequel vous me prenez, mais je pèse mes mots. Repensez à notre aventure de ce soir. Combien de fois êtes-vous restée en retrait ou avez résisté quand je vous ai suggéré une façon de procéder qui aurait été à votre avantage ? Vous ne me faites pas entièrement confiance. Ou peut-être ne vous faites-vous pas confiance en ma présence. Si vous parvenez à dormir à côté de moi, sans craindre que j'enfreigne la décence, alors vous serez capable de participer à nos leçons sans distraction.

Elle adopta une ravissante teinte écarlate.

— Mais comment cela ne me distrairait-il *pas* ?

— Se battre exige une proximité physique. Mon corps sera collé au vôtre. Je vous toucherai. C'est inévitable. Si vous parvenez à vous habituer à ma présence et oubliez de vous préoccuper de la décence, il en ira de même avec n'importe qui d'autre. Vous aurez de meilleures chances pendant une bagarre parce que vous ne vous laisserez pas distraire.

Elle écarquilla les yeux comme si elle comprenait ce qu'il voulait dire. Le véritable objectif de Jonathan n'était cependant pas aussi simple. Certes, s'habituer à lui calmerait les nerfs d'Audrey quand ils s'entraîneraient, mais il aurait aussi amplement le temps de la séduire une fois la leçon terminée. Avec un peu de chance, elle ne saisirait pas son plan avant d'être déjà tombée follement amoureuse de lui.

Elle garda le silence pendant un moment, les yeux braqués sur lui, et il vit qu'elle s'adoucissait légèrement.

— Très bien. Un soir par semaine, mais si mon frère nous découvre, vous en subirez les conséquences, parce que je vous assure que je ne le laisserai *pas* me forcer à vous épouser pour sauver les apparences. Ce serait terrible pour tous les deux.

Encore une fois, elle avait trouvé le moyen de le blesser comme elle seule savait le faire, mais il se reprit rapidement.

— Nous entamerons votre entraînement dans quelques jours. J'ai besoin de me rétablir avant de vous permettre de me donner des coups.

Il posa à nouveau une main sur ses côtes. La perspective de lui apprendre à se battre avec des côtes brisées le fit grimacer. Et s'il s'équipait d'une sorte de rembourrage ?

— Êtes-vous vraiment blessé ? demanda-t-elle avec la sincérité qu'il aimait.

— Un gentleman ne devrait pas l'admettre, mais...

Il marqua un temps d'arrêt, tirant profit de son attention.

— Je le suis, mais pas assez gravement pour requérir un

docteur, s'empressa-t-il de la rassurer.

— Allons, faites-moi voir. Retirez votre chemise.

— J'ai cru que vous ne me le demanderiez jamais !

Face à son sourire libertin, la jeune femme fronça les sour-cils et croisa les bras. *Oublions la séduction, ce soir...* Jonathan déboutonna son gilet et le retira avant de faire passer sa chemise par-dessus sa tête. Le léger cri d'Audrey le fit grimacer. Avait-il l'air si mal en point que cela ?

— Vous devenez violet !

Les petites mains de la jeune femme s'activaient déjà sur son torse alors qu'elle le dévisageait avec inquiétude.

— J'imagine que mes côtes sont tuméfiées, peut-être brisées. Un de ces hommes avait une gauche vraiment puissante.

Audrey plaça le bout de ses doigts sur son ventre. Il contracta les muscles, combattant contre une vague d'excita-tion. Elle était si proche ! Le léger parfum floral de la jeune femme emplit ses narines, la faisant se comporter comme un jeune poulain écervelé. Voilà pourquoi il s'enfuyait toujours quand elle était dans les parages. En sa présence, il ne parvenait ni à se maîtriser ni à agir de façon raisonnable. Du bout des doigts, elle frôla ses côtes et, incapable de lui dissimuler sa douleur, il eut un mouvement de recul.

Elle désigna son lit d'un geste du menton.

— Asseyez-vous et laissez-moi vous examiner plus atten-tivement.

Il la vit récupérer un linge sur sa commode et le plonger dans l'eau contenue dans la bassine blanche. Elle se retourna alors vers lui et saisit son menton pour lui faire basculer la tête en arrière. Elle se servit du tissu pour essuyer le sang qu'il avait autour de la bouche. Ses lèvres picotaient et il y passa machina-lement la langue.

— Merci.

— De quoi ? demanda-t-il.

Elle rougit.

— Allez-vous me forcer à le dire ?

Elle soupira comme si l'aveu qu'elle s'apprêtait à faire lui coûtait les yeux de la tête.

— Merci de m'avoir sauvé la vie. Comment saviez-vous où je me trouvais, d'ailleurs ?

— Tom, le valet de Charles, est venu me trouver à Berkley's. Il se doutait que vous viendriez seule et que le mot qui disait que vous aviez l'intention de demeurer chez vous était un mensonge. Pourquoi n'avez-vous pas emmené Charles avec vous ?

— C'était le plan, mais... les choses ont changé.

Elle n'explicita pas ses raisons.

Jonathan était content qu'elle n'ait pas requis l'aide du comte de Lonsdale. Côté femmes, c'était le plus libertin de la Ligue. Cela étant, il aurait fait une bonne escorte, au moins par égard pour la sécurité d'Audrey, si ce n'est sa vertu.

— Je vous suis reconnaissante, dit-elle. Sincèrement. Charles était censé nous fournir une distraction si jamais les choses dégénéraient. Bêtement, j'ai pensé qu'on n'aurait pas besoin de lui. Sans James et vous, Gillian et moi nous serions retrouvées dans une très mauvaise passe. Pensez-vous qu'ils vont bien ?

— Je suis certain qu'ils vont bien. James est un meilleur homme que moi. Il veillera sur Gillian et la ramènera.

— S'il lui arrive quoi que ce soit... commença Audrey dont les lèvres tremblaient.

— Il ne lui arrivera rien.

— Peu importe, elle reste ma très chère amie.

Seigneur, cette femme le tuait ! Une minute, elle montrait une résolution d'acier et la suivante, songer à une amie en danger la dévastait complètement. S'il y avait bien une chose qu'il avait apprise d'Audrey Sheridan depuis leur rencontre était qu'elle ne faisait pas les choses à moitié. Elle aimait et haïssait au maximum. Il lui enviait la liberté qu'elle ressentait de parler ouvertement et d'agir avec audace. Grandir dans l'ombre et vivre dans les quartiers des serviteurs pendant la majeure partie de son existence signifiait qu'il n'en avait jamais eu l'occasion. La vie d'un serviteur était discrète. Rarement vu ou entendu, il n'était fait que pour accéder aux plaisirs et aux caprices des autres. Un serviteur n'était jamais maître de sa propre destinée.

Que Godric l'ait reconnu comme demi-frère n'avait pas tout chamboulé. Il continuait de douter de lui-même aux pires moments, oubliait encore que son standing avait changé. Même les serviteurs étaient déroutés par sa tendance à faire les choses tout seul. Allumer un feu, par exemple.

Comment pourrais-je être l'homme qu'Audrey mérite ? Cette question l'avait rongé depuis le moment où il avait vu qu'elle s'intéressait à lui... avant qu'il ne mouche cet intérêt.

— J'aimerais pouvoir guérir vos blessures, murmura Audrey qui fronça les sourcils tout en faisant descendre les yeux sur son torse.

— Seul le temps le fera, dit-il, peut-être un peu plus brusquement qu'il en avait eu l'intention.

Elle fit un pas en arrière, cette retraite redoublant la douleur du corps déjà meurtri de Jonathan, mais c'était pour le mieux. Il ne pouvait pas la toucher, l'embrasser. Pas encore. Être aussi proche d'elle représentait une tentation.

On toqua doucement à la porte.

— Entrez, répondit Jonathan.

Un valet portait un plateau chargé de plats.

— La cuisinière avait préparé un rosbif français, des ris d'agneau et des tartes à la groseille, juste au cas où vous seriez revenu pour le dîner.

Il posa le plateau sur la table près de la commode puis disparut dans le couloir avant de revenir avec deux verres et une bouteille de vin.

— Aurez-vous besoin d'autre chose, Milord ? demanda le jeune homme.

— Non, merci, Davis. Pourriez-vous dire aux bonnes de ne pas préparer la chambre d'amis, après tout ?

Il entendit le petit cri aigu d'Audrey, mais il ne détourna pas le regard avant que le valet ne les laisse à nouveau seuls.

— Je ne vais pas rester dans votre lit avec vous *ce soir*.

— C'est une question de confiance, vous rappelez-vous ? Si ce n'est pas ce soir, alors quand ? Maintenant, taisez-vous et mangeons. Je meurs de faim. Je ne pouvais pas toucher à ce que Langley servait et je soupçonne que vous aussi avez eu l'intelligence de vous en abstenir.

— À mon arrivée, ils m'ont offert du thé, mais je n'ai pas cru sage de le boire. Gilly l'a fait, mais elle n'a apparemment pas ressenti le moindre effet secondaire. Je crois qu'au moins, les drogues n'étaient pas au menu pour ces brutes-là.

Jonathan poussa un grognement. Il n'était toujours pas certain d'y croire. Ces hommes étaient assurément du genre à droguer des femmes, mais ils avaient peut-être voulu qu'Audrey et Gillian restent pleinement conscientes des horreurs qu'ils avaient l'intention de leur faire subir. Il repoussa ces pensées sinistres et se redressa pour prendre la nourriture et les boissons que Davis avait fait monter.

Il servit le vin et en offrit un verre à Audrey. Elle le prit et il faillit éclater de rire quand il la vit en avaler une lampée. Puis il dressa les assiettes et lui en tendit une. Elle inspira le fumet avec un grand sourire.

— Oh, j'ai tellement faim ! Cela sent divinement bon !

— J'imagine, oui. J'ai gardé Mrs Filbee, l'ancienne cuisinière de lord Chessley. C'est un prodige dans les cuisines.

Il mordit dans sa tarte aux groseilles. Le goût sucré explosa sur sa langue et il alla s'asseoir sur un siège près du feu. Audrey investit l'autre fauteuil vide, l'attirant un peu plus près des flammes avant d'attaquer son repas. Elle se servait de son couteau et de sa fourchette pour manger rapidement, y parvenant avec élégance. Il était clair qu'elle était affamée. Elle utilisa le dernier morceau de son ris de veau pour essuyer le jus de son rosbif. Une fois qu'elle eut terminé, elle posa une main sur son ventre.

— Laissez-moi deviner... Votre corset ? demanda-t-il.

Elle arqua un sourcil.

— Un gentleman n'est pas censé discuter de telles choses.

— Je n'ai jamais affirmé être un gentleman.

Il attendit, s'attendant à ce qu'elle proteste, mais il se confronta au silence. Il sourit et posa l'assiette sur le sol, à l'écart.

— Voulez-vous que je vous aide à vous mettre plus à l'aise ?

— Vous n'allez pas... profiter de moi ?

— C'est une question de confiance, vous vous en souvenez ? Qui plus est, c'est plutôt vous qui avez profité de moi.

— De *vous* ? Je n'ai jamais...

— À Noël dernier, *vous* m'avez traîné jusqu'à *votre* lit pour m'embrasser. Pas l'inverse. Maintenant, laissez-moi vous aider.

C'était ce soir-là où il s'était rendu compte pour la première fois qu'il était en mauvaise posture. Cette nuit-là, elle l'avait tenté comme personne ne l'avait jamais fait, et il avait dû fuir sa chambre pour s'empêcher de la prendre... ou d'être pris.

Il lui retira son assiette et la posa avant de saisir les mains d'Audrey pour la redresser délicatement.

— Vraiment, Jonathan...

Mais elle ne protesta pas quand il lui fit tourner le dos.

Retenant son souffle, il se mit à déboutonner sa robe. La soie rouge était ravissante. Dommage que la robe ait été abîmée durant la bagarre ! Quand elle se défit, Audrey la plaqua contre ses seins. Il étudia le nœud de satin noir au-dessus de la courbe tentatrice de ses fesses puis tira sur les boucles pour le dénouer.

La robe était complètement ouverte et la jeune femme lâcha lentement le tissu qui se rassembla à ses pieds.

Il desserra les lacets de son corset et y passa les doigts en prenant son temps. Il permit à ses doigts de frôler sa peau, la taquinant par son contact, la faisant frissonner. Il sentait son sang palpiter de désir, mais il se raccrocha à son contact. *La confiance*, se rappela-t-il. Quand elle le regarda par-dessus son épaule, leurs regards s'accrochèrent et elle battit des cils, la tête légèrement inclinée. Elle savait comment plaire à un homme, inviter des désirs charnels par un seul regard. Il s'éclaircit la gorge et acheva de détacher les lacets jusqu'à ce qu'elle puise se glisser hors de son corset.

— Merci, dit Audrey avant d'aller trouver refuge derrière son paravent.

Hors de sa vue, dans un coin de sa chambre, elle retira alors ses jupons, ses bas et ses bottines.

Jonathan s'assit dans son lit. Il écoutait le bruissement du tissu contre la peau d'Audrey, l'imaginant retirer chaque article, amer que ce ne soit pas lui qui la déshabille. Il fut assailli par une pensée lubrique : l'envie de dérouler ses bas avant de mordiller et d'embrasser ses cuisses. Une excitation renouvelée le fit se crisper. Il essaya de se calmer, mais c'était une tâche impossible.

— Voulez-vous bien éteindre toutes les bougies sauf une, s'il vous plaît ? demanda Audrey d'une voix tendue. Je ne veux pas que vous me voyiez avant que j'entre dans le lit.

— Bien entendu.

Il n'avait pas besoin de protester. Rien ne pressait. Étrangement, sur ce point, elle était timide. Alors qu'ils passeraient plus de temps ensemble, il lui apprendrait à être moins pudique. Ils se rapprocheraient dès qu'il commencerait à l'entraîner, mais pas ce soir.

Il se pencha en avant et souffla les bougies sur la table de nuit. Seul l'âtre illuminait la pièce, mais les deux fauteuils bloquaient la majeure partie de la lumière qui atteignait le lit.

— Vous pouvez sortir, maintenant.

Le visage d'Audrey émergea de derrière le paravent. Elle regarda autour d'elle avant de le rejoindre sur la pointe des pieds. Il détourna le visage, lui accordant un peu d'intimité. Le matelas se creusa légèrement et il sentit la couverture bouger alors qu'elle poussait un soupir.

— Vous pouvez regarder, maintenant.

Il se tourna vers elle, observant le ravissant spectacle qu'offrait Audrey dans son lit, avec ses grands yeux bruns et ses cheveux lâchés légèrement bouclés. Elle devait avoir retiré les épingles toute seule.

— Vous voyez ? Ce n'est pas si mal, n'est-ce pas ? demanda-t-il.

Elle plissa le nez.

— Ronflez-vous ?

— Si je ronfle ? Non, promit-il.

— C'est bien. Sans quoi, je vous étoufferai avec un coussin. Je vous aurai prévenu.

Elle tapota les oreillers derrière elle d'un geste si adorablement menaçant que Jonathan peina à contenir un rire.

— Oh, je vous crois !

Tout sourire, il s'installa à côté d'elle. Il avait enfin mis Audrey dans son lit... mais pas comme il l'avait espéré. Cependant, c'était un début. Il resta éveillé pendant un long moment, écoutant la symphonie de sa respiration légère qui se fit plus pesante dans le sommeil. Il se tourna alors sur le flanc et contempla le visage de la jeune femme à la faible lueur des flammes de la cheminée.

— Si vous voulez de moi, je me montrerai digne de vous, murmura-t-il, gravant ce vœu dans son cœur. Je le jure.

CHAPITRE 4

Dans le vestibule de son club, Gérald Langley, la tête douloureuse, se releva du plancher. Il toussa et épousseta ses vêtements couverts de plâtre. Autour de lui régnait la destruction. La salle à manger était jalonnée de plateaux de nourriture renversés, de chaises retournées. L'odeur âcre de la poudre empuantissait l'air. La maison était silencieuse. Il ne restait plus un seul membre de son club. Les poltrons ! Il se redressa en titubant légèrement avant d'appeler son majordome. Pas de réponse. Les serviteurs aussi s'étaient-ils enfuis ? Il les renverrait tous jusqu'au dernier pour les punir de leur déloyauté.

— *Clayton*, hurla-t-il. Où diable êtes-vous ?

Il tituba dans le couloir qui menait à son étude privée. Cette maison était le quartier général de son club, les Pêcheurs Impies de l'Enfer, mais il y dormait souvent quand il ne souhaitait pas regagner sa demeure de Mayfair. Ces derniers temps, il y restait de plus en plus, à cause de cette catin de Madame Société. Il était passé très près de mettre définitivement un terme à ce problème, mais ce maudit lord Pembroke et l'autre type, qui soit-il... Comment étaient-ils entrés, d'ailleurs ? Il n'avait encore jamais eu de problème de sécurité.

Il se jeta sur le fauteuil de son bureau et prit la bouteille de brandy posée dessus.

Une voix résonna dans l'encadrement de la porte.

— Une soirée mouvementée ?

Langley releva brusquement la tête vers le nouveau venu. Il était grand, vêtu de sombre. Gérald le connaissait, mais il n'était pas un membre de son club.

— Des problèmes ? Bien sûr que j'ai eu des problèmes. Vous m'aviez dit que si, pendant le bal, je parlais à certaines dames qui fréquentent le club, Madame Société aurait vent de mes intentions et essayerait de changer de place avec l'une d'elles.

— Nous savons comment elle pense, les endroits qu'elle fréquente, dit l'homme, et ce qui la motive. Qu'elle morde à l'hameçon était une certitude.

— Eh bien, elle l'a fait, et elle a emmené une autre fille avec elle, mais cela ne s'est pas bien passé du tout. J'étais censé l'avoir totalement à ma merci.

— Ce n'était pas le cas ? demanda l'homme qui s'avança. Elle était ici, avec votre groupe. Pourtant, la maison est vide et vous êtes prêt à noyer votre défaite dans l'alcool.

— Sheffield, vous aviez dit que nous n'aurions *aucun* mal à lui régler son compte. Toutefois, elle a amené une armée avec elle pour la secourir.

Daniel Sheffield, car c'était lui, jeta un regard en arrière dans le couloir.

— Une armée ? Vous exagérez. Je crois que vos hommes se sont fait plus de mal mutuellement dans la confusion.

— Et alors ? J'ai failli me faire tuer.

— Combien y en avait-il, véritablement ? demanda Sheffield.

— J'en ai compté deux, le comte de Pembroke ainsi qu'un

autre homme, mais il aurait pu y en avoir plus. Ils ont tout saccagé, ont tiré des coups de feu, m'ont tiré dessus !

Il leva un bras légèrement ensanglanté. En vérité, il n'avait qu'une égratignure, mais qui le pinçait presque autant que sa fierté meurtrie.

— Et Madame Société s'est enfuie.

Sheffield rajusta sa redingote et se rapprocha de Langley.

— Dommage que le plan n'ait pas fonctionné, mais vous avez été bien bête de penser qu'elle viendrait sans renforts.

— Oui, eh bien... que vais-je faire, à présent ? Je ne suis même pas certain de son identité. C'était juste une femme menue qui portait un masque. Elle ressemblait à la moitié des débutantes qui sont introduites à Londres cette année. L'amie qu'elle a amenée avec elle était tout aussi insignifiante. Comment la retrouver à présent ? Elle est aussi insaisissable qu'un fantôme, pourtant, toute la haute société l'écoute. Elle m'a détruite, comprenez-vous ? Les banques ont refusé de me faire crédit, ma sœur et son mari ne sont plus invités nulle part, et je ne peux même pas me promener dans Mayfair sans que les gens m'évitent dans les rues.

Sheffield lui adressa un sourire froid, comme si, dans une moindre mesure, il respectait ce que cette catin avait fait.

— C'est fascinant, n'est-ce pas ? Le pouvoir qu'une seule femme peut posséder ?

— Que dois-je faire pour me venger d'elle ?

Langley porta la bouteille de bière à ses lèvres et but avidement.

— Rien. La fin du jeu est arrivée. J'ai fait de mon mieux pour vous aider, mais à présent, vous devez y mettre un terme d'une autre manière.

— Je suis d'accord. Finissons-en. J'ai envie de la voir morte.

Langley avala une gorgée à sa bouteille.

— Je suis certain que cela arrivera. Malheureusement, vous ne serez plus là pour y assister.

Langley regarda Sheffield. L'homme braquait un pistolet vers sa poitrine. Le sang commença à marteler dans ses oreilles.

— Sheffield. Attendez un peu...

— Prenez un stylo et un papier et écrivez exactement ce que je vous dis.

— Certainement pas ! lança Langley.

Sheffield fit un pas long et mesuré en avant.

— Faites-le tout de suite ou vous n'aurez pas l'occasion de mettre vos affaires en ordre.

Langley déglutit difficilement. Sheffield était sérieux.

— Alors... c'est la fin ?

— J'en ai bien peur. Avez-vous besoin d'une minute ?

Langley ravala la boule soudaine qu'il avait dans la gorge tout en ouvrant le tiroir pour en sortir une feuille de papier. Il prépara une plume.

— Non. Allons-y.

Sheffield hocha la tête.

— Écrivez ceci. « À ma famille, je vous ai déçus par ma honte et ma disgrâce. Je ne supporte plus ce fardeau. » Puis vous pouvez mettre ce que vous désirez pour vous assurer que vos parents soient en sécurité.

Quasiment paralysé par la peur et l'horreur, Langley écrivit ces mots. Sa bouche était sèche et il était incapable de parler. Une fois qu'il eut fini, Sheffield lut sa lettre avec attention.

— Très bien.

Sheffield tendit le pistolet à Langley. Il en tenait déjà un deuxième dans son autre main.

— Je vais vous accorder deux minutes.

Sheffield sortit de son étude, mais il s'arrêta un instant à la porte.

— Comprenez bien que si vous essayez de vous enfuir, ce sera pire pour vous... et votre sœur.

Langley regarda d'abord le pistolet qu'il tenait à la main puis l'horloge de son étude, écoutant le tictac régulier qui égrenait les secondes qu'il lui restait à vivre.

Deux minutes.

Il admettait que c'était une fin adéquate. Il avait créé un club satanique et à présent, une fois qu'il se serait ôté la vie, il se retrouverait en Enfer pour les péchés qu'il avait commis.

Il ouvrit la bouche et y fourra le canon.

⚜

Daniel Sheffield attendit que le coup de pistolet résonne, puis il ouvrit la porte pour s'assurer que l'acte avait bien été commis. Il replaça l'autre arme dans sa redingote. Quittant la ridicule maison ravagée des Pécheurs Impies de l'Enfer, il grimpa dans la calèche qui l'attendait à l'extérieur.

— C'est fait, dit-il.

— C'est bien.

Hugo Waverly, son employeur, hocha la tête.

Ses yeux étaient très sombres, d'un noir qui désarçonnait toujours un peu Daniel.

Il servait Waverly depuis des années, tous deux faisant le nécessaire pour préserver et protéger les intérêts de l'Angleterre. Durant toutes ces années, il s'était rapproché de lui autant qu'on le pouvait et savait que Waverly lui faisait confiance. Celui-ci lui demandait donc son aide pour des missions annexes qui, souvent, n'étaient pas directement liées au roi et au pays.

Ce soir était le genre de nuits où Daniel se retrouvait confronté à la noirceur du cœur de Waverly et aux démons qui l'animaient secrètement. Toutefois, durant son enfance,

Waverly l'avait sauvé d'une vie de misère et avait fait de lui un gentleman. Il lui avait offert l'opportunité de connaître l'aventure et de s'élever en société. Daniel aurait donc affronté les missions les plus périlleuses si Hugo lui en avait donné l'ordre.

— Alors, nous reprenons notre plan initial ? demanda-t-il.

— Oui, je le pense. Pourquoi ne retrouverions-nous pas Avery Russell cette semaine pour lui demander d'entrer en contact avec Miss Sheridan ?

Daniel savait pertinemment que ce genre de questions étaient en réalité des ordres.

— J'y veillerai, répondit-il.

— C'est bien. Je crois que si vous offrez à Miss Sheridan l'opportunité de servir son pays, elle bouillonnera d'envie de vous accompagner, Russell et vous, en France. Ce type de missions requiert toujours une diversion, quelque chose pour faire réagir les rebelles anglais de Calais et voler dans les plumes de ceux qui se trouvent à la Cour royale.

Sheffield se représentait parfaitement le plan. Dans des cercles variés, on se montrerait du doigt, chacun essayant d'accuser l'autre de complicité ou de complot. C'était dans cette atmosphère agitée par les soupçons qu'on prévoyait une action de la part des réformistes... Leur erreur fatale !

— La capture de Miss Sheridan provoquera un tollé dans le pays et vous donnera le temps de vous occuper de la mission. Je veux obtenir les noms de ces réformistes à n'importe quel prix. Je suis certain qu'ils trouveront du soutien dans notre pays.

— Vous pensez que laisser la fille Sheridan mourir suffira ? demanda Sheffield.

— Oui. Nous devons d'abord veiller à notre véritable mission. Mais se faire des ennemis ici, sur notre propre sol, par la même occasion sera un charmant petit plus.

— Et Avery Russell ? Je croyais qu'il était prometteur.

— C'est dommage, en effet, admit Hugo. C'est un agent

doué. Mais, étant le frère de Lucien, il va rapidement en savoir trop. Le liquider a toujours été inévitable.

S'il avait été plus jeune, Daniel aurait frissonné en avisant la lueur froide dans les yeux de Hugo.

— Je n'ai rien contre votre plan, mais pourquoi ne pas nous en prendre directement à la Ligue, cette fois ?

Daniel retint son souffle, craignant que Waverly ne s'emporte. Il se devait pourtant de poser la question. Si la Ligue des Rebelles était bien la menace dépeinte par Waverly, il n'aurait pas attendu aussi longtemps pour frapper. Il aurait dû s'y prendre voilà plusieurs années de cela.

— Leurs faiblesses s'accroissent de jour en jour. Plus ils se marieront et engendreront des morveux, plus ils auront à y perdre. Il ne me suffit pas de me débarrasser d'eux. J'ai envie de leur *faire du mal*, petit à petit, jusqu'à ce qu'ils se retrouvent tous à genoux devant moi, brisés et meurtris. Alors seulement, j'aurai ma revanche. Pour Peter et pour moi.

Ces dernières paroles avaient été murmurées si doucement que Daniel crut les avoir imaginées.

Quand la calèche s'arrêta au domicile de Daniel, il adressa un dernier geste du menton à son supérieur avant d'en descendre. Il attendit que le véhicule disparaisse à l'angle de la rue pour gravir les marches et entrer dans son appartement.

Son majordome l'attendait.

— Monsieur, vous avez une invitée. Elle se trouve dans le salon.

L'attitude de Daniel changea et son cœur se fit plus léger. Il renonça à cette partie secrète et sombre de sa personne, celle qu'il devait endosser en présence d'Hugo. Seule *une* femme serait venue lui rendre visite.

Il retira son manteau d'un coup d'épaule et le confia à un serviteur avant de descendre le couloir et d'entrer dans le salon. La pièce était éclairée par la lumière du feu et les bougies qui faisaient ressortir les rares meubles, mais la femme près de l'âtre ne s'était jamais plainte de sa modeste résidence de célibataire. Elle avait des cheveux blonds rassemblés en une coiffure élégante, ainsi qu'une robe de satin bleu foncé qui sublimait le corps qu'il culbuterait bientôt.

— Mélanie, murmura-t-il alors qu'elle se tournait lentement vers lui.

Elle était si belle ! Et – du moins pour ce soir – elle était à lui.

— Vous êtes en retard, Daniel. Nous avions convenu de nous retrouver à minuit.

Elle lui tendit les bras et il l'étreignit.

— Le travail, ma chère. J'ai eu un contretemps inévitable.

— Nous n'avons que peu d'occasions de ce genre, dit Mélanie. Pas sans éveiller les soupçons de Hugo.

Daniel bannit de son esprit l'image de Waverly. Mélanie était l'épouse de Waverly, mais elle avait cessé de partager son lit voilà plus de deux ans, juste après la naissance de son premier enfant.

Vous possédez peut-être son corps, mais je possède son cœur. Daniel embrassa Mélanie, se libérant de la tension qui s'était accumulée en lui. Pendant très longtemps, il s'était cabré contre cette tromperie envers celui qui lui avait tout appris. Mais l'amour défiait toute logique, défiait la raison, défiait même les loyautés les plus fortes. À l'insistance d'Hugo, il avait couché avec de nombreuses femmes afin d'obtenir des informations, mais dans son cœur et son esprit, il n'y en avait jamais eu qu'une seule.

— Vous sentez la poudre, murmura Mélanie en enroulant les bras autour de son cou.

Il ricana quand elle lui mordit l'oreille, déclenchant un électrochoc de plaisir.

— Vraiment ?

— Oui, c'est ce que j'aime chez vous. Vous êtes si différent de lui. Vous êtes vrai, pas une ombre. J'ai épousé Hugo parce que je le trouvais mystérieux et charmant, mais je n'ai jamais eu le droit de voir sous son masque. Pas comme avec vous.

Elle leva le visage vers lui et il se pencha à nouveau pour l'embrasser, se perdant dans l'excitation croissante de son corps, si agréable cependant.

— Vous êtes la seule femme qui a jamais connu l'homme que je suis vraiment, lui assura-t-il.

Beaucoup trouvaient Mélanie vaniteuse et elle l'avait peut-être été, des années en arrière. Mais le temps et un mariage solitaire l'avaient conduite sur un chemin différent, un chemin qu'il avait observé de loin jusqu'à ce qu'il n'y tienne plus. À partir de là, elle avait possédé son cœur. Il avait fait de nombreuses choses au nom du roi et du pays. Des choses horribles. Des choses nécessaires. Mais s'il n'avait fait qu'une bonne chose dans sa vie, c'était d'aimer cette femme, même si c'était interdit. Elle était sa seule chance de rédemption.

— J'ai besoin d'être à l'intérieur de vous, mon amour, gronda-t-il.

Elle sourit et l'entraîna vers le canapé. Ils ne parleraient plus de toute la soirée, pas avant d'avoir rassasié leurs désirs. Il s'inquiéterait à propos d'Audrey Sheridan le lendemain.

CHAPITRE 5

Quand Jonathan quitta le lit juste avant l'aube, Audrey était déjà debout. C'était typique pour elle de se lever tôt, mais leur folle évasion du club clandestin lui avait provoqué un tel malaise qu'elle était plus alerte qu'à l'ordinaire. Elle devait ce malaise au fait qu'elle n'avait cessé de se rapprocher de Jonathan pendant la nuit, jusqu'à finir quasiment enroulée autour de son corps pendant leur sommeil. En s'éveillant, elle avait senti son odeur et la chaude pression de sa peau contre elle. Il était parvenu à enrouler un bras autour d'elle, la serrant contre lui, et la sensation était si merveilleuse qu'elle n'avait pas voulu le repousser.

Mais à présent, avec la froide absence de son corps, elle trouva la force de quitter maladroitement le lit pour s'habiller. Elle sonna une bonne qui l'aida à lacer son corset et boutonner sa robe. Elle entendait toujours Jonathan qui se déplaçait dans l'autre pièce, et elle prit un moment afin de lui rédiger un mot à la hâte.

« Respectez votre part du contrat. Nos leçons devront commencer bientôt. »

Puis elle descendit chercher Archimède. Quand elle avait vu le chat repousser ces mécréants la nuit précédente, elle s'était souvenue d'une histoire sur le célèbre mathématicien grec Archimède. Il avait créé une arme en forme de grappin qu'on pouvait projeter à partir d'un bras de métal vers un bateau, fracassant ses ponts pour le faire couler. Le nom convenait parfaitement au félin.

La veille, Archimède avait charmé le personnel de maison et Audrey le trouva en train de jouer avec le plumeau d'une des bonnes. La fille riait en regardant le chat donner des coups énergiques aux plumes.

— Oh ! Je vous demande pardon, Miss.

Quand la servante se rendit compte qu'Audrey l'observait, elle reprit l'objet et adressa une révérence à la jeune femme.

— Ce n'est pas grave. Je suis venue le récupérer. Il est temps d'y aller.

Elle souleva le chat et le plaqua contre elle avant d'aller demander au majordome de lui héler une calèche. Elle avait perdu son réticule dans la bagarre et se demandait si le cocher lui permettrait de payer à l'arrivée.

— Voici, Miss, dit le majordome en lui tendant une bourse remplie de pièces. Le maître a dit que vous voudriez peut-être partir plus tôt et que vous auriez besoin de ceci.

Audrey regarda la bourse.

— Je...

Elle était forcée d'accepter, mais elle pourrait dépêcher un serviteur plus tard avec de l'argent pour le rembourser. Elle en retira suffisamment pour couvrir le trajet en calèche et rendit la bourse au majordome.

— Merci. Dites à M. Saint-Laurent que j'enverrai un garçon plus tard pour le rembourser.

Le serviteur hocha la tête, mais il sembla choqué de la voir refuser un cadeau. C'était pourtant le but. Elle ne voulait pas de la charité de Jonathan et n'avait pas envie de lui devoir quoi que ce soit.

Il m'apprendra à me battre et alors, je n'aurai plus besoin de personne. Je serai vraiment indépendante.

À présent qu'elle avait d'autres désirs, ses rêves d'amour et de mariage s'estompaient. Allongée au lit avec Jonathan, goûtant à ce dont elle avait toujours rêvé, elle avait réalisé que quelque chose avait changé en elle. La jeune bécasse qu'elle avait été l'année précédente, celle qui aspirait au mariage et à la maternité, avait disparu. Le besoin de quelque chose de plus élevé brûlait à présent en elle comme un fanal.

Au début, Madame Société avait été un passe-temps divertissant, à moitié destiné à aider ses amies à se caser au gré des rumeurs qu'elle avait entendues. Mais au fil des années, ses idéaux avaient changé. Ses articles avaient cessé d'être de simples rubriques mondaines, devenant des appels à l'égalité, des tribunes politiques ou même des appels au Parlement. Tout ceci avait été fait avec le panache et la perspicacité d'une femme intelligente qui se servait de la société comme d'une arme. Mais Madame Société était juste la première étape du désir qu'avait Audrey de changer l'Angleterre.

Si elle souhaitait toujours devenir une épouse et une mère, elle craignait de ne jamais y arriver, pas alors qu'elle avait besoin de se prouver qu'elle était capable de choses plus importantes, pas dans un monde où les hommes n'avaient aucune envie d'offrir cette opportunité aux femmes. Que Jonathan ne veuille pas d'elle pour épouse aurait dû la soulager, car cela lui avait donné le temps de se rendre compte que sa destinée était tout autre.

Quand la calèche arriva, elle remercia le majordome puis quitta la demeure de Jonathan. Elle résista à son envie de regarder en arrière. Malgré tous ses désirs, cette belle maison ne deviendrait pas sa demeure.

Deux ans auparavant, à sa sortie dans le monde – coqueluche du Tout-Londres ! – elle aurait pu avoir n'importe quel homme… à part celui qu'elle désirait vraiment. Il se montrait cavalier et mercenaire ? Alors, elle aussi ! Elle suivrait ses leçons puis quitterait l'Angleterre pour devenir espionne.

Au cours des derniers mois, elle avait eu des discussions régulières avec Évangéline Mirabeau, courtisane française et femme d'exception qui pensait qu'Audrey aurait du succès en France. Les commérages et les intrigues régissaient la Cour de France, deux domaines dont Audrey était spécialiste. Ceux qui savaient comment naviguer ces eaux-là pouvaient aller loin.

Le temps qu'elle parvienne à la résidence des Sheridan, l'aube taquinait le sommet des bâtiments. Elle espérait que ceux qui avaient remarqué son absence n'en informeraient pas son frère à son retour. La plupart du personnel la connaissait suffisamment pour rester discret, mais elle ne pouvait être sûre de rien. Portant Archimède à l'intérieur, elle ignora les regards inquiets des deux valets de pied quand elle passa devant eux.

L'un des deux lui tendit un courrier.

— Une lettre est arrivée pour vous, Miss.

— Merci.

Elle la fourra dans la poche de sa robe déchirée et regagna sa chambre à l'étage.

Elle posa Archimède sur le lit. Mitaines s'y trouvait déjà, alanguie sur les oreillers à la lumière du petit matin. La chatte leva la tête et fusilla Archimède du regard. Le nouveau venu lui rendit son regard, sa queue battit et pendant quelques secondes, Audrey eut peur qu'ils ne se prennent le bec. Au bout d'un moment, Mitaines se redressa, s'étira paresseusement puis sauta du lit et s'en alla, la queue tel un plumeau noir, battant l'air avec défiance avant de disparaître dans le couloir.

Audrey prit la lettre et brisa le sceau, lisant les lignes griffonnées à la hâte. Apparemment, Gillian avait subi une légère blessure à la tête et James avait insisté pour qu'elle passe la nuit chez lui, puisqu'il avait un médecin de garde pour veiller sur sa mère. Eh bien, c'était une petite miséricorde. Au moins, son amie était en sécurité et on avait pris soin d'elle.

Audrey se dirigea vers son armoire. Elle venait à peine de tourner la poignée quand la porte de sa chambre s'ouvrit, laissant Gillian jeter un œil à l'intérieur.

— Vous êtes en sécurité ! s'exclama sa suivante en se précipitant pour l'étreindre.

— Bien entendu ! Et vous ? Je vous ai vue partir avec James Fordyce hier soir.

Audrey rendit son étreinte à son amie.

— Très bien.

Gillian rougit puis grimaça en avisant la robe d'Audrey.

— Oh, non ! Elle était neuve !

Audrey soupira en tiraillant sur son vêtement.

— Oui, la robe est détruite, mais heureusement, c'est l'unique victime de la soirée.

— Laissez-moi vous aider à la retirer. Je viens de faire couler un bain et je venais voir si vous étiez là. Je ne m'étais pas rendu compte que vous étiez déjà rentrée.

Gillian l'aida à retirer ses vêtements et Audrey se dirigea vers la grande baignoire en cuivre qui trônait dans son vestiaire. L'eau était chaude et elle poussa un grand soupir de plaisir en s'installant dans la cuve.

— Du balai !

La réprimande cinglante de Gillian fit sursauter Audrey qui projeta de l'eau chaude par-dessus le rebord de la baignoire. Sa suivante tenait la robe détruite à bout de bras. Elle s'en servit pour pourchasser Archimède qui sautait partout dans le vestiaire et bondit successivement de la commode jusqu'à l'armoire ouverte pour finir sur une pile de gants de toilette.

— Gillian, que diable faites-vous ?

— Diable est le mot juste ! Il était assis juste ici. À vous regarder. Il devrait être aux cuisines pour chasser les rats.

Le chat fila le long de la baignoire, patinant sur l'eau avant de filer dans la chambre. La bonne enferma enfin le félin hors du vestiaire et colla le dos à la porte comme si elle défendait la pièce contre une créature gigantesque.

— Où l'avez-vous donc trouvé ?

Audrey était en train de se frotter avec du savon.

— Il vient du club, vous vous en souvenez ? Ils disaient que ce pauvre chat était le diable en personne.

Gillian s'approcha d'un fauteuil et s'y écroula.

— Je croyais que ce détail n'était qu'un mauvais rêve. Visiblement pas, grimaça-t-elle en laissant retomber sa tête.

— Vous vous habituerez à lui. Archimède est vraiment adorable.

— Archimède ? Seigneur Dieu !

Gillian s'empara de plusieurs gants de toilette qu'elle apporta à Audrey.

—Je vais vous faire monter un petit déjeuner.

— Merci, Gillian.

Audrey soutint le regard de son amie pendant un long moment, espérant que l'autre femme entende le message qui sous-tendait ses paroles. Elle ne méritait pas une amie aussi loyale, gentille et courageuse qu'elle.

Gillian s'empourpra.

—Je vous en prie.

Elle sourit et se glissa hors du vestiaire.

Audrey prit son temps pour faire sa toilette et elle pouffa en repensant à la bataille dans le salon, la veille. Avait-elle réellement frappé un homme à la jambe avec le candélabre et avait cogné les parties intimes d'un autre à l'aide d'un tisonnier ?

Oui, je l'ai fait. Et une chose est certaine : j'en parlerai en détail dans la prochaine rubrique de Madame Société.

Rédiger de tels articles lui provoquait toujours un frisson d'excitation. Quand elle n'essayait pas de tenailler son frère aîné et ses amis rebelles pour qu'ils se marient, elle faisait de son mieux pour rectifier les travers de la société... ou du moins les exposer au grand jour. C'était l'influence de Madame Société qui lui avait donné l'idée de poursuivre une carrière d'espionne. L'année précédente, elle en avait parlé à Avery et comme Évangéline, il avait décelé en elle une espionne potentielle. Il avait même vu bon de lui donner quelques leçons de base pour apprendre à se déguiser ou à extraire des informations sans que les gens s'en rendent compte.

Après son bain, Audrey enfila une robe simple vert pâle ainsi que des chaussons argentés, puis elle s'installa sur son lit avec une plume et des feuilles blanches. Archimède, qui avait l'air de se sentir chez lui peu importe où il se trouvait, sauta à côté d'elle sur le lit et ronronna avant de se frotter les joues sur son épaule. Gillian s'affairait dans tous les sens, rangeant la chambre, mais elle s'interrompit quand elle remarqua à nouveau la présence du chat.

— Je crois que vous êtes devenue folle, déclara-t-elle.

Audrey raya une ligne de son article et écarta la plume du chat qui essayait de s'en emparer.

— Oui ?

— J'ai dit que je crois que vous êtes devenue folle, Madame.

Audrey leva les yeux et inclina la tête.

— Folle parce que j'écris un exposé sur les Pêcheurs diaboliques de l'Enfer ou bien parce que j'ai ramené Archimède ?

La bonne fusilla le félin du regard.

— Les deux, je dirais.

— Allons, donc. Nous avons démasqué la plupart des hommes pendant la bagarre d'hier soir et il est temps de faire savoir à la bonne société qui parmi eux ne sont pas de vrais gentlemen.

Gillian poussa un petit grognement dans lequel Audrey décela la déception.

— Et que pense Mitaines d'Archimède ?

À la mention du vieux félin, Audrey regarda le nouveau venu.

— Mitaines ? Oh, elle a un peu boudé au départ, mais je pense qu'elle s'y habituera. Il ressemble un peu à Manchon, ne trouvez-vous pas ?

Elle savait que c'était un mensonge. Manchon et Mitaines, le frère et la sœur, lui avaient été offerts par son frère quand elle avait dix ans. Manchon avait été tué le Noël précédent par un homme qui avait voulu faire du mal à son frère et s'était servi du félin pour envoyer un message. Cela lui avait brisé le cœur d'avoir perdu son vieil animal de compagnie chéri d'une telle façon, et même le bel Archimède ne saurait le remplacer.

— Manchon avait l'air gentil, dit Gillian.

— Archimède est gentil, insista Audrey en souriant alors que le chat se frottait le visage contre sa main en recommen-çant à ronronner.

— J'en doute fortement. Pourquoi l'avez-vous appelé Archi-mède ? Je crois que Lucifer aurait été plus approprié.

L'air choqué, Audrey couvrit les oreilles du félin comme pour lui éviter d'entendre la discussion.

— Juste parce qu'il présidait à un festin diabolique ne signifie pas que ce soit un chat du malin. Il a peut-être été entraîné dans cette histoire sous de faux prétextes, comme nous.

Gillian pouffa.

— De faux prétextes ? C'est un chat. Ils l'ont probablement capturé dans une allée quelconque.

— Foutaises ! s'exclama Audrey en serrant Archimède contre elle. Les chats ne vont nulle part contre leur volonté. Pendant le festin, il a attaqué un des hommes, lord Augersley, avant que je le retire de la table. Pourtant, il ne s'est absolument pas débattu contre moi, n'est-ce pas ?

Elle gratta Archimède derrière les oreilles.

— Seigneur Dieu ! grogna Gillian en se dirigeant vers la porte.

Audrey sentit que quelque chose affectait profondément sa servante. Elle était distante, ce matin. Généralement, Gillian se montrait bavarde, du moins avec elle. Audrey se doutait bien de ce qui rendait son amie si pensive. Si elle n'avait pas voulu discuter, elle aurait tout rangé puis quitté les appartements de sa maîtresse. Pourtant, elle s'était attardée, comme si elle souhaitait qu'Audrey lui demande ce qui la tracassait.

— On ne va vraiment pas en discuter ? demanda doucement Audrey, faisant piler net Gillian avant qu'elle n'atteigne la porte.

Celle-ci reprit enfin la parole d'une voix douce.

— De quoi... ?

— D'hier soir. Je suis rentrée à l'aube, mais vous êtes seulement revenue très tôt ce matin. Le messager qui a apporté le mot a dit que vous aviez été blessée et que James vous avait reconduite chez lui.

Sa servante eut un moment de recul. Audrey la scruta, essayant de lire la moindre petite expression de son visage afin de déterminer ce qui s'était passé.

— Gillian, murmura-t-il, je sais que vous avez un penchant pour lui. Aucune raison d'en avoir honte.

— Ah non ?

Gillian déglutit difficilement et Audrey vit qu'elle ravalait des sanglots.

— Je ne conviendrai jamais à quelqu'un tel que lui. Je suis une *bonne*, Miss. C'est un comte. J'aurais de la chance si je deviens sa maîtresse.

S'il y avait une chose qu'Audrey détestait, c'était quand la société donnait l'impression à des femmes comme Gillian d'être sans valeur. Elle était fille de comte, quoiqu'illégitime. Cela ne faisait pas la moindre différence aux yeux d'Audrey. Certes, elle-même était la fille d'un vicomte et la sœur d'un autre, mais à ses yeux, un titre ne révélait rien sur le caractère d'une personne. C'étaient les actes et le caractère qui comptaient, pas les circonstances de sa naissance. Et si quelqu'un était né avec plus de privilèges, alors à ses yeux, il était doublement important de s'en montrer digne. Bien entendu, c'était une opinion qu'elle ne pourrait jamais exprimer ouvertement, hormis sous couvert de l'anonymat de Madame Société.

— James n'a jamais pris de maîtresse.

Audrey sortit de son lit et éloigna Archimède de ses documents.

— Gilly, nous devons parler de votre relation avec James.

Elle conserva une voix posée, déterminée à dissimuler son excitation et sa détermination. Si quelqu'un devait faire un joli mariage et connaître le bonheur conjugal, par Dieu, ce devrait être Gillian !

Le visage de son amie se décomposa.

— Qu'il ait une maîtresse ou non n'est pas la question. Lui et moi ne pourrions jamais...

Légèrement tremblante, Gillian ferma la bouche. Dans ses yeux, Audrey vit briller des larmes qu'elle contenait difficile-ment alors que son visage rougissait.

Sentant son cœur se serrer pour son amie, elle se mordit la lèvre. Elles étaient quasiment comme des sœurs et cela la tuait de voir son amie aussi touchée. Elle prit Gillian dans ses bras et celle-ci éclata soudain en sanglots.

— Pleurez autant que vous voulez. Personnellement, je me sens toujours mieux après. Les hommes ne comprennent tout simplement pas le pouvoir d'une bonne crise de larmes.

Dieu savait que Jonathan l'avait fait pleurer à de nombreuses reprises.

Gillian renifla et rit nerveusement.

— Il y a bien trop de choses que les hommes ne comprennent pas.

— Je ne vais pas dire le contraire.

Audrey éclata de rire et lâcha Gillian, mais une idée soudaine lui redonna son sérieux.

— Laissez-moi vous dire quelque chose à laquelle j'exige une réponse honnête, même si cela vous fait mal.

Quand son amie hocha la tête, elle poursuivit.

— Si vous étiez une dame et James un gentleman ordinaire, et qu'il n'y avait pas le moindre problème de statut social ou toutes ces sottises, souhaiteriez-vous être avec lui ?

Elle patienta, observant le visage de son amie qui prit le temps de répondre. Gillian carra les épaules et pointa bravement le menton.

— Oui.

Une fille courageuse !

— C'est tout ce que j'avais besoin d'entendre.

Elle contint un petit rire de triomphe. Elle était bien décidée à caser Gillian et James ensemble. La seule question était comment. Elle se cala à nouveau sur le lit et s'empara de ses papiers.

— Vous n'avez pas l'intention de vous en mêler ?

Le ton de Gillian était accusateur, mais également craintif.

Audrey jouait aux cartes depuis si longtemps qu'elle avait appris à avoir un visage neutre.

— J'avais simplement besoin de savoir ce que vous pensez pour pouvoir mieux gérer cette situation si elle se présente à l'avenir. Je comprends vos peurs. Cela m'écorche la bouche de l'admettre, mais un comte et une suivante représenteraient une situation quelque peu impossible. Cela dit, je ne veux pas non plus voir des cœurs brisés. Alors, mieux vaut prévenir que guérir, comme on dit. Je vous assure que je m'occuperai de cette histoire comme il se doit si l'occasion se présente.

Audrey fit semblant de lire son article alors qu'elle essayait de trouver comment rapprocher ses deux amis. Un bal ? Une fête privée ? Un rendez-vous secret ?

— Pourquoi ai-je du mal à vous croire ? marmonna Gillian.

Audrey ignora le ton sombre de la servante.

— Vous avez l'air un peu pâlichonne, ma chère. Pourquoi ne descendriez-vous pas aux cuisines afin de vous reposer un peu et boire du thé ? Je vais rester ici à travailler sur mon article et je n'aurai pas besoin de vous pendant un moment.

Si elle demandait à Gillian de se reposer, cela la mettrait peut-être de meilleure humeur tout en donnant le temps à Audrey de planifier ses projets d'entremetteuse.

— Très bien.

Gillian sortit de la chambre, laissant Audrey et Archimède seuls. Le chat noir était assis sur la banquette de fenêtre, se léchant une patte qu'il frotta sur son oreille.

Elle s'adressa au chat.

— Qu'en penses-tu ? Devrais-je demander à mon frère d'organiser un bal ?

Archimède la regarda sans ciller.

— Non ? Bon... ma sœur donne une fête dans une semaine. Je suis certaine qu'elle ne verrait aucun inconvénient à inviter James. Tout le monde l'adore. Qu'en penses-tu ? Une fête créerait une intimité forcée. Alors, ils se retrouveraient coincés ensemble dans une maison de campagne jusqu'à ce qu'ils ne puissent simplement plus se résister ! C'est parfait, tu ne trouves pas ?

Archimède se lécha le nez et ronronna.

Elle se l'imaginait parfaitement ! Cela fonctionnerait à merveille.

— Alors, c'est décidé. La fête privée à la campagne.

Elle s'empara d'une feuille vierge et rédigea un mot à l'attention de sa sœur afin d'expliquer la situation. Horatia était la plus raisonnable des deux, mais comme Audrey, elle était également une indécrottable romantique. Horatia serait heureuse de mettre James et Gillian ensemble. Elle termina son mot et le replia avant de l'emporter vers son bureau où elle le referma précautionneusement avec de la cire.

Une fois qu'elle eut durci, elle s'assit à sa coiffeuse et posa son menton dans ses mains pour réfléchir. La nuit précédente avait été un désastre et elle se reprochait amèrement d'avoir causé du tort à Gillian par ses actes irréfléchis. Mais tout cela serait vite rectifié ! Certes, leurs vies avaient été en danger, mais l'incident avait entraîné une conséquence positive : James et Gillian avaient passé plus de temps ensemble ; un pas de plus pour les rapprocher.

Elle remarqua qu'un de ses gants était tombé à terre et elle le ramassa, se disant que Gillian ne l'avait certainement pas vu. Elle observa la dentelle déchirée et poussa un soupir. Un parfum qui émanait de l'accessoire l'interpella et elle le porta à ses narines. L'odeur de Jonathan, à peine suggérée, imprégnait le tissu de qualité. Des souvenirs de la nuit précédente l'assaillirent. Ils étaient assis près du feu. Elle lui demandait de lui apprendre à se battre. Le marché qu'ils avaient passé... Le fait qu'elle avait passé la nuit dans son lit, intacte... Avait-elle réellement fait tout cela ? Elle ne savait pas comment elle allait se retrouver à nouveau face à lui après avoir fait une chose aussi stupide.

Tout avait été bien bête ! Pourtant, elle avait envie d'en apprendre autant qu'elle le pouvait. Avery l'avait initiée à l'art de l'espionnage et Évangéline à celui d'utiliser sa féminité à son plus grand avantage, mais ni l'un ni l'autre ne lui avait enseigné à se défendre. Elle avait besoin d'avoir Jonathan pour professeur. Et même si elle se refusait à l'admettre, elle voulait passer plus de temps avec lui. Elle savait que ce n'était pas conseillé. Son cœur était déjà brisé, et si elle passait plus de temps en sa compagnie, cela ne ferait qu'empirer. Pourtant, elle y était contrainte parce qu'elle espérait un contact avec lui, tout insignifiant soit-il.

Je suis apparemment déterminée à me punir pour mes désirs...

On toqua doucement à la porte. Audrey essuya la larme qui roula soudain sur sa joue et reprit la lettre d'Horatia.

— Entrez.

La porte s'ouvrit et Sean Hartley entra. Le valet aux cheveux roux avait le cœur bon et un sourire ravageur. Avec Gillian, il était son confident le plus proche et l'un des rares à connaître son alias de Madame Société. Elle lui tendit la lettre.

— Sean, voulez-vous bien expédier ceci à ma sœur ?

— Bien entendu, Milady.

Il rangea la lettre dans son gilet puis s'éclaircit la gorge.

— Vous avez un visiteur à la porte.

— Ah oui ?

Elle se crispa. Était-ce Jonathan ? Elle n'était pas prête à lui faire face. Pas encore.

— Qui est-ce ?

— Lord Pembroke. Dois-je l'informer que vous le recevez ?

— James ? Oh, juste au bon moment ! Oui. Veuillez lui dire que je le verrai dans le salon.

Audrey s'interrompit.

— Oh, ce n'est pas la peine. Je descends avec vous. Je n'ai pas la patience d'attendre.

Incapable de contenir son enthousiasme, elle posa son matériel d'écriture et quitta la pièce. C'était trop parfait ! Elle n'avait même pas eu besoin de l'inviter. Il était venu de son plein gré ! James se tenait dans le vestibule, le chapeau à la main, le visage tiraillé entre l'empressement et la nervosité.

Le pauvre, il espère certainement que je puisse l'aider à retrouver Gillian !

— James ! le salua-t-elle avec une étreinte.

Cédric n'aurait pas approuvé de tels débordements, mais elle considérait James comme un frère. Aucun risque que James perçoive une telle étreinte comme romantique !

— Entrez au salon. Je vais faire servir du thé.

— Merci. Un peu de thé ne serait pas de refus.

Une fois au salon, elle lui fit signe de s'asseoir tandis qu'elle préparait le plateau que Sean avait apporté. Elle perçut le regard que James posait sur elle. Il s'interrogeait certainement sur la nuit précédente, se demandant comment elle s'était retrouvée dans une situation aussi épouvantable.

Le jeune homme s'éclaircit la gorge.

— Comment vous portez-vous après l'aventure d'hier soir ? Je crains que dans le chaos, nous n'ayons pas pu éviter une séparation. J'en déduis que M. Saint-Laurent vous a ramenée à la maison saine et sauve ?

Elle lui tendit une tasse de thé avant de s'asseoir à son tour.

— Oh, oui. Tout s'est bien passé.

Il m'a bel et bien escortée à la maison, mais pas la mienne, songea-t-elle avec un léger amusement. Elle sirota son thé, remarquant que James avait attendu qu'elle le fasse pour boire à son tour. Combien de temps mettrait-il avant de s'enquérir de Gillian ? Il savait que ce serait particulièrement déplacé, mais elle avait la conviction qu'il finirait par le faire.

— Et Miss Beaumont ? Vous est-elle revenue saine et sauve ce matin ?

Audrey se mordit l'intérieur de la lèvre afin de dissimuler son sourire. Il était amouraché ; ses yeux bruns le trahissaient.

Il scrutait son visage à la recherche du moindre indice, de nouvelles de Gillian, de tout ce qui lui aurait redonné espoir.

— Je ne l'ai pas vue partir tout à l'heure, ajouta-t-il.

— Oui, sourit Audrey. Elle est bien arrivée. Merci de vous être si bien occupé d'elle, James. Vous comprenez, Gillian est très chère à mon cœur. C'est une de mes amies les plus proches.

— Ah oui ?

Il se décala en avant, attendant impatiemment tous les détails dont elle voudrait lui faire part. Audrey ignora le pincement de culpabilité qui la tarauda, mais si elle voulait les aider à se mettre ensemble, certains petits mensonges seraient incontournables.

— Oui, cela fait trois ans que nous nous connaissons. Depuis l'âge de seize ans. Je lui confie tous mes secrets. *Absolument tous.*

Elle espérait qu'il la comprendrait à demi-mot. En tant que Madame Société, elle était à présent une cible pour des hommes tels que Gérald Langley.

James posa sa tasse sur la table vernie.

— Elle sait pour votre... emploi ?

Audrey opina du chef.

— Et j'espère que vous aussi garderez le secret, Milord.

Les yeux bruns du jeune homme se firent sérieux.

— Personne ne l'apprendra de ma bouche, mais je crains que votre secret soit éventé. Après la nuit dernière, il est clair que des hommes tels que Gérald Langley chercheront à se venger. Vous devez faire attention. Toutes les deux. Langley a vu le visage de Miss Beaumont et je crains qu'elle ne soit en danger.

Il reprit sa tasse et en avala une gorgée.

— Puis-je entretenir l'espoir de la revoir ?

Audrey fit mine de le scruter d'un air critique comme si elle pesait sa réponse.

— Cela dépend. Quelles sont vos intentions, James ?

Elle patienta, attendant de voir s'il serait capable de lui poser la question attendue ou bien si elle devrait avoir pitié de lui et le suggérer elle-même.

— En tant que Madame Société, je ne fais pas que défier les conventions de la haute société dans mes exposés. J'ai aussi d'autres activités.

Les yeux du comte s'illuminèrent d'espoir.

— Oui, j'ai entendu dire que vous êtes une entremetteuse. Alors me voici, vous implorant de m'aider à conquérir Gillian... je veux dire Miss Beaumont.

Il avait l'air désespéré, ce qu'elle comprenait parfaitement. C'est ce désespoir qui vous assaille quand on aime une personne et qu'on veut être avec elle.

Elle reposa sa tasse et replia les mains sur son giron avant de se pencher vers lui pour lui dire à voix basse :

— Je dois vous poser une question. L'honnêteté est primordiale, alors vous feriez bien de ne me fournir que la vérité.

James l'imita en se penchant en avant.

— Bien entendu.

— L'aimez-vous ?

— Si je l'aime ?

Le regard contemplatif, il marqua un temps d'arrêt.

— Je ne la connais pas depuis suffisamment longtemps pour être certain de mon amour, mais j'ai su au moment où je l'ai rencontrée que quelque chose se met en place quand je suis avec elle. Comme les pièces d'un puzzle qui s'assemblent ou la façon dont la mer et le rivage s'unissent. Je me sens lié à elle d'une façon qui défie toute explication plus rationnelle. Elle est intelligente, bienveillante et courageuse. Tout ce que je souhaiterais chez la femme qui partage ma vie !

— Et vous la trouvez belle ?

Il n'avait pas mentionné la chose que la plupart des hommes

plaçaient en premier quand ils choisissaient une épouse ou une maîtresse.

Elle réprima un grand sourire en le taquinant alors que James continuait de la regarder avec sérieux.

— Bien entendu, mais la beauté n'est pas simplement celle du visage ou du corps. Elle s'étend bien plus profondément, dans l'esprit et dans l'âme. Cette beauté grandit avec le temps au lieu de s'estomper.

Ses paroles remplirent de chaleur le cœur d'Audrey. James était encore meilleur que ce qu'elle avait espéré. Il était vraiment parfait pour Gillian ! Elle se cala contre le dossier de sa chaise. Il était temps de le tester davantage.

— Après une si brève rencontre, vous ne la connaissez certainement pas très bien. Et si vous vous trompiez sur elle ?

Il eut l'air confus.

— Je crains de ne pas comprendre.

— Si vous choisissez d'être avec elle et que cela détruit votre vie, alors quoi ? Le regretteriez-vous ? L'abandonneriez-vous, souhaiteriez-vous ne l'avoir jamais rencontrée ?

Elle retint sa respiration, attendant de voir s'il était celui qu'elle croyait être.

Lui et moi sommes tellement similaires ! Nous nous battons pour l'amour, nous nous battons jusqu'à ce que nous soyons certains de la victoire ou de la défaite. J'ai perdu ma guerre, mais James pourra toujours remporter la sienne. Je ne le laisserai pas jeter l'éponge.

Il baissa la tête et observa l'intérieur de sa tasse de thé avant de répondre.

— Et la vie de Gillian ?

— Pardon ?

— Eh bien, vous dites qu'être avec elle risque de détruire ma vie, mais cela aura-t-il le même effet sur la sienne ? Si c'est le cas, vous n'aurez pas d'autre choix que de nous épargner cette douleur à tous les deux. Mais si vous parlez simplement de *ma* vie, alors... je crois qu'il existe certaines personnes dans cette existence qui valent les chagrins et les moments difficiles. Pour moi, Gillian *est* cette femme. Je crois sincèrement qu'elle vaut *n'importe quoi*.

Cette réponse fit sourire Audrey.

— Je dois vous prévenir. La vie de Gillian n'a pas été facile et elle possède ses propres secrets. Des secrets qu'elle pense capables de blesser l'homme qu'elle aime s'ils étaient découverts. Aurez-vous le courage de la regarder en face quand elle vous dira la vérité ?

James fronça les sourcils.

— Est-elle amoureuse de quelqu'un d'autre ? Y a-t-il un autre homme avec qui...

— Non, bien sûr que non !

Les épaules de James s'affaissèrent. Il était soulagé.

— Alors oui, je saurai affronter la vérité tant que j'ai une chance véritable de la conquérir.

— C'est bien, répliqua Audrey qui battit des mains. Alors voici ce que vous devez faire. Vous allez recevoir une invitation de ma sœur pour assister à une fête privée dans une semaine. Vous l'accepterez. Gillian s'y trouvera. Vous aurez l'occasion de la conquérir à ce moment-là.

— Une semaine, souffla-t-il en plissant toujours le front.

— Vous pouvez être patient, n'est-ce pas, Milord ?

— Bien entendu.

Son petit soupir était étrangement rassurant. Il avait l'air de l'avoir attendue pendant très longtemps et il survivrait à l'épreuve de devoir patienter quelques jours supplémentaires.

— Nous vous verrons dans une semaine.

Elle quitta son fauteuil et il la suivit.

Audrey le ramena au foyer et Sean lui tendit son chapeau. James marqua un temps d'arrêt dans l'encadrement de la porte, le soleil de l'après-midi l'illuminant tel l'ange gardien personnel de Gillian. Audrey était ravie pour le bonheur futur de son amie... mais également jalouse, car elle ne pourrait jamais connaître d'homme qui aurait pour elle des sentiments comme ceux de James et de sa suivante.

Mais au moins, je peux lui offrir une vie heureuse.

— Miss Sheridan, si vous la voyez, voulez-vous bien lui dire que...

La timidité le fit rougir.

— Dites-lui que je pense à elle.

— Je n'y manquerai pas, promit Audrey.

Elle le regarda descendre les marches du perron et héler une calèche. Elle se servirait au mieux de la fête privée pour les rapprocher. L'amour grandirait entre eux, elle en était certaine.

Quand elle se retourna, elle vit Gillian qui se tenait devant l'entrée du personnel.

— Milady ?

Ce mot contenait une montagne de questions.

— Lord Pembroke est passé vous voir.

Elle replia les mains devant elle et bannit de son esprit Jonathan ainsi que sa propre mélancolie.

— Il voulait s'assurer que vous alliez bien. Je lui ai dit que oui. Dites-moi, j'avais oublié que nous avons été invités au domaine de Lucien dans une semaine et qu'on doit commencer à faire nos bagages.

Elle fit signe à Gillian de la raccompagner jusqu'à sa chambre.

— Je veux emporter mes plus jolies robes. Et vous allez m'accompagner, pas en tant que servante, mais en tant que lady.

Gillian la regarda avec horreur.

— Quoi ?

Audrey éclata de rire.

— Oui. Nous devons travailler sur notre mission d'espionnage. Vous, particulièrement, devez perfectionner votre art du déguisement. Si vous baissez les yeux et vous comportez avec déférence quand ce n'est pas nécessaire, vous risquez de nous faire tuer tous les deux.

— Mais...

— Pas de protestations... Faisons une liste de ce que nous avons besoin d'emporter.

Elle s'efforça de les distraire toutes les deux. Il existait une possibilité pour que Jonathan revienne sur sa promesse de lui apprendre à se battre. Et ce n'était pas une chose à laquelle elle aurait voulu songer.

CHAPITRE 6

— Je ne vous ai jamais vu de la sorte.

Ne sachant pas exactement ce qu'il voulait dire, Jonathan se tourna vers Godric. Devant le visage de son grand frère, il avait l'impression de regarder dans un miroir, à part pour ses cheveux, qui étaient plus clairs que ceux de son aîné. Ils avaient les mêmes yeux verts. Comment ne s'était-on pas rendu compte qu'ils étaient frères pendant près de vingt-cinq ans ? Il supposait que la réponse était douloureusement simple. Godric était le duc d'Essex. Pourquoi Jonathan aurait-il considéré la possibilité d'être apparenté à un duc ? Ou à n'importe quelle lignée aristocratique, d'ailleurs ?

— Comment cela ? demanda-t-il enfin.

— Aussi mélancolique.

Jonathan contempla les jardins à travers la large fenêtre du salon.

— Je ne souhaite pas en discuter.

Il s'était habitué à parler à Godric d'à peu près tout, mais admettre ses propres erreurs ? C'était un sujet difficilement abordable.

— C'est Audrey, n'est-ce pas ? Lucien a mentionné hier soir que vous hésitiez à son sujet.

— Absolument pas. C'est là le problème.

Il poussa un profond soupir. Si Godric ne changeait pas de sujet, il pouvait tout aussi bien admettre la vérité.

— J'ai envie de l'épouser, mais elle me trouve froid et arrogant, et m'a dit très clairement qu'elle n'a aucune envie de se marier.

L'aboiement de rire de son frère lui érailla les oreilles. Qu'y avait-il de si amusant dans son infortune ?

— Aucune envie de se marier ? Vous plaisantez ! Cette petite chipie n'a eu que cela à la bouche depuis ses seize ans.

Il poursuivit alors d'une voix aiguë.

— « Oh, Cédric, abstenez-vous de faire fuir mes prétendants. J'ai tellement envie de me marier ! » Bien entendu, il n'en a jamais fait cas.

Jonathan sourit malgré lui. Il se rappelait parfaitement que la belle jeune femme l'avait eu dans sa ligne de mire l'année précédente.

— Eh bien, elle a changé.

— J'en doute.

Godric s'étrangla de rire et vint rejoindre son frère à la fenêtre.

— Cette femme n'a eu d'yeux que pour vous dès votre rencontre. Cette sorte de désir ne change pas, pas aussi rapidement que vous le pensez. Elle doit avoir eu une lubie, qui sait ? Mais ne vous laissez pas effrayer. Elle vous désire et vous la désirez. Assurez-vous qu'elle ne l'oublie pas.

Jonathan se souvenait encore de sa nuit sans sommeil, quand il l'avait tenue entre ses bras. Cela avait été trop parfait, un signe divin qu'elle s'intégrerait parfaitement dans son lit et dans sa vie. Mais il avait été incapable de la toucher ou d'essayer de provoquer les passions qu'il espérait découvrir en elle. Après tout, il avait fait une promesse. La laisser partir ce matin-là avait été tant un soulagement qu'une déception. S'il était retourné au lit et l'y avait trouvée, il n'aurait pas été certain d'être en mesure de tenir parole. La tentation était trop forte. Puis il avait trouvé sa lettre, lui rappelant que leurs leçons commenceraient bientôt.

Avait-il réellement trouvé judicieux de lui enseigner à se battre ? Il risquait de la blesser par mégarde, chose qui le rebutait au plus haut point.

J'ai vraiment tout gâché. Apprendre à une femme à se défendre n'est pas romantique. La séduire n'y changera rien. J'aurais dû songer à quelque chose de plus intelligent.

— Jon, tout n'est pas perdu. Vous pouvez encore la conquérir.

Jonathan craignait d'expliquer à son frère sa véritable peur : qu'il n'était pas assez bien pour Audrey, que même s'ils partageaient une passion, ses origines humbles pèseraient toujours au-dessus de sa tête. Il s'était rendu à plus d'un bal où des hommes et des femmes avaient plaisanté qu'il avait cessé de polir des bottes raffinées pour les enfiler, sans savoir qu'il pouvait les entendre. Il ne voulait pas qu'Audrey devienne la risée du Tout-Londres à cause de son passé. Il avait beau être le fils légitime d'un duc, cela ne signifiait pas que la société le percevait ainsi.

Godric plaça une main sur l'épaule de Jonathan.

— Vous ne pouvez pas baisser les bras. Croyez mes conseils en tant qu'homme qui refusait autrefois de faire confiance à l'amour. Cela a failli me coûter Émily. Si vous ne pouvez pas vivre sans Audrey, alors vous devrez vous battre de toutes vos forces pour elle, même si cela signifie lutter contre les doutes dans votre propre cœur.

La gorge de Jonathan se contracta. Il ouvrit la bouche pour parler, mais son majordome s'avança dans le salon.

— Je vous demande pardon, Monsieur, mais lord Pembroke souhaite vous voir.

Jonathan s'éclaircit la gorge.

— Faites-le entrer.

— N'abandonnez pas, mon frère.

Godric tapota à nouveau l'épaule de Jonathan et tous deux se retournèrent quand James Fordyce entra.

Godric alla serrer la main de James.

— Pembroke. Comment diable vous portez-vous ?

— Très bien, Votre Grâce, et vous ?

James adressa un sourire à Godric puis pâlit en voyant Jonathan.

Ce n'est pas une surprise. Je dois avoir mauvaise mine. Il avait un œil poché effrayant et bouger était toujours douloureux. Prenant garde à ne pas lui heurter les côtes, Godric donna un léger coup de coude dans le bras de son frère. Bien entendu, Jonathan lui avait tout raconté. Une fois que son frère eut cessé de rire, il n'avait guère perdu de temps pour lui dire qu'il avait été un bel imbécile en ne rassemblant pas la Ligue pour l'aider.

— Bien, bien, dit Godric. Je prodiguais à mon frère quelques conseils sur les femmes. C'est encore un jeune chiot.

— Pas si jeune que cela, s'esclaffa Jonathan.

— Oui, euh, vous êtes assez jeune pour savoir que vous ne pouvez pas simplement prendre ce que vous voulez.

— Certes. Certaines dames n'aiment pas se faire ravir, le gronda Jonathan. C'était le cas pour votre épouse.

— Oui, les épouses protestent au début. Mais c'est ainsi qu'on en fait des épouses... Quand elles protestent.

Jonathan et James échangèrent un regard.

— Quelle logique circulaire !

Godric haussa les épaules.

— Cela a fonctionné pour moi et cela fonctionnera pour vous. Faites-moi confiance ; je connais très bien cette petite démone. Elle n'attendra pas une demande les bras croisés. Vous pourrez lui demander pardon plus tard.

— Vous ne la connaissez pas comme je le fais. Si je la contrarie, je n'y survivrai pas.

Jonathan soupira et secoua la tête.

Godric s'éclaircit la gorge et sourit d'un air coquin.

— Euh, je comprends que vous avez passé une nuit intéressante, tous les deux.

— En effet, mais ce n'est pas à moi d'en révéler davantage.

La discrétion de James lui faisait honneur. Même s'ils ne se connaissaient pas depuis longtemps, Jonathan l'appréciait beaucoup. Et après la nuit précédente, il était content de l'avoir pour ami.

Le cercle d'amis de son frère l'avait accueilli à bras ouverts, mais il se sentait toujours parfois comme un intrus. Ceci dit, c'était compréhensible. Ce que Godric et les autres avaient traversé à l'université avait forgé entre eux un lien indissoluble qu'aucun homme ne saurait briser, à part peut-être Hugo Waverly. Cet homme était assoiffé de sang et Jonathan savait avec une certitude atroce que le passé et les secrets de son frère – les secrets de la Ligue – finiraient un jour par tous les rattraper.

Godric sourit à James.

— J'ai beau avoir envie de rester, je ferais mieux de retourner auprès de ma femme. Elle insiste pour qu'on discute des projets de nursery.

La joie sincère de James fut évidente, ainsi que son amusement.

— Vous attendez un enfant ?

— Oui.

Chose inattendue, Godric devint écarlate. Son frère aîné effrayant et ténébreux s'habituait à devenir un futur père, chose que personne de sa connaissance n'aurait pu prédire.

— À l'hiver prochain. Le bébé naîtra en janvier.

James donna une bourrade à Godric.

— Toutes mes félicitations, alors ! Lady Essex doit être ravie.

— Nous le sommes tous les deux, mais sa condition délicate ne l'empêche pas de causer des problèmes. Émily est douée sur ce point.

Des problèmes ? Effectivement, c'était le portrait craché de l'épouse de son frère.

— Le deuxième prénom d'Émily est *tracas*. Elle a failli me faire abattre... Par mon propre frère !

— Parce que *vous* aviez essayé de la *séduire*.

— Allons donc, je ne savais pas qu'elle était amoureuse de vous. Vous ne pouvez pas me reprocher d'avoir tenté le coup parce que je croyais avoir ma chance.

Jonathan lui adressa un clin d'œil, incapable de résister à la tentation de taquiner un peu son frère.

Godric croisa les bras.

— Oui, eh bien, elle est heureuse en mariage à présent... avec moi. C'est à vous de harponner votre propre épouse.

— Harponner, oui, marmonna Jonathan.

Harponner Audrey représenterait un sacré défi.

— Pourquoi ne nous rejoindriez-vous pas à Berkley's ce soir, pour quelques verres ? suggéra Godric à James.

— J'en serais ravi.

Les deux hommes acquiescèrent et Godric s'en alla, laissant James et Jonathan seuls.

Ce dernier soupira et ses épaules s'affaissèrent. Il était épuisé après la bagarre de la veille. Tout ce qu'il avait voulu ce matin-là avait été de tenir Audrey entre ses bras, mais encore une fois, elle lui avait filé entre les doigts. Il n'avait pas été surpris, mais avait ressenti une certaine déception.

— Alors, la nuit dernière, dit doucement James. Comment diable avez-vous découvert ce club clandestin ?

Les lèvres de Jonathan tressaillirent.

— Je pourrais vous demander la même chose. Je garde un œil attentif sur Miss Sheridan. Elle se fourre toujours dans des situations dangereuses.

Sur certains plans, elle créait encore plus de tracas que l'épouse de Godric. Sous la plume de Madame Société, Audrey se mettait en danger à chaque publication d'un nouvel article. Une question se posait : pendant combien de temps parviendrait-elle à conserver son anonymat ?

— Alors vous savez qu'elle... ? commença James.

— Qu'elle est Madame Société ? Oui, je l'ai découvert une heure avant qu'on ne se retrouve dans ce club infernal.

En vérité, il n'avait eu que de vagues soupçons qui s'étaient confirmés après son arrivée, mais il se sentait déjà suffisamment bête sans avoir besoin d'admettre l'étendue de son ignorance.

— Je suis parti la récupérer, mais alors j'ai vu...

Il s'interrompit. Il avait failli dire *Gillian*, mais James ne devait pas savoir que celle-ci était la suivante d'Audrey.

Dès le début, quand il avait appris l'intention de la jeune femme de mettre ces deux-là ensemble, il s'était fait complice de ce projet en cachant le fait que Gillian était domestique. En tant qu'ancien serviteur, il comprenait la honte que pouvait provoquer l'appartenance à la classe inférieure, une honte qu'ils ne méritaient pas, mais qui n'en pesait pas moins sur eux. Il refusait d'être celui qui détruirait les chances de bonheur de Gillian si James et elle trouvaient le moyen d'être ensemble. Il espérait seulement qu'Audrey sache ce qu'elle faisait avec ses complots.

Il se reprit rapidement.

— Cela dit, nous avons réussi à nous en sortir sans trop de

séquelles. De notre côté, du moins. Quelques côtes brisées n'étaient pas si mal, tout bien considéré.

— Effectivement...

James avait toujours l'air hésitant.

— Connaissez-vous Miss Beaumont ?

— Gillian ? Oui, bien sûr, sourit Jonathan. Je connais Miss Beaumont.

Les yeux de James s'illuminèrent.

— Que connaissez-vous d'elle ? J'ai essayé d'en découvrir davantage, mais personne n'a l'air de la connaître et Miss Sheridan n'a rien voulu me révéler quand je lui ai rendu visite avant de venir ici.

Fais attention, s'enjoignit-il.

— Oh, je veux dire que je la *connais*, mais pas d'une façon qui vous serait utile, je le crains. À quel point peut-on réellement connaître une personne ?

Le regard de James s'endurcit.

— Vous étiez avec moi dans ce club. Elle s'y trouvait avec Miss Sheridan. Elles étaient toutes les deux en danger et je ne sais pas pourquoi tout le monde s'acharne à rester discret au sujet de Miss Beaumont.

Il serra les poings.

— Cette femme est un véritable mystère et cela me rend fou d'inquiétude pour elle.

Jonathan décela une certaine intensité dans sa voix.

— Elle vous plaît, n'est-ce pas ?

— Si j'arrivais à la retrouver, répliqua James du tac au tac, je lui demanderais certainement de m'épouser, mais elle ne perd jamais une occasion de disparaître.

Un peu comme sa maîtresse... Avec leurs missions ou Dieu seul sait quoi.

Jonathan éclata de rire. Il se dirigea vers la table près du mur et prit la carafe de brandy, remplit deux verres et en tendit un à

James.

— Vous allez devoir vous habituer, croyez-moi. Les femmes comme elle restent rarement en place et ne perdent pas leur temps à attendre d'être secourues. Le mieux qu'on puisse faire est de courir pour les rattraper.

Ils gardèrent le silence pendant un moment tout en buvant. Puis James s'égaya.

— Vous rendez-vous à la fête privée de Rochester Hall la semaine prochaine ?

— Je n'avais pas songé à m'y rendre, mais mon frère est passé pour m'en convaincre.

Il trouvait l'idée horrible. Il se sentait complètement déplacé durant les événements sociaux. Il était bien plus habitué à se dissimuler dans les ombres, ce qui était compréhensible vu ses origines. Ce n'était cependant pas un trait désirable compte tenu de son statut actuel de membre de haute société.

— C'est bien, dit James qui s'assombrit. Alors, nous pourrons souffrir ensemble. Miss Sheridan m'a fait savoir que je recevrai un carton, mais cela fait longtemps que je n'ai pas assisté à une fête privée.

Jonathan avait entendu des rumeurs sur la mère de James, la comtesse de Pembroke. Celle-ci était malade et James quittait rarement Londres de peur d'être trop loin si la situation empirait. Il passait la plupart de ses soirées au club des Comtes Rebelles dirigé par un homme du nom de Coventry, mais on disait qu'il n'y recherchait que la solitude. Une fête privée lui ferait le plus grand bien. À lui aussi, d'ailleurs, s'il était honnête. Godric n'avait de cesse de rappeler à Jonathan qu'il avait vraiment besoin de s'entraîner à évoluer en société, afin de socialiser et d'interagir. Comme si c'était facile !

Le verre de brandy qu'il faisait rouler entre ses paumes était réconfortant.

— Vous êtes-vous déjà senti comme un intrus qui contemple

le monde depuis l'extérieur ? Comme si vous plaquiez le visage contre la vitre ? Tous les sons sont étouffés et l'on y voit trouble. Et, plus exaspérant que tout, vous ne pouvez pas vous rapprocher ?

Il se sentait extrêmement bête d'avouer une telle chose, mais la réponse de James était réconfortante.

— Plus que vous ne vous l'imaginez.

Nous sommes tous les deux perdus dans ce monde.

— Jonathan, dites-moi tout sur Miss Beaumont. *Je vous en prie.* J'ai besoin de savoir.

Pembroke était bel et bien sous le charme et Jonathan sympathisait. Il existait cependant des façons de le satisfaire sans tout révéler.

— Je peux vous dire les petites choses : sa couleur préférée, comment elle prend son thé, ses livres favoris, mais je ne peux pas vous en révéler beaucoup plus. Elle a ses raisons pour conserver son intimité.

— C'est ce qu'on m'a dit, grommela James. Dites-m'en le plus possible.

S'ils devaient discuter de femmes, Jonathan voulait rester occupé. Sans quoi, il s'inquiéterait trop à propos du marché qu'il avait passé avec Audrey, se demandant si elle aurait le courage d'accepter ses conditions. Il désigna la porte du menton.

— Très bien. Que dites-vous d'une partie de billard en discutant ?

James accepta et ils se dirigèrent vers la salle de billard. Jonathan espérait que le jeu lui fasse oublier pour un temps ses propres problèmes avec l'encombrante Madame Société.

CHAPITRE 7

Il n'y avait guère plus frustrant qu'un long trajet en calèche accompagnée d'une suivante fébrile. Après avoir écouté Gillian se tracasser à propos de la fête pendant deux heures, Audrey poussa un soupir de soulagement lorsque la calèche s'arrêta à Rochester Hall, la résidence de campagne de sa sœur. Si seulement Gillian parvenait à respirer, Audrey savait que tout se passerait bien. Elle avait quelques idées qui rendraient cette semaine parfaite pour James et elle.

Audrey bascula la tête en arrière, admirant la ravissante demeure ancestrale de son beau-frère, le marquis de Rochester. L'architecture palladienne du domaine de Lucien était belle, avec ses colonnes larges en pierre de taille claire. La maison avait l'air d'avoir survécu à un siècle sans une ride et elle en traverserait plusieurs autres. Ce n'était pas la première fois qu'Audrey y venait. Elle s'y était souvent rendue au cours des dix années précédentes, mais à chaque fois, elle en avait une impression nouvelle. La magie de Rochester Hall était indéniable. C'était un endroit où les rêves et les dynasties entraient en collision. Et à présent, sa sœur Horatia gérait la demeure comme une reine bienveillante, avec un peu d'aide de la part de Jane, la mère de Lucien. Par chance, toutes deux s'entendaient à merveille.

— Je pense que c'est une très mauvaise idée, se lamenta Gillian qui suivit Audrey hors de la calèche.

— Balivernes ! J'ai été contrainte de vous voir vous lamenter pendant une semaine entière, alors maintenant, vous me devez bien ça.

Elle décocha à sa suivante un sourire doucereux. Tout avait été mis en place pour le propre bien de Gillian, même si la jeune femme ne le percevait jamais ainsi. Gillian avait connu une vie difficile, mais à présent, il était temps d'être courageuse et de se battre pour quelque chose de meilleur, et elle n'allait pas laisser sa suivante battre en retraite.

— Mais me comporter comme une dame alors que je n'en suis pas une...

— Cessez donc ! Vous êtes une dame de haute naissance. Vos circonstances plus tard dans la vie ne peuvent pas vous le retirer.

Elle tendit la main pour replacer une mèche de cheveux sous la capuche de Gillian, s'assurant que son amie ait l'air parfaite. Celle-ci rougit et tira sur les rebords de sa pelisse.

Même si c'était la dernière chose qu'elle ferait, Audrey allait convaincre son amie qu'elle méritait l'homme qui attirait son cœur. Toutes les pièces étaient en place. Sa sœur devait dire au personnel que Gillian se préparait à jouer une dame dans une pièce qu'elles donneraient au cours d'une autre fête, et les invités devraient tout ignorer de sa véritable identité. Gillian n'approuvait pas l'idée, mais elle s'y ferait vite.

— Horatia a reçu l'ordre de vous loger dans une chambre proche de la mienne et les domestiques qui vous connaissent ont été informés de la situation.

Son ton était peut-être légèrement haletant, mais elle

voulait s'assurer que Gillian sente qu'elle n'avait aucune raison de s'inquiéter.

— La situation ? siffla Gillian. Que leur avez-vous dit exactement ?

Elle soupira.

— Que vous appreniez à jouer le rôle d'une dame afin que nous puissions être actrices dans une pièce que des amis de Londres donneront dans quelques semaines. Vous m'aidez à jouer et donc, vous devez endosser le rôle d'une lady dans l'histoire. Horatia sait qu'en réalité, c'est parce que nous perfectionnons nos compétences pour l'espionnage. Elle n'aime pas me savoir espionne, mais je l'ai convaincue que vous et moi resterions proches de Londres, alors elle trouve cela plus sûr.

Audrey leva les yeux au ciel en entendant le petit cri dramatique de sa bonne.

— De l'espionnage ? Milady...

— *Audrey*. Vous feriez mieux de prendre l'habitude de m'appeler ainsi. Le reste des invités va trouver curieux que vous continuiez de m'appeler *Milady*. Au cours des prochains jours, vous serez une dame aussi. Ne l'oubliez pas.

Audrey retira sa capuche quand elles atteignirent la porte de Rochester Hall. Un groupe de valets descendirent les marches à la hâte, se précipitant vers elles pour récupérer leurs bagages et leurs manteaux.

— Vous êtes Miss Beaumont, rappela-t-elle à Gillian à voix basse. Ne l'oubliez pas, quoi qu'il arrive.

— Audrey !

Sa sœur apparut dans l'encadrement de la porte. Audrey fut ravie de la voir. Tout sourire, Horatia posa une main sur son ventre. Audrey avait du mal à croire que sa sœur donnerait naissance dans un mois. Son visage rayonnait et ses yeux bruns pétillaient. Le bébé de la duchesse d'Essex était attendu pour janvier et Cédric, le frère d'Audrey, attendait également un petit pour la même période. Quelle joie ce serait de devenir tante deux fois la même année ! Pourtant, un pincement de tristesse lui tordit le cœur. Apparemment, elle ne se marierait jamais et n'aurait jamais d'enfants, deux choses qu'elle désirait depuis sa sortie dans le monde.

— Ma sœur !

Audrey étreignit Horatia en réprimant un flot soudain de larmes. Il paraissait s'être écoulé tant de temps depuis qu'Horatia avait quitté la maison des Sheridan ! D'aussi loin que remontaient ses souvenirs, Horatia, Cédric et elle avaient survécu ensemble, juste tous les trois, liés par la tragédie d'avoir perdu leurs parents si jeunes. Mais Horatia était partie et à présent, Cédric était heureux en ménage. Tout dans sa vie avait changé. Ce n'était plus ce à quoi elle était habituée et même s'il y avait davantage d'occasions de se réjouir, Audrey se sentait parfois apathique et mélancolique, même si hormis Gillian, peu de gens voyaient ce côté d'elle. Elle renifla et se reprit avant que sa sœur ne remarque que quelque chose clochait.

Horatia lâcha doucement Audrey et salua Gillian.

— Miss Beaumont. Ne vous inquiétez pas ; tout est prêt. Prenez du bon temps et détendez-vous.

— Merci, répondit Gillian.

Écarlate, elle gardait la tête haute.

Allez, Gillian ! Sois la jeune femme que tu étais censée être.

Horatia les fit pénétrer plus avant dans le vestibule.

— Vous êtes toutes les deux dans l'aile est, avec la plupart des autres invités.

— Combien de gens doivent venir ? demanda Gillian.

— À peu près trente. La plupart sont des familles locales, plus quelques invités.

Soudain, Horatia grimaça et se couvrit le ventre avec la main.

— Horatia ? demanda Audrey, alarmée, en prenant la main de sa sœur.

Les deux jeunes femmes s'échangèrent un regard inquiet.

— C'est le bébé. Il donne des coups dans ma... Pardonnez-moi, mais je dois aller au petit coin.

Horatia fila dans le couloir.

Audrey regarda sa sœur s'enfuir dans un frou-frou de robes.

— Avez-vous besoin d'aide ?

— Non, tout va bien, leur assura-t-elle avant de disparaître.

Audrey se tourna vers Gillian.

— Le bébé donnait des coups de pied ? Pourquoi ?

Elle en savait très peu sur les bébés, particulièrement ceux encore à naître. Ses parents étaient morts quand elle était enfant et elle n'avait jamais eu l'opportunité d'en apprendre beaucoup à ce sujet.

Gillian émit un petit rire.

— Parfois, un bébé est positionné de telle façon que lorsqu'il remue, cela augmente l'envie de se soulager.

Le visage d'Audrey s'embrasa. Elle regardait toujours le couloir avec horreur.

— Oh, je vois !

Elle ne s'imaginait pas avoir une minuscule personne qui comprimerait sa vessie de l'intérieur, la pressant comme un fruit tropical.

— Cela a l'air horrible.

— J'ai entendu dire que c'est déplaisant, en effet.

— Comment êtes-vous au courant pour les enfants ? demanda Audrey.

Le visage de son amie afficha un rare sourire.

— Ma mère me faisait ouvertement part de ces détails-là. Sa mère, ma grand-mère, était sage-femme. Une fois, nous avons aidé une voisine à accoucher avant l'arrivée du médecin.

Audrey cala son bras dans celui de Gillian tandis que les valets portaient leurs sacs vers les chambres de l'aile est.

— Pourquoi ne l'ai-je jamais su ?

— Parce que je n'étais pas certaine de devoir vous en faire part, pas alors que vous êtes si délicate concernant de tels sujets. Vous ne souhaiteriez probablement jamais avoir d'enfant.

— Je ne suis pas délicate !

Sa servante afficha un sourire en coin.

— Oh que si ! Vous souvenez-vous du jour où vous vous êtes piquée au doigt avec votre aiguille et que le sang...

L'estomac d'Audrey se retourna.

— Oh, chut ! Ne m'en parlez pas. C'était si mortifiant ! Je n'oublierai jamais à quel point je me suis sentie bête en me réveillant à terre. Devant Émily et Anne, qui plus est.

Elle se mordit la lèvre, l'air assombri par ce souvenir, et Gillian lui tapota la main.

— J'aurais aimé que lady Essex et lady Sheridan soient là ce soir, admit Gillian.

— Moi aussi, en convint Audrey, mais elles partaient pour Brighton avec leurs maris. Ils devaient acheter quelques étalons. Émily a très envie de se joindre à Cédric et Anne pour engendrer ces nouveaux Arabes.

— Et Ashton et Rosalind ? demanda Gillian quand elles arrivèrent devant le couloir qui menait à leurs chambres.

— En Écosse, pour voir les frères de Rosalind et leurs familles.

Audrey pouffa.

— Je le dis gentiment, mais ce sont de vrais diables, vous savez. Elle essaye de les convaincre de descendre leur rendre visite, mais je suppose qu'un château en Écosse est bien plus intéressant qu'une maison de campagne ennuyeuse au sud de l'Angleterre. N'êtes-vous pas d'accord ? Il m'arriverait toutes sortes de choses si j'avais la chance d'explorer un château.

Pensez-vous qu'il soit hanté ? Les châteaux sont toujours hantés, n'est-ce pas ?

Audrey aurait aimé visiter un château hanté et jouer le rôle d'une héroïne gothique. Elle aurait couru partout, vêtue d'une camisole de nuit blanche, un bougeoir à la main, cherchant derrière les tapisseries les femmes disparues de Barbe bleue.

Gillian éclata de rire.

— Je suppose qu'il existe un fantôme ou deux dans n'importe quelle maison, mais nous devrions vraiment aller nous changer puis aller voir si votre sœur a besoin de quoi que ce soit.

Audrey adressa un regard entendu à sa suivante. Celle-ci tentait de reprendre son rôle de servante et rester invisible.

— Elle a un troupeau de serviteurs et vous n'en faites pas partie. Maintenant, partez enfiler cette jolie robe que je vous ai achetée, celle avec la ceinture blanche autour de la taille et des petites fleurs blanches sur les manches et l'ourlet. Elle sera parfaite pour ce soir. Vous serez ravissante.

Audrey ignora le soupir de sa servante et se dirigea vers sa propre chambre. Un valet avec déposé son bagage sur son lit et une bonne en sortait déjà des vêtements.

— Quelle robe, Miss ? demanda la jeune fille.

— La robe de promenade couleur corail avec l'ourlet bleu.

Audrey retira sa pelisse et attendit que la bonne l'aide à se changer. Elle savait que le corail accentuerait sa peau claire avec une note de rose sur ses joues, et l'ourlet bleu ferait ressortir le rose du corail.

— Comment vous appelez-vous ? demanda-t-elle à la fille qui l'aidait à se vêtir.

— Sarah.

Audrey sourit.

— Ravie de vous rencontrer, Sarah.

Une fois qu'Audrey fut prête, elle aida Sarah à ranger ses

vêtements, mais s'immobilisa quand quelqu'un tambourina à la porte.

— Oui ?

Gillian déboula dans la pièce. Elle était écarlate.

— Il est ici.

— Qui ? demanda Audrey qui pensait déjà connaître la réponse.

Le visage de Gillian passa du rouge au blanc et elle eut l'air de friser l'évanouissement.

— Lord Pembroke. Il est ici.

Réprimant un sourire, Audrey feignit la préoccupation.

— James ? Vraiment ? Oh, ma chère, vous allez être contrainte de le voir, n'est-ce pas ? Cela complique les choses...

Sa suivante entrouvrit les lèvres comme pour protester.

— Vous... nous...

Gillian s'interrompit.

— Vous ne l'avez pas invité ici pour moi, quand même ?

Audrey se força à garder un air aussi innocent que possible.

— Quoi ? Non, bien sûr que non. Vous m'aviez dit que vous vouliez l'oublier et tourner la page. Nous sommes amies et je le respecte.

Il était vrai qu'elle respectait son amie, mais ce respect ne s'étendait pas à permettre à Gillian de fuir constamment son propre bonheur. Si elle se mariait un jour, Audrey craignait que ce soit avec quelqu'un qui la traiterait comme elle pensait devoir être traitée. Cela n'irait pas. Elle n'avait aucune intention de protéger sa chère amie du mariage heureux qu'elle méritait. Et si cela requérait un petit mensonge, Audrey en subirait volontiers les conséquences.

— Oui, marmonna Gillian. Bien entendu.

— Je suppose qu'on va devoir s'assurer qu'il vous prenne pour une dame, n'est-ce pas ?

Elle pressa le bout des doigts ensemble en faisant semblant de réfléchir.

L'air défait, Gillian était adossée à la porte fermée.

— Je devrais peut-être feindre d'être souffrante pour le reste de la fête ?

C'était une idée horrible.

— Balivernes ! Nous devrions aborder la situation de front. Vous l'avez vu ? Allons les rejoindre pour que ça soit fait. Vous le saluerez, il vous répondra, puis nous retournerons à l'intérieur.

— Je ne pense pas...

— Allez chercher votre châle et allons-y, lui ordonna Audrey.

S'il existait un moyen de faire obéir Gillian, c'était de prendre l'apparence d'un général militaire et de donner des ordres. Qui plus est, Audrey ne souhaitait pas affronter seule une fête privée. La veille, Horatia l'avait informée par lettre que Jonathan n'avait pas répondu à son invitation, et Audrey ne savait pas ce qu'elle en pensait.

Elle attendit que Gillian retourne rapidement dans sa chambre pour récupérer son châle, puis elles partirent à la recherche de James.

— Où l'avez-vous vu ?

Dans une maison aussi grande, James pouvait se trouver n'importe où. Cela ressemblait bien à Gillian de s'enfuir et de se cacher, et c'était sans doute ainsi qu'elle l'avait aperçu.

— Dans les jardins. Je crois qu'ils jouaient au croquet.

— Ils ? demanda Audrey. Quelqu'un se trouvait avec James ?

— Oui. Il était en compagnie de M. Saint-Laurent.

Le cœur battant, Audrey pila net. Il n'avait pas prévu d'être là, sans quoi il aurait répondu à son invitation. Pendant la semaine qui venait de s'écouler, elle n'avait pas reçu de nouvelles de Jonathan concernant les leçons qu'il lui avait promises, et elle avait commencé à croire qu'il avait changé d'avis. Elle avait ressenti de la déception, mais également du soulagement, parce que coucher avec lui, *seulement* coucher avec lui serait déjà suffisamment dangereux, même si ce n'était qu'une fois par semaine. La dernière fois, elle s'était réveillée dans ses bras et avait cru que ses vœux les plus chers s'étaient réalisés, que Jonathan et elle étaient ensemble, mariés et heureux, follement heureux. Se rendre compte que cela n'avait été qu'un rêve l'avait détruite. Et voilà qu'il était là... et elle n'était absolument pas prête.

Je risque de passer pour une imbécile. Vu la façon dont elle s'était comportée à chaque fois qu'il était dans les parages, elle savait que ce n'était qu'une question de temps avant qu'elle ne fasse quelque chose de téméraire, comme l'implorer de l'embrasser à nouveau. Au cours de la semaine précédente, elle avait fait de son mieux pour oublier les événements sensationnels du club infernal et comment après, elle s'était sentie vivante pour la première fois depuis des mois entiers.

Son amie la dévisageait avec une inquiétude évidente.

— Vous ne saviez pas qu'il allait venir ?

— Non. On m'avait dit qu'il ne viendrait *pas*.

Elle inspira lentement, profondément, priant pour que cela l'aide à contrôler ses nerfs.

— Très bien. Nous affronterons ces retrouvailles ensemble.

— Oui, dit sa suivante dont le visage était cendreux. Nous allons leur faire face puis retourner à la maison avec la queue entre les pattes.

C'était vrai, mais Audrey ne voulait pas l'admettre.

— Foutaises ! Nous sommes des dames de qualité, Gillian. Nous ne nous enfuyons pas. Nous nous éloignons simplement de ce qui nous tourmente.

Son ton légèrement pompeux et solennel masquait pourtant à peine la panique qu'elle ressentait.

Audrey se concentra sur le sentier dans les jardins où l'on

avait construit des serres. Horatia aimant les fruits frais, elles contenaient une profusion de melons, de raisins et de pêches, mais également son fruit préféré : la nectarine. En longeant les serres, elles atteignirent la grande pelouse verte à l'arrière du domaine. Jonathan et James se trouvaient près d'une cabane où ils remisaient leurs maillets de croquet. Ignorant complètement Jonathan, elle s'adressa à lord Pembroke.

— James !

En redressant le dos, Jonathan se cogna la tête dans la cabane. Avec un juron, il fit volte-face, le visage sombre. Le pouls d'Audrey s'accéléra quand elle vit ces yeux verts de jade brûler comme du feu et pendant une seconde, elle oublia de respirer.

Ignorant la détresse de Jonathan, James épousseta ses paumes sur son pantalon.

— Mesdames ! Miss Beaumont, je suis ravi de vous revoir en aussi bonne santé et qui plus est, aussi ravissante.

— Merci, répondit Gillian en rougissant.

Pendant un moment, Audrey oublia qu'elle avait craint de revoir Jonathan, trop réjouie par les regards chaleureux échangés par Gillian et James. C'était le destin. Le mieux qu'elle pouvait faire à présent était de laisser les tourtereaux tous seuls.

— Gillian, je vais jeter un œil aux ananas comme Horatia me l'avait demandé.

— Les ananas ?

La confusion de sa servante assombrit ses yeux interrogateurs. Gillian savait pertinemment qu'Horatia n'avait pas fait état du moindre ananas à leur arrivée.

— Oui. Les *ananas*.

Audrey regarda fixement Gillian, espérant qu'elle comprenne et joue le jeu. Son amie penserait qu'Audrey essayait d'éviter Jonathan, ce qui était en partie vrai, mais son objectif principal était de laisser James et Gillian passer du temps seuls ensemble.

— Ah... oui... mentit Gillian. J'espère qu'ils poussent bien.

— C'est exactement ce que je vais vérifier.

Audrey fila vers les serres, soulagée et déçue de se retrouver toute seule. Jonathan ne l'avait pas suivie.

Regardant Audrey s'éloigner des serres, Jonathan était écartelé entre l'envie de rire et celle de pousser un grognement de frustration.

Des ananas. Quelle bêtise !

Cette petite sorcière l'évitait, se servant de fruits comme d'une ruse. Il fut tenté de la suivre, particulièrement après avoir vu l'oscillation de ses hanches dans ses jupes aux couleurs ravissantes. Il l'avait taquinée sans fin à propos de ces robes, mais il devait admettre que cette femme savait comment se vêtir... et comment torturer un homme en lui donnant l'envie de lui arracher ces vêtements.

Une fois qu'elle eut disparu, il laissa James et Gillian puis retourna dans la maison. Il avait besoin d'aide et il ne voyait qu'une seule personne vers qui se tourner. Il trouva le conseiller qu'il cherchait en pleine lecture dans la bibliothèque.

— Charles.

Jonathan retira son manteau d'un coup d'épaule et partit rejoindre Charles à une table. Il était environ dix heures. James et lui venaient d'arriver dans l'immense domaine de campagne, mais Charles avait fait le voyage un jour avant eux. Aussi était-il *déjà* installé.

Le comte de Lonsdale leva les yeux du livre qu'il lisait et arqua les sourcils en signe d'invitation silencieuse.

Jonathan déglutit difficilement, hésitant à lui demander de l'aide, mais ne voyant pas d'autre choix.

— J'ai besoin de vos conseils.

— Mes conseils ? Seigneur ! Vous devez être désespéré. Je suis le dernier homme auprès de qui on devrait venir chercher conseil.

Charles se cala contre le dossier de sa chaise, posant le livre qu'il avait été en train de lire.

— À moins que vous ne souhaitiez parler de femmes, de boxe et de paris... Il afficha un sourire moqueur. Alors, sur lequel de ces trois points puis-je vous aider ?

Jonathan prit le livre que son ami lisait et regarda le titre. *Lady Audrina et le Gentleman Arrogant.*

— Vous lisez L. R. Gloucester ?

Jonathan regarda pendant une seconde le roman gothique racoleur.

— Attendez un peu, vous lisez pour le plaisir ?

Les yeux gris de Charles s'illuminèrent d'un feu défiant.

— Pourquoi tout le monde pense-t-il que je ne lis pas ? *J'aime* lire et oui, Lucien m'a introduit à ces romans gothiques. Très inappropriés, dit-il en faisant danser ses sourcils. Des poitrines haletantes, des séductions, des tours sombres et j'en passe. Il n'y a rien à jeter, n'est-ce pas ? Qui plus est, un livre peut s'avérer très utile lors de séductions plus légères, chose que les dames paraissent apprécier.

Charles désigna le livre du menton.

— Vous devriez le lire. Lady Audrina ressemble un peu à la fille Sheridan.

— Ah oui ?

Jonathan rendit le livre à Charles, mais celui-ci tendit une main pour refuser.

— Non, j'insiste. Pour ma part, je l'ai lu deux fois. Vous devriez le lire. Le *point culminant* vous réchauffera peut-être les sangs, dit-il avec un petit rire. Bon, à quel sujet avez-vous besoin de conseils ?

— La fille dont on vient de parler.

— Ah. Elle vous mène toujours à la baguette ?

Jonathan se jeta sur un fauteuil en face de Charles.

— Oui.

Charles poussa un éclat de rire profond et Jonathan grimaça. Il se sentait déjà assez bête d'être venu sans que son ami en rajoute une couche.

— Et vous vous demandez tous pourquoi je n'ai aucun désir de me marier ? Si cette femme vous affecte déjà à ce point avant de vous avoir traîné jusqu'à l'autel, alors Dieu sait quel enfer elle vous fera vivre une fois que vous aurez la corde au cou.

La vision sinistre qu'avait Charles du mariage n'était pas surprenante. Il avait toujours été un peu sauvage, certainement le plus de la Ligue. Il connaissait les femmes, mais les tenait toujours à bonne distance. Toutefois, il était toujours là pour ses amis ou pour leur offrir son expertise quand il le pouvait. Jonathan l'aimait beaucoup. Charles était le genre d'homme qu'autrefois, Jonathan avait aimé retrouver dans les tavernes du coin pendant ses jours de congé. Il y avait une certaine liberté à se trouver en compagnie de Charles, un mépris détaché pour ce qui aurait tracassé d'autres personnes. Si Charles ne s'inquiétait pas, alors la chose ne méritait pas qu'on s'en préoccupe.

— Allez, crachez le morceau, dit Charles.

N'étant plus le plus jeune chiot de la Ligue, il avait pris Jonathan sous son aile, chose dont ce dernier lui était reconnaissant. Malgré sa proximité croissante avec son demi-frère, il demeurait toujours une sensation de distance à cause de leur passé commun, et cela signifiait qu'il ne pouvait pas poser à son frère les mêmes questions qu'à Charles.

— Je crois que j'ai commis une erreur.

Les yeux gris de Charles s'illuminèrent.

— Une erreur ? Comme c'est intéressant ! Quel genre d'erreur ?

— J'avais l'intention de lui demander sa main, mais j'ai attendu trop longtemps.

— Comment cela ?

— Je voulais que mon foyer tourne bien et que mon standing au sein de la société soit plus sûr avant de lui demander de m'épouser.

Jonathan joua avec le livre qu'il tenait entre ses mains. Il regardait le soleil de l'après-midi se refléter sur les bords dorés du papier. Il se demanda rêveusement comment les imprimeurs faisaient pour que les tranches affichent des couleurs brillantes. Autrefois, quand il avait le temps, il se faufilait dans la bibliothèque de Godric pour admirer les livres et les parcourir.

— Il ne faut pas songer au mariage sans y être préparé.

Amusé, Charles plissa les lèvres.

— Cela me semble bien trop raisonnable pour être une erreur.

Jonathan fronça les sourcils. Il appréciait Charles, mais si celui-ci continuait à sourire de sa détresse, il allait lui décocher une bonne droite.

— Eh bien... Durant ce délai, elle s'est fait la mauvaise impression de moi.

— Je ne vous suis pas, dit Charles en haussant un sourcil.

— À chaque fois que je suis près d'elle, elle me rend terriblement *conscient* d'elle... en tant que femme. J'arrive à peine à me contrôler. J'ai envie de retomber dans mes anciennes habitudes. Alors je n'ai cessé de m'enfuir, de l'éviter. À présent, elle est convaincue que je suis un saligaud au cœur froid qui voulait seulement jouer avec elle.

— Cela me rappelle Lucien et Horatia, rit doucement Charles. Et on se souvient tous du résultat : des assassins en cavale, un incendie dans le jardin, de terribles accidents et puis sa cécité. Oh, et n'oublions pas le duel à Noël ! Nous n'avons pas eu un seul moment de répit, n'est-ce pas ?

Jonathan se dissimula le visage derrière ses mains et poussa un grognement. Puis il leva les yeux vers le plafond, appelant une sorte d'intervention divine.

— Alors si j'ai bien compris, vous vous y êtes mal pris et à présent, elle est convaincue que vous êtes un scélérat ?

Jonathan tira sur sa cravate qui était soudain trop serrée sur sa gorge.

— Oui. J'ai fait de mon mieux pour lui parler, mais apparemment, c'était encore une erreur. Cela n'a fait qu'empirer les choses.

Les yeux gris de Charles pétillèrent d'amusement.

— Oh, non, *deux* erreurs ! Je crois qu'on va avoir besoin de s'imbiber pour y survivre.

Il se redressa et se dirigea vers le petit cabinet disposé près d'une des étagères. Il en sortit une bouteille de brandy calée derrière de vieux livres poussiéreux.

— J'en ai dissimulé plusieurs en cas d'urgence, derrière les ouvrages sur l'élevage des moutons durant la Renaissance française. Personne ne les lit jamais.

— Pas de verres ? demanda Jonathan.

— Pas ici, mon ami. C'est une bibliothèque, pas un salon.

Il fourra la bouteille entre les mains de Jonathan. Celui-ci la déboucha, avala une grande lampée et toussa. Le brandy brûlait comme du feu.

— Qu'est-ce que ceci ?

Remarquant que la bouteille n'avait pas d'étiquette, il la

rendit à Charles. Son ami avala une longue gorgée suivie par un soupir de contentement. Ses yeux brillaient d'espièglerie.

— Une petite gnôle maison. La cuisinière de Lucien m'en prépare en secret.

Il désigna le cabinet d'un air de conspirateur.

— C'est bien pour une petite rasade quand on en a besoin.

Jonathan poussa un ricanement rauque avant de poursuivre.

— J'ai commis ma *troisième* erreur pas plus tard que la semaine dernière. J'ai suivi vos conseils et j'ai décidé de jouer l'*approche professorale*.

— L'approche professorale ? Bien joué. Attendez... vous avez dit que c'était une erreur ? demanda Charles.

— Je ne me suis pas arrêté à votre stratégie. J'ai promis d'enseigner à Audrey à se défendre. En échange de mes leçons, je lui ai soutiré la promesse qu'elle dormirait dans mon lit avec moi une fois par semaine.

Ayant porté la bouteille à ses lèvres pendant cette déclaration, Charles recracha sa gorgée de gnôle maison. Jonathan lui retira la bouteille avant qu'il ne puisse en renverser davantage et il la positionna à bonne distance sur la table.

Se retenant d'éclater de rire, Charles s'essuya la bouche.

— Lui apprendre à se défendre pour qu'elle couche avec vous ? Comment cela... ?

Charles éclata d'un rire espiègle.

— Elle a envie d'apprendre à se battre. J'ai été contraint de la secourir de ce club satanique la semaine dernière et...

La bonne humeur de Charles s'évapora instantanément.

— Je lui en veux toujours terriblement à ce propos ! Elle a dit à Linley, mon valet, qu'elle avait changé d'avis.

— Heureusement pour nous, votre domestique ne l'a pas crue.

— Alors, quelques leçons de combat ne lui feraient pas de mal. Elle s'attire toujours toutes sortes d'ennuis.

— On est bien d'accord, dit Jonathan, même si je pense que vous conviendrez qu'elle aura besoin d'apprendre des techniques moins chevaleresques que celles employées par M. Hughes dans son ouvrage *L'art et la pratique de la boxe*. Je crois que cette expérience – s'être retrouvée parmi ces diables – l'a effrayée. Elle m'a dit qu'elle avait besoin d'apprendre à se battre pour se défendre. J'ai accepté de le lui enseigner, mais à la condition qu'elle partage mon lit une fois par semaine.

Il se la représentait toujours dans la salle à manger du club, illuminée par le feu dans l'âtre alors qu'elle se battait comme une Amazone, ne lâchant pas le chat calé sous son bras.

Amusé, Charles plissa les lèvres.

— Parlons-nous de dormir ? Ou bien de *coucher* ?

— Dormir. Mes motivations n'étaient pas entièrement égoïstes. Elle doit apprendre à être près de moi afin de ne pas se laisser distraire quand je serai son professeur. Vous savez aussi bien que moi que la lutte rapproche les corps, particulièrement pour le genre de leçons dont elle aura besoin afin d'apprendre à se défendre.

Le front de Charles adopta un pli faussement sérieux.

— Oh oui, bien entendu.

Oui, avec le recul, cela semblait bien bête, mais Jonathan avait eu désespérément envie de trouver un moyen de se rapprocher d'elle. Puisqu'elle avait clairement exprimé qu'elle le prenait pour un saligaud sans cœur, il devait lui démontrer le contraire.

Charles se cala contre le rebord de la table de lecture.

— Alors, vous avez l'intention de vous servir de ces leçons d'autodéfense pour la séduire ? En quoi est-ce une erreur ?

— Eh bien, elle risque de changer d'avis. Puisque nous avons un accord, j'étais certain qu'elle me contacterait dans le courant de la semaine dernière, mais elle n'en a rien fait. Je viens de la croiser dans les jardins et elle s'est enfuie comme une biche dans les bois. Je crains que ces leçons ne soient ma dernière occasion de créer du lien avec elle, de lui montrer qu'en réalité, je la désire. Mais je crains que parler avec elle ne fasse pas la moindre différence. Elle se referme dès que je commence à discuter d'affaires de cœur.

Jonathan ne put s'empêcher de remarquer l'ironie de la situation. Audrey était contente d'aider les autres à tomber amoureux, mais quid de son propre cœur ? Ne voulait-elle plus être courtisée et aimée ?

— Malheureusement, elle refuse d'écouter. Les femmes ont toujours envie de parler, pourtant, elles n'ont pas l'air de vouloir écouter quand c'est *nous* qui avons besoin de discuter de ce qu'on ressent.

Le ton de Charles était étrangement réfléchi. Pour un homme qui semblait déterminé à éviter le mariage, il avait le don troublant de comprendre les femmes et les défis que posait leur séduction.

— Comment en savez-vous autant sur les femmes ? ne put s'empêcher de demander Jonathan.

— Parce que j'en ai fait le travail de ma vie. Je suis un véritable Casanova. Je n'ai jamais laissé une maîtresse insatisfaite et mes séductions d'un soir ont toujours été un succès. Et elles, pour leur part, n'ont jamais eu besoin d'en désirer davantage. Elles et moi savons ce qu'il en est. J'étudie les femmes, comme tout bon prédateur le fait avec sa proie.

— Seigneur ! rit Jonathan. Vous avez l'air si sérieux !

Charles ne souriait plus.

— La séduction est un art, tout comme la chasse et la boxe. Cela demande de la concentration, de la préparation et de la patience. Les femmes sont des créatures infiniment complexes. Elles ne sont peut-être pas nos égales en termes de force physique, mais elles se rattrapent largement sur ce point.

Il se tapota le crâne.

— En dépit de ce que vous croyez, elles ne jouent pas à des jeux idiots. Elles sont maîtresses dans l'art de la manipulation. Prenez votre petite furie, par exemple. L'année dernière, elle a essayé de me séduire. *Moi !* appuya-t-il avec un ricanement sombre.

Jonathan prit une inspiration sifflante.

— Quoi ?

— Elle a échoué, bien sûr. J'adore cette petite diablesse, mais elle n'est pas du tout mon type.

Son regard se fit distant pendant plusieurs secondes puis il s'éclaircit la gorge.

— En tous les cas, une fois que j'ai compris ses véritables intentions, j'ai su ce que j'avais à faire.

— Ses véritables intentions ?

Jonathan s'étrangla sur ces mots.

— Oui. Elle était lasse que son frère fasse constamment fuir tous ceux qui la désiraient, et s'est dit – follement – que si elle était compromise, ou du moins semblait l'être, Cédric ne manquerait pas l'occasion de l'offrir à un homme décent. Tel que vous, par exemple.

Charles se pencha, reprit le brandy et avala une autre rasade.

— Et que s'est-il passé ?

— Nous n'avons rien *fait*, bien sûr, mais je me suis assuré que son apparence le fasse croire. Cédric a alors cessé de repousser les prétendants et a demandé des conseils à Émily pour caser Audrey comme il se doit. Tout ce qu'il souhaite à présent est qu'elle finisse avec un homme bien. *Vous*, d'ailleurs.

Jonathan poussa un soupir et regarda par la fenêtre. Audrey était toujours dans les jardins, inspectant les ananas. Bien entendu, Jonathan savait que ce n'était qu'un prétexte pour permettre à James et Gillian de passer du temps seuls.

Du moins, on est d'accord sur ce point. Ces deux-là vont bien ensemble.

— Alors, quel est votre conseil, Casanova ? demanda Jonathan.

Charles avala une ultime gorgée puis alla remettre la bouteille derrière les livres poussiéreux.

— N'hésitez pas. Trouvez-la et dites-lui que les leçons commencent tout de suite. Lucien possède une salle de sport qui est parfaite pour s'entraîner.

Charles lui tapota doucement l'épaule.

— Donnez-lui les leçons qu'elle *désire* et soyez impitoyable quant à celles dont elle a *besoin*.

Charles cligna des paupières et pour la première fois depuis des journées entières, Jonathan eut envie de sourire.

CHAPITRE 9

Perdue dans ses pensées, Audrey regardait les ananas alignés sur la table. Elle ne songeait pas au fruit acide et recouvert de piquants, mais à Jonathan. Malgré le fait qu'il n'aurait pas dû s'y trouver, il était là et elle ne savait pas quoi y faire. Pourquoi était-il présent ? Il s'efforçait d'éviter les événements sociaux, à part pour les dîners avec ses quelques amis les plus proches. Pourquoi ne lui avait-il pas écrit au cours de la semaine précédente ? Était-il obligé d'être aussi beau et viril ? Ce tourbillon de questions lui vrillait le crâne.

Si les convives étaient en nombre suffisant – assez pour qu'ils n'aient pas à interagir trop souvent –, il restait possible que l'occasion les contraigne à se rapprocher. Et elle allait passer une semaine entière dans cette demeure ! Elle ne pouvait quand même pas se cacher dans toutes les alcôves ou s'enfuir par la porte de tous les balcons quand il s'approchait d'elle. Ce n'était tout bonnement pas possible !

Ce n'est pas mon genre de battre en retraite. Pourtant, c'est ce qu'elle avait eu l'impression de faire.

Avec un soupir irrité, elle se retourna et emboutit le corps dur et imposant de celui qu'elle avait précisément cherché à éviter.

Faisant un pas en arrière en hoquetant, elle essaya d'ignorer l'odeur délicieuse qui s'accrochait à ses vêtements. Il y avait également un soupçon d'autre chose... Avait-il bu ? Elle eut la chair de poule en contemplant sa haute silhouette mince. Elle se souvenait de la sensation de sa peau nue sous sa main quand elle avait placé la joue sur son torse cette nuit-là, une semaine auparavant. Le soleil qui pénétrait par la porte de la serre illuminait les extrémités de ses cheveux dorés foncés, évoquant un halo. Mais Jonathan n'était pas un ange. S'il l'était, il était plutôt un diable.

— Comment vont-ils ? demanda-t-il d'une voix douce et séduisante qu'elle adorait.

— De qui parlez-vous ? demanda-t-elle, à présent concentrée sur sa bouche.

Elle n'aurait pas dû se remémorer le baiser bref, mais passionné qu'ils avaient échangé. Cela dit, Jonathan avait le don de lui faire perdre la raison. C'était particulièrement déconcertant.

Il pointa le menton vers le fruit derrière elle.

— Des ananas.

— Ah, oui ! Ils poussent bien.

— Vraiment ?

Elle ressentit l'envie soudaine de lui coller son genou dans les parties. On verrait s'il allait continuer à sourire !

— Pourquoi ne *vous* faites-vous pas votre propre opinion ?

Elle voulut le dépasser à grands pas, mais il se glissa devant elle. Ses longues jambes étaient un avantage qui lui faisait cruellement défaut. Plutôt petite, elle n'avait pas la chance d'en posséder.

— Je vous taquinais, c'est tout. Vous les avez regardés pendant un très long moment.

Il l'avait observée ? Depuis combien de temps ? Et pourquoi ?

— Hmm !

Elle ne laisserait pas son sourire badin avoir le moindre effet sur elle. Il continuait probablement à jouer à un jeu.

— Bon.

Le sourire de Jonathan s'évapora et il baissa les yeux vers elle.

— J'ai pensé que le moment est venu pour votre première leçon. Lucien a une salle qui est parfaitement adaptée à l'entraînement.

Elle cligna des paupières.

— Vous parlez... des leçons de combat ? Ici ?

— Oui. Mes côtes sont presque guéries et je pense pouvoir *gérer* une petite chose telle que vous.

La façon dont il prononça *gérer* la fit rougir, comme s'il songeait à faire autre chose que lutter. Toutefois, quand ils avaient partagé son lit, il s'était comporté en véritable gentleman, comme il avait promis de le faire. À part enrouler le bras autour de sa taille, sans doute une habitude inconsciente née des nombreuses autres femmes avec lesquelles il avait couché, il n'avait rien fait pour exprimer son intérêt. Elle n'avait pas envie de l'admettre, mais elle avait espéré qu'il tire profit de la situation et lui fasse l'amour. Mais il n'avait rien fait.

Il était bel et bien *trop* honorable.

— J'ai changé d'avis. Je crois que je n'ai pas besoin de leçons, après tout.

Elle voulut le contourner, mais il lui attrapa le poignet. Elle s'immobilisa brusquement et se tourna pour lui faire face.

— Leçon un.

Il serrait sa main si fort qu'elle ne parvint pas à se libérer.

— Des hommes mauvais ne vous accorderaient pas l'opportunité de vous esquiver, le menton fièrement pointé. Ils se comporteront en saligauds. Ils ne voudront pas simplement vous faire du mal. Ils voudront vous faire vous sentir faible et incapable. Par exemple, ils vous attraperont par les cheveux.

Il s'exécuta, quoiqu'avec douceur. Elle sentit ses genoux faiblir alors qu'une vague de chaleur envahit son corps.

— Ils vous colleront contre eux pour que vous ne puissiez pas vous échapper. Ils essayeront de profiter de vous. Et ils vous déroberaient davantage qu'un baiser sur vos douces lèvres.

Il baissa la tête à un centimètre de la sienne. Leurs lèvres se retrouvèrent assez proches pour que leurs souffles chauds se mélangent. Cela la fit trembler violemment.

—Jonathan...

Elle ne savait pas précisément ce qu'il voulait qu'elle fasse alors qu'elle serrait son épaule avec son autre main. Était-ce une leçon ? Était-elle censée se défendre ? À cet instant, elle ne put que songer à leur moment au Jardin de Minuit la semaine précédente. Il s'était servi de sa main pour la caresser et la titiller jusqu'à ce qu'elle perde le contrôle entre ses bras. Comptait-il le refaire ? Lui laisser entrevoir le paradis ?

— Vous devez apprendre à vous protéger si vous voulez continuer à jouer aux espionnes. Je ne peux pas rester à vos côtés vingt-quatre heures sur vingt-quatre.

Il baissa les yeux vers sa bouche.

— Retrouvez-moi à la salle de jeux dans une demi-heure. Si vous ne venez pas, je vous retrouverai et je vous traînerai jusqu'à l'entraînement.

Il la lâcha et s'en alla. Audrey fit un pas en avant. Les genoux en guimauve, elle luttait pour reprendre le contrôle d'elle-même. Elle comprit enfin pourquoi il avait envie de l'avoir dans son lit. Étant si proche de lui, même lorsqu'il tentait de lui montrer le danger auquel elle était confrontée, elle avait été jusqu'ici bien trop focalisée sur les plaisirs qu'il pouvait plutôt lui donner.

Je devrais le considérer sous un jour plus positif. Évangéline dit que la séduction fait partie de mon travail d'espionne, mais cela signifie que je devrais être capable de contrôler mes sentiments. Apprendre à ne pas laisser Jonathan m'affecter sera une leçon précieuse.

Mais cela signifiait également qu'elle devrait bel et bien dormir dans son lit ! Le plus tôt serait le mieux. Son cœur palpita violemment.

— Par les dents de Dieu ! jura-t-il en quittant la serre pour retourner vers la demeure.

Aucun signe de Gillian ou de James. Elle espérait que quel que soit l'endroit où ils se trouvent, ils profitent de la journée, mais pour le moment, leur bonheur resterait entièrement entre leurs propres mains. Elle retourna dans sa chambre et appela Sarah qui l'aida à se déshabiller et enfiler les vêtements qu'elle avait confectionnés en secret plusieurs mois auparavant.

Le pantalon brun foncé qu'elle lui avait cousu était bien taillé et assez large pour qu'elle puisse se mouvoir librement. La chemise en linon était étonnamment confortable. À la place d'un corset, elle avait demandé à sa servante de lui bander la poitrine avec une bande de tissu, puis elle enfila un gilet bordeaux foncé. Elle avait beau s'habiller comme un homme, cela ne signifiait pas qu'elle ne pouvait pas avoir l'air splendide. Elle rassembla ses cheveux sur sa nuque et les attacha avec un ruban assorti. Puis elle observa le résultat dans le miroir de plain-pied avec un large sourire. À côté d'elle, la bonne rougit.

— Seigneur Dieu, Miss !

— C'est scandaleux, je sais, mais je n'arriverai pas à apprendre à me battre vêtue d'une robe.

La servante pâlit.

— Apprendre à vous *battre*, Miss ?

— Oui, sourit Audrey. Je prends des cours.

Elle quitta la pièce devant la servante bouche bée et se dirigea vers la salle d'entraînement. La pièce se trouvait dans une aile opposée de la maison et elle priait pour ne pas croiser d'autres invités en chemin. Elle n'avait pas honte de ce qu'elle faisait, mais ce qu'elle *portait* était une tout autre histoire. Si Horatia l'apprenait, elle poserait des questions auxquelles Audrey ne souhaitait pas répondre. Et vu que son accouchement se profilait, Audrey ne voulait rien faire qui aurait pu contrarier sa sœur.

Heureusement, elle ne croisa personne et quand elle atteignit la salle de sport, Jonathan se trouvait déjà à l'intérieur, lui tournant le dos. Il retira son manteau puis s'agenouilla afin d'ôter ses bottes. Elle le regarda, voulant lui demander ce qu'il faisait, quand il se redressa et se retourna. Il ne l'avait apparemment toujours pas remarquée.

Elle s'apprêtait à annoncer sa présence, impatiente de savoir ce qu'il pensait de sa tenue, quand il prit soudain la parole.

— À présent que vous êtes là, commençons...

Il se tourna vers elle puis se figea. Il cligna des paupières et devint écarlate.

— Que... que portez-vous ?

Audrey parada fièrement à travers la pièce. C'était la réaction qu'elle avait espérée.

— Ce sont mes vêtements de lutte. Ils sont splendides, ne pensez-vous pas ? Je les ai dessinés moi-même.

Elle se tourna et le regarda par-dessus son épaule afin qu'il puisse voir la tenue sous tous les angles.

— Splendides ? Quoi... Où... balbutia-t-il en tendant une main vers sa poitrine. Où sont vos seins ?

Cette remarque déplacée fit rougir Audrey, mais elle refusa de se laisser couper la chique.

— Je les ai bandés fort pour qu'ils ne me gênent pas.

— Et vous porterez cette tenue pendant vos missions ?

— Certainement pas.

Jonathan se frappa le front avec la main et grogna.

— Vous devez apprendre à vous protéger avec l'entrave naturelle de vos vêtements, vos vêtements habituels.

Audrey fronça les sourcils.

— À l'avenir, absolument, mais afin de mieux étudier, je pense que c'est mieux de commencer ainsi. Il est parfaitement possible que je doive m'habiller en garçon pour une mission ou bien pour éviter d'être capturée.

Il soupira.

— Vous avez vraiment réponse à tout, n'est-ce pas ?

Elle savait qu'il n'attendait pas de réponse, mais le taquiner était étrangement satisfaisant.

— Bien entendu. À présent, enseignez-moi. Par quoi commençons-nous ?

Elle se dirigea vers le centre de la pièce, se demandant s'il allait essayer de l'attraper à nouveau. Elle aurait de meilleures chances de lui échapper si elle n'était pas entravée par ces jupes irritantes. Elle baissa les yeux vers les bas qu'il portait.

— Puis-je vous demander pourquoi vous avez retiré vos souliers ?

— Je n'ai pas envie d'écraser vos petits pieds. La dernière chose que je souhaite est de vous faire du mal.

Une partie d'elle voulait crier qu'il l'avait déjà trop blessée avec sa nature froide et distante. Il l'avait titillée puis s'était retiré, comme un chat qui avait perdu tout intérêt pour son nouveau jouet. Cependant, elle ne put s'empêcher de lui renvoyer son propre argument au visage.

— Et mes agresseurs seront-ils aussi prévenants durant mes missions ?

Jonathan inclina la tête.

— Vous ne serez pas capable d'apprendre si vous boitez sur des orteils brisés. À présent, si on en a fini avec les joutes verbales, nous pourrions peut-être entamer quelque chose de plus physique. Je crois que je devrais d'abord vous enseigner un peu de boxe, en commençant par comment déplacer vos pieds et vous protéger le visage, dit Jonathan. Nos leçons suivantes se baseront alors sur ces nouvelles compétences. Il ne sert à rien de vous montrer comment échapper à une prise si vous ne savez pas vous défendre une fois libérée.

Le cœur d'Audrey battit un peu plus vite. Ils étaient vraiment en train de le faire !

— Je crois que je vous suis.

— Alors, rapprochez-vous et imitez ma posture. Il désigna un endroit sur le sol près de lui.

Il avança légèrement la jambe gauche, maintenant la droite derrière lui. Il serrait les poings devant son visage. Il avait l'air féroce. Elle l'imita, se sentant mal à l'aise à l'idée que ses jambes soient aussi écartées. Les jupes étaient si limitantes ! On parvenait à peine à courir avec, encore moins se tenir debout en campant les jambes. Toutefois, elle ne pouvait pas dénier le pouvoir de la stabilité qu'elle ressentait à présent. Si c'était ce que ressentaient tout le temps les hommes, elle était jalouse. Elle ressentit un pincement de déception. Elle adorait les robes, mais cette liberté était irrésistible et elle n'avait aucune hâte de renfiler ses jupes.

— Ce n'est pas mal.

Jonathan quitta sa position et se retrouva de l'autre côté. Il examinait son corps.

Sans prévenir, il lui poussa l'épaule droite. Elle faillit tomber, mais garda l'équilibre.

— Pourquoi avez-vous fait cela ? hoqueta-t-elle.

Jonathan ignora la question.

— C'est bien. Vous avez gardé l'équilibre. L'équilibre est vital.

Il continua de l'examiner et elle fronça les sourcils en le regardant.

— À présent, vos mains.

Il lui fit ouvrir les poings et lui libéra les pouces avant de replier ses doigts.

— Ne gardez jamais les pouces à l'intérieur de vos doigts.

— Pourquoi ?

— Si vous donnez un coup assez fort, vos doigts feront pression sur vos pouces et les briseront. Vous ne feriez pas une très bonne adversaire avec les pouces brisés. Je vous l'assure, la douleur est atroce.

Il grimaçait et elle se demanda s'il en avait personnellement fait l'expérience.

— Avez-vous déjà... ?

— Pas en me battant, mais quand j'avais douze ans, je me suis coincé le pouce dans un tiroir que j'ai refermé trop énergiquement. On a dû le remettre en place et j'ai pleuré comme un enfant.

— Comment vous y êtes-vous pris ?

— Je n'en suis pas fier. Un moment de colère et de frustration immatures. Je n'ai simplement pas fait attention.

— Oh, c'est horrible, je...

Elle commença à se déplacer, mais il lui donna une fessée si forte qu'elle en glapit.

— Restez en position, dit-il.

En rage, elle se tourna vers lui, prête à exploser, mais avant qu'elle ne puisse faire le moindre geste, il lui avait déjà donné une autre fessée.

— C'est une autre leçon que vous devrez intégrer. Vous pensez peut-être que la colère vous apportera de la force durant un combat, mais en réalité, elle aveugle, ce qui vous rend vulnérable.

Audrey grimaça. Ses fesses lui faisaient mal. Les jupes au moins, toutes irritantes qu'elles soient, lui offraient un meilleur rembourrage. Bien entendu, elle n'avait pas songé que les fessées feraient partie de leurs leçons. Elle le fusilla du regard, mais au lieu de la colère, elle lut l'humour dans ses yeux verts.

— Quand vous levez les poings, vous devez garder votre visage protégé. Servez-vous de votre main gauche pour bloquer l'accès à votre visage et gardez votre main droite plus près de vous. Devinez-vous pourquoi ?

À sa grande surprise, elle ne trouva pas son ton didactique condescendant.

Elle s'imagina ce qu'elle essayait de frapper.

— Si elle est plus proche de mon corps, je pourrai frapper avec plus de force.

— Exactement.

Le sourire de Jonathan fit palpiter son estomac et elle essaya de se concentrer.

— La main gauche protège et votre main dominante, la droite, est votre arme.

— Je vois, dit-elle en réprimant un bond d'excitation.

Elle se sentait déjà plus assurée.

— Comment est-ce que je frappe ? demanda-t-elle.

Il poussa un ricanement bas qui était à la fois simple et délicieux.

— Vous êtes assoiffée de sang !

Encore une fois, elle fut frappée par son comportement espiègle, dénué de froideur ou de détachement.

C'était l'homme avec qui j'avais envie d'être.

— Nous en parlerons dans un instant, mais d'abord, je dois vous enseigner à bloquer. Votre premier instinct sera d'essayer de répondre à mon attaque par une autre, mais cela vous laisse à découvert. Votre but sera de détourner le bras qui vous agresse, pas de l'arrêter.

— Je ne suis pas certaine de comprendre.

Jonathan lui fit face et leva les poings.

— Étendez lentement la main comme pour me frapper.

Elle lui obéit. Quand le poing d'Audrey se rapprocha de son visage, il inséra son bras entre le poing de la jeune femme et son propre visage, puis il repoussa sa main en se servant de son avant-bras puissant.

— C'est ainsi que vous bloquez. Si j'avais simplement attrapé votre poing, cela m'aurait projeté en arrière, me faisant du mal et vous conférant toujours le dessus. Vous comprenez ?

— Oui !

Elle ne put contenir l'excitation provoquée par cette révélation. Si, à sa sortie dans le monde l'année précédente, on lui avait enseigné ceci et non la danse, son premier bal aurait été une expérience bien différente.

Jonathan se positionna devant elle et saisit sa main droite.

— Pour frapper, vous avez plusieurs options.

Il lui saisit le poignet et l'attira lentement vers son nez.

— Le nez est le mieux. Vous pouvez le briser, et il saignera. Ne vous tracassez jamais pour le sang...

Songer au sang lui donna soudain le vertige.

— Audrey, tout va bien ? Vous avez pâli.

Il la saisit par les hanches pour la rattraper. Elle s'appuya sur lui le temps de se reprendre.

— Je suis désolée. Je suis un peu sensible à la vue du sang.

— Et apparemment, à sa simple mention...

Jonathan ricana, mais il n'avait pas l'air de se moquer d'elle.

— N'utilisons pas ce mot, alors. Frapper le nez peut aussi emplir les yeux de larmes, ce qui aveuglera la personne pendant un combat, alors pensez-y plutôt. Maintenant, levez les bras...

Il la lâcha. Elle leva à nouveau les poings et une fois encore, il lui prit le poignet, guidant sa main.

— Après le nez, vous pourrez frapper n'importe où, mais les endroits les plus effectifs sont le menton, la gorge et les oreilles.

— Pourquoi ?

Audrey étudia son visage, pour une fois pas pour ses

nombreux traits fâcheusement séduisants, mais comme un endroit à frapper.

— Ils sont vulnérables. Avec suffisamment de force, les mentons et les mâchoires peuvent se briser. La gorge peut les empêcher de respirer et les oreilles... Eh bien, si on ne vous a jamais frappée aux oreilles, vous n'imaginez pas la douleur. Si vous avez l'occasion de frapper quelqu'un à l'oreille, ne vous gênez pas.

Audrey n'arrivait pas à croire qu'elle apprenait des informations aussi utiles pour la première fois de sa vie. Certes, Jonathan la faisait se sentir inexpérimentée, mais pas inférieure. Il prenait ces leçons au sérieux, et cela la faisait se sentir... Comment se sentait-elle ?

Importante ? Pertinente ? Égale ?

Depuis qu'elle était Madame Société, elle s'était de plus en plus exposée aux injustices de son monde, qu'elles soient quotidiennes ou criminelles. Et plus elle en voyait, plus une partie d'elle voulait s'enfuir le plus loin possible, se terrer à la maison et laisser son frère l'étouffer par son instinct de protection surdéveloppé, simplement pour tenir ces réalités à distance. Mais elle continuait de se battre et maintenant, avec Jonathan, elle avait l'impression que cette envie de lutter n'était ni inutile ni futile.

— Vous savez, si j'avais reçu ces leçons durant ma première saison, j'aurais pu stopper des mains baladeuses plus facilement. J'ai été contrainte de donner un coup de pied dans les parties de lord Willoughby, ce que je ne recommande pas. C'est difficile de donner des coups de pied à travers des jupes.

Les yeux de Jonathan pétillèrent.

— Le vicomte Willoughby ?

— Oui. Il m'a emmenée sur une véranda pendant mon premier bal. Je n'avais pas compris les risques que je courrais à laisser un gentleman m'escorter à l'extérieur. Cédric n'a jamais été doué pour nous prodiguer des conseils, plaçant le fardeau de notre protection entièrement sur ses épaules. Horatia et moi n'avions pas été préparées à sortir dans le monde.

Avoir perdu ses parents durant son enfance signifiait que sa vie de jeune femme avait été plus atypique que la norme. Cédric et ses amis avaient toujours été là pour elle, mais des grands frères ne pouvaient pas se substituer à des parents.

— Et que s'est-il passé ? Avec Willoughby ?

— Il a essayé de m'entraîner vers une partie isolée de l'alcôve, juste en dehors de la véranda. J'ai été plaquée contre une haie épineuse et plutôt désagréable alors qu'il a fait de son mieux pour m'embrasser. Ce goujat est parvenu à fourrer à moitié la main sous mes jupes. Heureusement, cela m'a donné le champ libre pour lui filer un bon coup dans les...

— Oui, je vois, l'interrompit Jonathan.

Audrey pouffa en remarquant qu'il avait détourné son corps d'elle, comme pour se protéger l'entrejambe d'une démonstration surprise.

— Et si je vous montrais une alternative à un coup de pied dans les bourses, si vous cherchez à varier un peu vos défenses ?

Elle opina rapidement du chef, impatiente de recevoir d'autres enseignements.

— Très bien. Je vais vous démontrer une action défensive que vous aurez alors l'occasion d'utiliser.

Il lui fit signe de lui donner sa main. Quand elle la tendit, il l'agrippa entre ses deux mains et lui retourna la paume en arrière sans violence. La jeune femme grimaça, mais il s'arrêta juste avant que cela ne commence à vraiment être douloureux.

— J'ai appris cette prise tout seul. D'un geste rapide, vous pouvez tordre le poignet d'un homme, le briser, ou bien maintenir la douleur et menacer de le briser. Alors, pour les mains baladeuses, c'est la technique à employer.

— Pouvons-nous mettre en scène une situation ? demanda-t-elle.

Jonathan hocha la tête.

— Approchez-vous de ce mur et collez-y le dos. Nous dirons que c'est la haie d'un jardin.

Audrey vint se coller au mur puis se tourna vers lui. Il s'approcha lentement d'elle et la lueur prédatrice dans ses yeux fit marteler au cœur d'Audrey le tempo d'une folle excitation.

— Je vais faire semblant d'être Willoughby et vous allez utiliser la manœuvre que je vous ai montrée.

— Très bien, répondit-elle en déglutissant fort.

Il allait la toucher de façon intime – ou du moins essayer – et une partie d'elle ne souhaitait pas l'arrêter.

— Où était son autre main ? Celle qui n'était pas sous vos jupes ? demanda Jonathan qui se tenait à quelques centimètres de là et baissait les yeux vers elle.

Honnêtement, elle ne s'en souvenait pas.

— Sur ma nuque, je crois.

La main de Jonathan vint lui saisir la nuque.

— Comme ceci ?

Le regard du jeune homme s'attardait sur ses lèvres et elle sentit son corps brûler à son contact. Pourquoi devaient-ils s'entraîner alors qu'ils auraient pu s'embrasser ?

— Oui...

— Je vais faire semblant que vous portez des jupes, d'accord ? Essayez d'arrêter ma main.

Il murmura ceci juste avant de se pencher et de l'embrasser.

Les leçons sortirent de la tête d'Audrey. Seigneur, elle avait oublié la sensation exquise des lèvres de Jonathan et le vertige qu'elle ressentait à être emprisonnée entre lui et une surface dure ! Elle était sous son emprise et elle aimait ça, parce qu'il ne lui apporterait que du plaisir. Il posa la main sur sa hanche puis lui saisit les fesses alors qu'elle hoquetait contre ses lèvres. Lord Willoughby ne lui avait pas fait cet effet-là !

Il déplaça la main à l'arrière de sa cuisse, lui soulevant la jambe pour l'enrouler autour de ses hanches. Il se pressa davantage contre elle, leurs hanches se rencontrant alors qu'il la soulevait de terre puis la plaquait contre le mur en continuant de l'embrasser. Enfin, il glissa une main entre leurs corps, la saisissant entre les jambes. Les genoux d'Audrey faiblirent alors qu'une vague de plaisir s'abattait sur elle. Elle s'accrocha aux épaules de Jonathan, essayant de lui rendre son baiser. Elle se sentait figée, frénétique. Son besoin de ressentir l'extase sous ses mains était accablant.

Jonathan frotta sa main contre elle. Elle gémit et essaya de chevaucher sa paume. Comment cet homme parvenait-il à enflammer son sang de la sorte ? Il arracha la bouche à la sienne.

— Vous... n'essayez... même pas, gronda-t-il doucement.

— Si, insista-t-elle en cambrant le dos pour se rapprocher de lui.

— Vous essayez de me convaincre de coucher avec vous, pas d'essayer de vous repousser. Ne prenez-vous pas cela au sérieux ?

Son ton frustré lui fit l'effet d'un seau d'eau glacée et la fureur monta en elle. Elle ôta les mains de ses épaules et lui prit le poignet, lui retournant la main dans la position qu'il lui avait montrée. Se libérant, il s'écarta d'elle d'un bond tandis qu'elle campait sur ses positions.

— Sacrebleu !

Il frotta sa main en plissant le front, mais sa colère s'évapora rapidement.

— C'est... très bien, malgré le temps de retard. Mais vous devrez également être capable de conserver votre prise si vous souhaitez maîtriser la personne. Une fois que je me serais libéré, vous vous retrouveriez comme avant.

Audrey regretta de ne pas l'avoir plutôt frappé en pleine poire. Voilà exactement ce qu'elle détestait : sa distance froide et dénuée de passion. N'avait-il rien ressenti entre eux ?

— Je crois que les leçons sont terminées pour aujourd'hui, dit-elle.

S'il y avait une chose qu'elle détestait, c'était quand un homme lui donnait envie de pleurer.

— Très bien. Je vous en donnerai une autre demain.

Il se détourna et récupéra ses bottes avant de les renfiler.

— Et vous dormirez dans ma chambre ce soir. Ou alors je viendrai dans la vôtre.

— Quoi ? Non, Jonathan. On ne doit pas. Pas ici.

— Une fois par semaine ; c'était notre accord.

Il braqua sur elle un regard extrêmement sérieux.

— Vos réactions de ce soir ne font que souligner mes propos. Si vous vous laissez distraire par les baisers d'un homme, il profitera de vous comme je viens de le faire. Ce n'est pas conseillé.

Elle croisa les bras devant elle.

— Vous avez bien raison. Je n'en ai *pas* envie.

Elle bouillonnait de colère, à présent.

— Particulièrement pas avec moi, ajouta-t-il avec un sourire taquin.

— Non, vous... vous êtes... balbutia-t-elle.

— Oui ? Que suis-je ? demanda-t-il en se rapprochant à nouveau.

Elle ne pensait qu'à lui, à sa chaleur, son baiser, le plaisir que lui avaient causé les mouvements de ses mains baladeuses.

— Vous êtes exaspérant.

— Vous aimez quand je vous agace.

— Absolument pas !

— Bien sûr que si. Je vous tiens en haleine. Vous voulez plus de baisers, même si vous faites mine de me mépriser.

C'était son sourire arrogant qui l'avait poussée dans ses retranchements. Elle recula violemment le bras pour le gifler, mais il le lui saisit facilement en plein mouvement.

Il se pencha un peu et son regard tomba sur ses lèvres.

— Ne giflez jamais quand vous pouvez frapper.

Elle se tenait très immobile, sa main droite prisonnière alors qu'ils continuaient de se regarder dans les yeux. Elle serra le poing gauche comme il le lui avait appris et le frappa en pleine mâchoire.

Il siffla de douleur et la lâcha. Audrey fit un pas en arrière pour lui donner le temps de se reprendre et d'éviter les moindres représailles. Son sourire fier la surprit.

— *Voilà* une excellente démonstration de ce que vous avez appris aujourd'hui. Très bien, ma petite furie, vraiment très bien.

Audrey était si confuse qu'elle tourna les talons et quitta la pièce en courant. Elle ne s'arrêta pas avant d'avoir atteint sa chambre. Elle s'écroula sur le lit, tremblant de la tête aux pieds, complètement déroutée. Comme toujours, il l'avait ébahie et l'avait laissée sans la moindre certitude.

Sauf que ce n'était pas vrai. Il avait été fier d'elle. Un homme désintéressé n'aurait pas exprimé de la fierté, n'est-ce pas ? Elle leva la main gauche. Elle était rouge et ses doigts lui faisaient mal, mais elle ressentit le désir soudain d'éclater de rire. Elle avait appris à rendre des coups, avait également improvisé, et il avait été content.

Elle roula sur le dos sur le lit et étira les bras en souriant de toutes ses dents. Elle resterait ici un moment, profiterait de plusieurs autres heures en pantalon avant d'avoir à retrouver le confinement d'une robe pour le dîner. Heureusement, entre-temps, elle ne manquerait à personne. Une grande fête privée avait de nombreux avantages, dont les meilleurs étaient d'offrir aux invités le temps de s'éclipser pour se reposer ou mener des activités en privé.

Allongée sur son lit, elle se demanda ce que Gillian faisait. Comment James et elle géraient-ils le fait d'être seuls ? Audrey espérait sincèrement qu'ils avaient fait quelque chose d'agréable, comme une balade à cheval ou une promenade dans les jardins.

Gillian apprend à se laisser séduire et moi à me battre. Elle ne put s'empêcher de pouffer. Quelle journée !

CHAPITRE 10

—Que vous est-il arrivé ?

Le regard alarmé, Lucien redressa l'échine sur son siège. Jonathan venait d'entrer dans son étude en se tâtant prudemment la joue. La sensation laissait présager d'un beau bleu.

—Je me suis peut-être un peu battu avec un autre invité.

—Oh ?

—Rien de sérieux, dit Jonathan avec un sourire ironique.

—Rien de sérieux ? Vous avez le menton qui devient bleu.

— J'ai peut-être enseigné à une petite furie comment se défendre. Elle a peut-être eu le dessus sur moi.

Lucien éclata de rire presque aussi fort que Charles l'avait fait.

—Je ne vous l'ai pas dit pour que vous vous amusiez à mes dépens, grommela Jonathan.

— Je suis certain que non, mais bon sang, mon vieux, vous ne pouvez pas dénier que c'est amusant.

Lucien se cala contre le dossier et posa les bottes sur le rebord du bureau.

— Quoi qu'il en soit, j'espère que vous n'êtes pas venu afin de me demander des conseils pour séduire les femmes Sheridan. Audrey est très différente d'Horatia. *Très*. Mon aimée est douce, timide et gentille.

— Tout ce qu'Audrey n'est pas.

Ce n'était pas entièrement vrai... Elle avait ses moments de douceur. Simplement pas avec lui.

— Alors, votre grand projet est de la séduire en lui donnant des leçons d'autodéfense ?

— Oui, elle désirait en prendre.

— Je vous accorde que c'est un plan original, mais je ne sais pas si vous y avez bien réfléchi.

Jonathan ouvrit la bouche et la referma avant de palper sa mâchoire endolorie.

— Une partie de moi le regrette, je vous l'accorde. Elle a un crochet du gauche remarquable.

Lucien poussa un nouvel éclat de rire que la cloche du dîner transforma en grognement.

— Oh, les dîners intimes avec la Ligue me manquent ! Ces imbécillités de fête privée ne sont pas ma façon préférée de passer la soirée. Et pendant une semaine entière, qui plus est.

L'air désespéré de Lucien faillit faire rire Jonathan.

Avant que l'un comme l'autre ne puisse ajouter quoi que ce soit, Charles pénétra en trombe dans l'étude, le visage tendu.

— Je suis content de vous trouver tous les deux ici.

Il brandit un journal en s'approchant d'eux.

— On vient de nous livrer ceci il y a une heure. Linley y a vu quelque chose d'important en me le déposant.

Il plaça le journal sur le bureau.

Jonathan et Lucien se penchèrent tous les deux pour voir l'article que désignait Charles. La rubrique mondaine du

Morning Post parlait typiquement des naissances, des mariages et des morts. Un nom ressortait parmi les autres.

— « M. Gérald Langley a été retrouvé mort dans une résidence proche de la boutique de thé Twinings, lut Lucien à voix haute. Une lettre laissée à sa famille laisse entendre qu'il s'est suicidé pour une question d'honneur. Les rumeurs troublantes des derniers mois sur M. Langley ont pu contribuer à son acte. Il laisse derrière lui sa sœur, Hillary Clifford... » Langley est mort ? N'est-ce pas l'homme que Madame Société avait complètement humilié dans sa rubrique ?

— Lui-même, dit Charles. Jonathan, je pense que vous devriez parler à Lucien d'Audrey et du club clandestin.

— Me parler de quoi ? répliqua Lucien d'une voix dure en fusillant Jonathan du regard. Dans quoi l'avez-vous entraînée ?

Jonathan se hérissa.

— Je n'ai rien fait ! C'est elle qui...

Ses paroles se transformèrent en un grognement frustré. Il comprenait les peurs de Lucien. Horatia avait déjà été visée par un ennemi de la Ligue et son ami était parfaitement en droit de craindre qu'Audrey ne se retrouve dans une situation similaire.

— Jonathan, je jure que si vous...

— Lucien, du calme, mon vieux, dit Charles. Laissez-le répondre.

Lucien croisa les bras. Il plissait le front, mais garda le silence.

Jonathan inspira profondément.

— La première chose que vous devriez savoir est qu'Audrey est Madame Société.

Lucien écarquilla les yeux avant de cligner des paupières comme si son cerveau venait de comprendre avec un temps de retard.

— Elle... ? Madame Société ? La femme dont la plume nous a tous pris à parti et fustigés, chacun notre tour ?

— Et a trouvé des épouses à la moitié d'entre nous, ajouta Charles avec un sourire ironique.

Lucien se tourna vers Jonathan.

— Celle qui vous raillait il y a une semaine à peine ?

— Celle-là même, confirma Jonathan.

Lucien secoua la tête.

— Je serais tenté d'en rire si vous n'aviez pas mentionné un homme mort et un club clandestin. Quel est le rapport ?

Jonathan essaya de s'expliquer.

— À ce que j'ai compris, tout a commencé quand Audrey a décidé de défendre la fille du comte de Rockford.

Lucien hocha la tête.

— Je me souviens de l'incident. C'est ce qui l'a conduite à exposer les activités de Langley dans la rubrique de Madame Société.

— Elle a alors découvert – Dieu sait comment – que Langley était à la tête d'un club satanique ridicule dans le quartier de Temple Bar, et elle a voulu les exposer avant qu'ils ne fassent plus de mal.

— Elle est venue me trouver, l'interrompit Charles. Elle cherchait une escorte pour le club.

— Et vous n'avez pas songé à en informer Cédric ? Ou moi ? Vous ne pensiez pas que son frère ou son beau-frère auraient dû en être informés ? rugit Lucien. Des gens qui auraient pu la protéger ?

Charles n'eut pas la moindre réaction.

— Oh ? Et qu'auriez-vous fait ? L'enfermer dans une tour ? Une fois qu'elle s'est mise bille en tête, particulièrement si c'est dangereux, elle se fourre toujours en plein dedans avec ou sans notre intervention. Mon intention était de la protéger, puisqu'elle s'y serait retrouvée mêlée d'une façon ou d'une autre.

— Alors vous l'avez emmenée au club de Langley ?

Charles s'empourpra.

— Euh… non. Elle a envoyé un mot à Linley pour m'informer qu'elle avait changé d'avis et qu'elle n'allait pas s'y rendre.

Jonathan sut que c'était à son tour de parler.

— Mais Linley n'y a pas cru. Il m'a abordé alors que je quittais Berkley's et m'a confié ses inquiétudes. Alors, je suis allé à sa rescousse. Et elle a eu de la chance que je le fasse ! Toute cette histoire n'était qu'un guet-apens.

Le front plissé, Lucien regardait toujours Jonathan en silence.

— Je me suis battu contre Langley et le reste de son club. Nous avons pu nous échapper par une fenêtre et j'ai ramené Audrey en sécurité à la maison, mais je crains que Langley n'ait vu son visage. Il connaissait probablement son identité.

Horrifié, Charles dévisagea Jonathan.

— Vous n'avez pas…

Il mima le geste de tirer avec un pistolet invisible.

— Non, bien sûr que non ! le rassura Jonathan. La dernière fois que j'ai vu Langley, il s'en prenait à Pembroke et Gillian, la suivante d'Audrey.

— *Pembroke* était là ? s'écria Lucien. Comment s'est-il retrouvé avec de tels… diables ?

— D'une façon quasiment similaire à la mienne. Il s'est amouraché de Gillian et était venu la secourir.

Lucien haussa les sourcils.

— Il est amoureux d'une suivante ?

— Des choses plus étranges se sont déjà produites, lui rappela Jonathan. Qui plus est, je crois que côté cœur, nous sommes mal placés pour critiquer.

Après tout, jusqu'à l'année précédente, Jonathan avait été dans une position guère meilleure que celle de Gillian.

— À propos, Pembroke ne sait pas que Gilly est domestique, alors, si j'étais vous, je n'en parlerais pas.

— Une autre machination d'Audrey ? demanda Charles, tout sourire.

— Quoi d'autre ? répliqua Lucien en fronçant les sourcils. Mais n'est-ce pas faire du tort à Pembroke ? Ne mérite-t-il pas de savoir ?

— Je crois qu'Audrey a un plan, dit Jonathan. Je lui ferais confiance sur ce point.

— On dirait qu'elle joue avec lui, si vous voulez mon avis.

— Les circonstances de Gillian ne sont pas aussi simples qu'elles paraissent l'être au premier abord.

En défendant la jeune femme, Jonathan avait l'impression de défendre sa propre position parmi leurs rangs.

— Audrey est convaincue qu'ils sont faits l'un pour l'autre... ou du moins en ont le potentiel. Au final, ce sont leurs sentiments qui comptent et non un mariage que la société jugerait approprié.

— Tout à fait ! dit Charles. Laissons l'amour butiner où il veut, pour ceux que cela intéresse.

Lucien poussa un soupir las.

— Je suppose que cela explique pourquoi Horatia m'a demandé de l'appeler Miss Beaumont et de n'être pas surpris qu'elle prenne son repas avec nous comme les autres invités. Elles ont parlé d'une pièce de théâtre, mais pour être honnête, au bout d'un moment, j'ai cessé de poser des questions.

Il marqua un temps d'arrêt puis devint sérieux.

— Croyez-vous que Pembroke ait assassiné Langley ?

— Non, dit Charles. C'est le meilleur des hommes, meilleur que n'importe lequel d'entre nous. Ce n'est pas un tueur. Il aurait frappé Langley, j'en suis certain, l'aurait ligoté en attendant les autorités s'il l'avait pu, mais il ne l'aurait pas tué.

— Croyons-nous que Langley se soit suicidé ? songea Lucien en se frottant le menton. Je ne sais pas grand-chose sur lui.

Charles baissa les yeux vers le journal.

— Il se fichait pas mal de sa réputation, mais il arrive un moment où tout homme ne voit plus aucun salut et perçoit l'Enfer comme plus désirable que le temps qui lui reste sur cette Terre.

— C'est vrai.

Jonathan se remémora le feu dans les yeux de Langley. Ce feu noir et insensible n'appartenait pas à un homme qui concevait la honte, mais il aurait su reconnaître une situation perdue d'avance. Il s'apprêtait à être exposé publiquement en tant que dirigeant d'un club de débauche. Les indignités et les difficultés qu'il avait endurées après les premières révélations de Madame Société n'étaient rien comparées à ce qui l'attendait. Cela aurait suffi à pousser même le pire des hommes à mettre un terme à son existence.

Les trois hommes gardèrent le silence pendant un long moment.

— Toutefois, il est également possible que quelqu'un l'ait aidé à appuyer sur la détente, dit enfin Charles.

— Peut-être, dit Lucien, mais qui l'aurait tué, et dans quel but ?

Malgré lui, Jonathan sentait son ventre se nouer, comme s'il avait négligé de faire ou de se souvenir de quelque chose. Quelque chose d'important.

— Peut-être avait-il d'autres utilités, suggéra Charles. Des utilités qui ont pris fin. Ou peut-être qu'après qu'Audrey l'ait exposé, le temps lui a été compté. J'imagine qu'un tel homme a dans toute l'Angleterre des ennemis trop heureux de lui régler son compte.

— Alors, quelqu'un nous a fait une faveur, songea Lucien, quoique cela arrive rarement. Je pense qu'il faut rester vigilants. Jonathan, je crois que votre technique de séduction atypique devra servir une cause plus noble. Je veux que vous soyez l'ombre d'Audrey, de jour comme de nuit. Nous nous souvenons tous de ce qui est arrivé à Horatia dans cette demeure, enlevée dans sa chambre et...

Il ne poursuivit pas sa phrase.

Et presque assassinée. Jonathan savait que ce jour-là hanterait Lucien pour toujours. Des amitiés avaient été fracturées et des loyautés mises à mal. Même si ceux qui étaient impliqués s'étaient fait pardonner, une fissure demeurait dissimulée parmi les liens qu'ils avaient formés.

— Deviendrez-vous son ombre, Jon ? demanda Lucien.

— Bien entendu. Cela dit, elle va encore plus me détester.

Charles claqua l'épaule de Jonathan.

— Alors, ne changez rien.

Jonathan estimait que son ami avait voulu le réconforter, mais ses paroles eurent l'effet inverse. S'il devait se faire l'ombre d'Audrey, il allait se retrouver dans une situation impossible.

— Je vais m'assurer que vous soyez assis l'un à côté de l'autre au dîner, promit Lucien.

— Nous ferions mieux d'y aller. La cloche a sonné il y a plusieurs minutes, leur rappela Charles.

— C'est vrai. On ne doit pas inquiéter Horatia. Pas dans sa condition.

Jonathan les suivit dans le couloir. Un léger mouvement au bout du couloir attira son attention et les poils de sa nuque se hérissèrent. Quelqu'un avait-il écouté à la porte ? Lucien avait peut-être raison.

À partir de ce soir, il deviendrait l'ombre d'Audrey, que cela lui plaise ou non.

CHAPITRE 11

Le cœur battant, Tom Linley plaquait l'oreille contre le trou de la serrure de l'étude de lord Rochester.

— Deviendrez-vous son ombre, Jon ?

Les paroles de Rochester étaient à peine audibles, mais Linley les entendit, suivies par l'agrément de M. Saint-Laurent. Il n'avait pas besoin d'en entendre davantage. Il se rua dans la pièce la plus proche, plus loin dans le couloir, avant que le trio de gentlemen n'émerge de l'étude de Rochester. Ils iraient bientôt dîner.

— M. Linley ?

Linley regarda autour de lui. Audrey était assise sur un fauteuil près du lit. Confortablement installée, elle lisait un livre. Ils se trouvaient dans un petit salon privé réservé aux membres de la famille, mais qu'il avait cru vide quand il l'avait exploré plus tôt.

— Toutes mes excuses, Miss Sheridan.

Il redressa l'échine et fit mine de sortir comme si de rien n'était.

— Oh non, je vous en prie. J'allais partir. Le dîner devrait être prêt.

Audrey se redressa. Sa robe vert foncé était une création audacieuse en satin ourlé de dentelle belge. Le comte et ses amis étaient sans doute vêtus avec le même raffinement. De beaux vêtements et des soirées agréables avec des amis qui s'appréciaient mutuellement... Linley ressentit un pincement d'envie, qu'il réprima comme toutes ses autres émotions. Ce genre de vie ne lui était pas destiné !

Il était ici pour trahir la Ligue et leurs familles. Peu lui importait que le comte de Lonsdale – Charles – les avait accueillis dans sa demeure, lui et sa petite sœur Katherine. Peu importait qu'il apprécie tout autant ses amis et leurs familles, particulièrement Audrey. S'il n'effectuait pas son travail, Katherine lui serait enlevée et avec elle, sa dernière étincelle de vie.

Immobile sur le seuil, Audrey le regardait d'un air indéchiffrable. Elle se pencha pour lui murmurer :

— Je connais votre secret, Tom.

Il fut frappé d'un éclair de terreur qui fit se crisper tous ses muscles. Une partie de lui voulut crier pour la réduire au silence et il connaissait une demi-douzaine de façons de le faire, mais il se retint. Il ne devait faire de mal à personne à moins d'en recevoir l'ordre. Tom n'était qu'un rouage dans une machine bien plus grande et menaçante qui, au fil des jours, se refermait autour de la Ligue sans qu'aucun d'eux ne s'en rende compte.

— Vous n'avez pas besoin de vous inquiéter. Je n'en soufflerai mot à personne. Mais un jour, j'espère que vous aurez le courage d'en discuter avec moi. Nous avons tous nos secrets.

Elle lui tapota la joue et il sentit son cœur gonfler d'affection avant de se calciner en songeant à son inévitable trahison.

Audrey ne connaissait pas ses secrets. Du moins, pas ceux qui comptaient, sans quoi cette conversation ne se serait pas achevée sur une note aussi plaisante. Peut-être se doutait-elle qu'il était espion, mais dans un registre moins sinistre, engagé par un lord rival qui cherchait à épier ses compétiteurs.

D'ordinaire, il en aurait fait un rapport immédiat. Le moindre soupçon que sa position soit compromise aurait suffi à le faire retirer du terrain. Mais bientôt, Audrey serait placée sur un chemin qui la mènerait loin de la sécurité de ses amis, de sa famille et même de son pays, vers une mort presque certaine. Linley ne voulait pas y songer, mais le problème se rectifierait bientôt tout seul.

Pauvre bécasse naïve. Vous pensez que l'espionnage est un jeu. Si seulement vous connaissiez la vérité ! Rien n'est un jeu quand le but est de survivre.

Une fois qu'Audrey fut partie et qu'il se retrouva seul, il s'écroula dans un coin de la pièce. Il aurait voulu disparaître. Faire comme s'il n'avait jamais existé. Tom ferma les yeux et s'imprégna de la fraîcheur apaisante du mur.

Je n'ai pas le choix. Pour le bien de Katherine, je n'ai pas le choix.

La seule chose pire que d'avoir une dette avec le diable était de devoir passer à la caisse.

⚜

C'ÉTAIT HORRIBLE D'ASSISTER À UN DÎNER DANS SES ATOURS les plus splendides alors qu'à l'intérieur, elle était absolument misérable. Audrey savait qu'elle était superbe dans sa robe de satin vert. Le décolleté était plongeant et de la dentelle ourlait les manches courtes. Elle soulignait sa silhouette à la perfection, mais ce soir, elle ne ressentait pas la magie de la robe comme elle le faisait d'ordinaire.

Elle s'avança d'un pas énergique dans la pièce où les invités s'étaient rassemblés alors que tout ce qu'elle voulait était retourner à la salle de sport, vêtue de son pantalon, et... embrasser Jonathan.

Elle se ravit de voir l'expression du jeune homme quand il pénétra dans la pièce. Elle remarqua une ecchymose violette sur son menton à l'endroit où elle l'avait frappé tantôt. Son cœur se serra. Elle s'était sentie si victorieuse en se défendant ! Cependant, elle lui avait fait mal. Elle fit de son mieux pour masquer son désarroi alors qu'Horatia escortait Jonathan vers elle.

— Vous êtes partenaires ce soir. Je pense que cela ne vous dérange pas ?

Les yeux de sa sœur aînée pétillaient de malice. Audrey s'apprêtait à protester que celle-ci l'avait clairement prise au piège, quand soudain, Horatia pâlit et posa une main sur son ventre rebondi.

Audrey passa un bras autour d'elle au même moment que Jonathan se penchait, lui demandant s'il pouvait faire quelque chose pour l'aider.

— Horatia, tu ne devrais pas être ici. Si le bébé s'agite, tu devrais te reposer.

— Je suis d'accord, dit Jonathan. Nous pouvons tous dîner pendant que vous vous reposez !

Pendant un moment, ils furent unis dans leur désir d'aider Horatia, et Audrey ne put s'empêcher d'adresser au jeune homme un sourire soulagé. Il le lui rendit avec une expression radoucie qui la fit palpiter.

Sa sœur soupira.

— Je sais, mais je ne supporte pas l'idée d'être confinée. J'ai dit à Lucien que je refusais de rester enfermée dans une pièce sombre jusqu'à la naissance de l'enfant.

— C'est ce qu'il compte faire ? demanda Jonathan, confus.

— Il ne l'a pas dit, amenda Horatia, mais c'est ce que la plupart des hommes exigent de leurs épouses. La pensée d'être enfermée, ne serait-ce que pendant quelques jours, me rend folle. Vous comprenez ?

— Oui, lui assura Jonathan. Voulez-vous que je vous aide à aller vous asseoir à la salle à manger ?

Horatia lui fit signe de s'éloigner.

— Non, merci. Lucien s'en occupera.

Elle attendit que l'intéressé vienne les rejoindre. Celui-ci les remercia alors d'un geste du menton d'avoir veillé sur son épouse. Il escorta Horatia dans la salle à manger et les autres couples se rassemblèrent et les suivirent. Audrey aperçut Gillian et lord Pembroke. Ils avaient été assignés à d'autres partenaires, mais ne parvenaient pas à détourner le regard l'un de l'autre. Audrey sourit. Ses efforts d'entremetteuses étaient prometteurs.

Jonathan se pencha pour murmurer à son oreille.

— Vous manigancez encore quelque chose, n'est-ce pas ?

— Si vous parlez de lord Pembroke et de Gillian, alors oui. Rien n'a changé à cet égard.

— Alors cela ne vous dérange pas qu'elle soit...

Une ombre noircit soudain ses yeux verts et il s'interrompit.

— Qu'elle soit perçue comme *inférieure* du fait de sa position sociale ?

— Certainement pas ! La position sociale d'une personne a peu de rapport avec ce qu'elle est vraiment. Je croyais que quelqu'un comme vous le comprendriez.

Elle fut surprise qu'il la croie capable de penser une chose pareille. Ne la connaissait-il donc pas, après tout ?

— Parce que j'étais domestique ? demanda-t-il en haussant les sourcils.

— Exactement. Et vous êtes devenu un gentleman très bien.

Le ton de Jonathan se fit sombrement acéré.

— Alors ce sont l'argent et une meilleure condition qui m'ont affiné ?

— Quoi ? siffla-t-elle. Ce n'est pas du tout ce que je voulais dire. Vous étiez quasiment parfait avant de découvrir votre lien avec Godric.

— Et comment le sauriez-vous ? Nous ne nous étions jamais rencontrés avant septembre dernier.

Elle se hérissa.

— Parce que j'ai posé des questions sur vous après notre rencontre. Je vérifie ces choses-là, vous savez. Tout le monde n'a parlé de vous qu'en bien. Le pire qu'on ait dit sur vous est que vous étiez coureur de jupons, mais apparemment, vous avez cessé de l'être une fois que vous avez découvert que Godric et vous étiez frères.

Alors, elle avait également posé ce genre de questions ? Elle n'avait aucun problème à laisser un rebelle la courtiser tant qu'elle était certaine qu'il puisse être réformé ! Et tous s'accordaient à dire que Jonathan avait cessé de séduire des femmes au moment où il avait appris sa naissance légitime. Il se demandait si c'était peut-être parce qu'il se percevait à présent comme prisonnier entre le monde qu'il avait connu autrefois et celui où il se trouvait présentement.

— Pourquoi avez-vous cessé de courir les jupons ? demanda-t-elle quand ils atteignirent leurs sièges au salon.

Surpris par la question, il cligna des paupières à deux reprises, puis se reprit rapidement.

— La réponse ne regarde que moi, mais continuez à être bonne élève et je vous la dirais peut-être.

Ce n'était pas ce à quoi elle s'était attendue. Jonathan lui tira sa chaise et elle retroussa ses jupes pour s'asseoir. Alors qu'il rapprochait prudemment son siège de la table, le bout de ses doigts frôla la peau nue des épaules de la jeune femme avant qu'il n'écarte ses mains et s'asseye à côté d'elle. De l'autre côté se trouvait Gillian, qui semblait en plaisante conversation avec le gentleman sur sa gauche, un vicaire discret, mais gentil qui résidait dans le voisinage.

— À propos de notre leçon d'aujourd'hui, je suis désolée de vous avoir fait mal, murmura-t-elle à Jonathan.

En raison du nombre d'invités, les chaises se touchaient presque, et leurs genoux s'entrechoquèrent sous la table. Elle rougit en sentant la botte de Jonathan frôler sa cheville.

— Ne vous excusez pas.

Toutefois, la réponse bourrue du jeune homme n'apaisa pas sa culpabilité.

— Le but est de vous apprendre quelque chose et ce que vous avez fait était une très bonne application de vos leçons.

Son ton se fit chaleureux et son visage plus ouvert. Audrey saisit l'opportunité de le taquiner.

— Devrais-je postuler pour intégrer le salon de Jackson ?

Les lèvres de Jonathan tressaillirent alors qu'il tendait la main vers son verre de vin.

— Je crois que Gentleman Jackson serait terrifié à l'idée de vous affronter sur le ring.

— Vraiment ? Alors, je devrais passer, lui démontrer mon talent de pugiliste.

Des domestiques apportèrent des soupières de soupe de poireau et une variété de viandes et de poissons. Les invités échangeaient des discussions animées sur les dernières courses de chevaux ou les scandales qui sévissaient présentement au sein de la haute société. Audrey n'écoutait que d'une oreille, mais quand un gentleman appelé Alfred Taylor parla de quelqu'un qui s'était suicidé par balle dans le district de Temple Bar, elle braqua son attention sur lui.

— M. Taylor, qui a-t-on retrouvé ? Vous dites qu'il s'est suicidé ?

M. Taylor était un quinquagénaire connu pour son accès aux ragots, et il avait le don de filtrer les histoires qui n'étaient que pure fabrication. Bien qu'il l'ignorât, certaines des meilleures anecdotes de Madame Société étaient venues de lui. Audrey savait qu'il se délectait d'avoir un auditoire captif et il rendossa rapidement ce rôle.

— Eh bien, la nouvelle a déjà été annoncée dans les journaux, mais j'ai entendu dire qu'on ne s'entend pas sur le fait qu'il s'agisse d'un suicide ou bien d'un meurtre. Sa sœur soutient qu'il ne se serait pas suicidé, mais vu la déchéance de sa réputation, je trouve cela parfaitement plausible... quoique peut-être pas sans encouragement. On l'a retrouvé dans une demeure connue pour accueillir les meetings d'un club de dévoyés.

Le cœur d'Audrey remonta dans sa gorge. Elle ne croyait pas aux coïncidences. Combien de clubs clandestins se rassemblaient dans le district de Temple Bar ?

— M. Taylor, qui est le gentleman qu'on a retrouvé ?

À côté d'elle, Jonathan s'immobilisa, la main à moitié tendue vers une soupière de sauce.

— Gérald Langley. Vous ne le connaissiez quand même pas ?

Gérald Langley était mort ?

— Non... mais je reconnais le nom, s'entendit-elle répondre d'une voix fluette.

— C'est tout à fait scandaleux !

À présent qu'il avait toute son attention, M. Taylor se pavanait.

— Force est de demander, s'il s'agit d'un meurtre ou bien – comme je le soupçonne – si le suicide a été forcé, qui Langley a pu avoir comme ennemi.

— Quand l'a-t-on retrouvé ?

— Une semaine, je crois.

Possiblement la nuit de la réunion du club clandestin ! Si Audrey avait une certitude, c'était qu'au lieu d'attenter à sa propre vie, il était le genre d'homme à ne pas lâcher ceux qu'il pensait lui avoir nui pour les entraîner avec lui dans sa chute.

Elle eut soudain très chaud et du mal à respirer. Reculant sa chaise, Audrey se précipita hors de la salle à manger sans prendre congé. En atteignant le vestibule, elle s'accrocha à la rambarde de l'escalier et s'y appuya.

Seigneur, cet homme était mort ! Peut-être assassiné ! L'homme qu'elle s'était efforcée de détruire. Ce n'était pas qu'elle se sentait coupable ; elle était principalement soulagée. Langley était un misérable, mais sa mort ne pouvait pas être une coïncidence. Lorsqu'elle s'était échappée, il n'avait peut-être vu aucun moyen de se sortir de cette spirale infernale. Mais si M. Taylor disait vrai en insinuant qu'il existait une autre influence ?

— Audrey ?

Soudain, Jonathan fut près d'elle, s'accrochant à elle, un bras enroulé autour de sa taille afin de la soutenir. Elle lui en était reconnaissante. Elle se rendit alors compte qu'elle avait frôlé l'effondrement.

Elle prit une inspiration paniquée. Ses jambes étaient en train de céder.

— Je n'arrive pas à...

— Asseyez-vous.

Il la fit s'asseoir sur les marches et se pencha au-dessus d'elle pour prendre son visage entre ses mains.

— Concentrez-vous sur mes yeux. Respirez avec moi.

Avec des mouvements exagérés, il inspira et expira, faisant de son mieux pour l'imiter. Elle dut inspirer à plusieurs reprises avant de se maîtriser à nouveau.

— Je suis vraiment désolée, murmura-t-elle. Je ne sais pas ce qui m'a pris.

— Pas besoin de vous excuser. Vous avez subi un choc. Ça arrive.

Elle ferma les yeux, respira lentement plusieurs fois et les rouvrit.

— Il est mort. Langley est mort.

— Oui, j'ai bien entendu.

— Je ne crois pas qu'il se serait suicidé, sauf s'il n'a pas eu d'autre choix.

Avait-ce été un des autres membres du club ? Elle frissonna à nouveau en songeant que Gillian, Jonathan, James et elle avaient été proches d'un homme prédestiné à mourir.

— C'est possible. C'était un homme qui n'agissait que pour son propre intérêt.

Les pouces de Jonathan caressaient ses joues et ce contact apaisant la calma. Elle le regarda, se concentrant sur ses vêtements. Ses bottes étaient polies et sa redingote bordeaux était bien coupée, montrant à son avantage sa silhouette musclée. La plupart des hommes attablés portaient du bleu, ce qui était d'usage pour de telles soirées, mais Jonathan, tout comme Charles et Lucien, était déterminé à se distinguer. De vrais Rebelles, même côté vêtements.

Cette pensée lui tira un sourire que Jonathan lui rendit.

— Voilà l'Audrey que je connais. Qu'est-ce qui vous a amusée ?

— Votre manteau. Il n'est pas de la bonne couleur pour le dîner.

Le sourire de Jonathan céda la place à un regard noir, mais elle poursuivit.

— Mais il me plaît. Le bleu aurait fait ressortir vos yeux, mais ce bordeaux est parfaitement assorti à vos cheveux.

Elle lui toucha les cheveux d'un geste machinal, faisant courir les doigts à travers les mèches blond cendré. Jonathan se posa sur la marche à côté d'elle et secoua la tête.

— Il n'y a que vous pour songer à la couleur de mes vêtements en un tel moment.

— Et à quoi voudriez-vous songer ? demanda-t-elle.

Seigneur, cet homme parvenait à la rendre plus épineuse que les ananas de sa sœur !

— À ceci.

Il baissa la tête pour lui donner un léger baiser qui lui évoqua des ailes de papillons contre sa peau. Prise d'un vertige rêveur, elle tendit les bras vers lui, les referma autour de son corps et s'agrippa à lui en se rapprochant. Il l'embrassa doucement, tel un homme qui savourait sa saveur.

— Vous êtes vraiment douce, comme une pêche mûre.

— Pas acide comme un ananas ?

Elle pouffa et fut récompensée par un autre de ses éclats de rire bas et profonds. Il y avait quelque chose d'enchanteur dans le fait de partager son souffle avec cet homme entre deux baisers. C'était ainsi qu'elle avait toujours envisagé la passion, ainsi qu'elle espérait que les choses se seraient déroulées entre elle et l'homme qu'elle épouserait un jour.

Mais ce ne sera pas Jonathan. Il ne te désire pas réellement. Il joue simplement avec toi comme un chat avec son jouet.

Cette pensée mélancolique creva la bulle de joie qui avait grandi en elle.

— Restez avec moi, dit-il. D'où que viennent les ombres que je décèle dans vos yeux, ne les laissez pas vous arracher à moi.

Il l'embrassa de nouveau comme s'il essayait de lui insuffler de la vie.

— Pourquoi voulez-vous que je reste ?

— Parce que...

Quelqu'un laissa tomber un plat dans la salle à manger et le bruit les fit sursauter. Il la lâcha et se redressa d'un bond afin de placer de la distance entre eux. Le moment passa et il reprit son calme.

— Nous devrions retourner dîner sans quoi les langues vont se délier.

— À notre propos ? demanda-t-elle.

Bien entendu, il ne voulait pas que qui que ce soit pense qu'ils soient ensemble. C'était là le Jonathan qu'elle connaissait, celui qui lui avait tourné le dos.

— Oui.

— Et vous *détesteriez* cela, n'est-ce pas ?

Elle n'aurait jamais cru qu'une personne aurait pu la faire se sentir aussi vide, mais c'était pourtant le cas. Cette sensation était intolérable et elle menaça de l'étrangler.

— Absolument, répondit-il froidement. Je ne veux jamais qu'il y ait les moindres rumeurs entre nous. Jamais.

Sa véhémence était si marquée qu'Audrey en fut révoltée.

— Alors, vous pouvez retourner dîner. Moi pas.

Elle se redressa et se dirigea vers la bibliothèque. Jonathan s'abstint de la suivre.

CHAPITRE 12

Audrey rejoignit les femmes dans le salon après le dîner. Elle devait toutes les rassurer – particulièrement Horatia – en prétextant qu'elle avait simplement été choquée par les nouvelles qu'elle venait d'apprendre. Assise sur le canapé, elle regardait les ladies s'échanger les derniers potins. Généralement, elle aimait se retrouver au centre de ces cercles. Ils semaient souvent les graines de ce qui finissait par se transformer en histoires pour sa rubrique de Madame Société. Au lieu de cela, elle cultivait des idées noires.

Elle se sentait bête de laisser son cœur soupirer pour un homme qui n'avait de cesse de s'écarter d'elle... et elle ne pouvait se retenir de penser à ce qui se passerait cette nuit-là. Viendrait-il dans sa chambre si elle ne le rejoignait pas dans la sienne ? C'était possible.

Sa sœur s'installa à côté d'elle et se cala prudemment en arrière afin de pouvoir se reposer.

— Audrey ?

— Oui ?

— Tout va bien ? Je m'inquiète pour toi.

Sa sœur lui prit une main qu'elle pressa délicatement.

— Tu t'inquiètes pour moi ?

— Oui. J'avais cru que Jonathan et toi... eh bien... feriez bientôt une annonce. J'ai fait de mon mieux pour vous aider, tous les deux.

— J'avais remarqué, dit Audrey avec un rire amer, mais nous deux, ensemble ? Cela n'arrivera jamais.

Horatia ouvrit de grands yeux.

— Pourquoi pas ? Je croyais que tu étais attirée par lui et Lucien a dit qu'il était très amouraché de toi.

— Lucien se trompe. Jonathan trouve que je ne suis rien de plus qu'un désagrément enfantin et naïf.

Sa sœur afficha un sourire soudain.

— Je t'assure qu'il ne le pense pas.

Audrey n'arrivait pas à croire qu'elle avait cette discussion. Comme elle l'avait fait pour tant d'autres, elle avait aidé sa sœur et Lucien à tomber amoureux. Elle n'avait pas besoin qu'on lui dise si un homme était amoureux d'elle ou pas !

Horatia leva la main et écarta de la joue de sa sœur une mèche de cheveux. En cet instant, Audrey trouva qu'elle ressemblait à leur mère. Elle avait été enfant lorsqu'ils s'étaient retrouvés orphelins et la plupart de ses souvenirs s'étaient estompés, mais elle n'oublierait jamais les yeux gentils de sa mère.

— Les hommes sont des créatures complexes, dit Horatia. Parfois, ils luttent contre leurs désirs pour les raisons les plus stupides qui soient. Lucien pensait qu'il ne me méritait pas et il se tracassait vraiment à propos de Cédric.

Horatia marqua un temps d'arrêt et plissa le front.

— Enfin, je suppose qu'il avait raison de s'inquiéter pour notre frère. Ce que je veux dire est que si Jonathan te traite d'une certaine façon, c'est peut-être parce qu'il pense qu'il ne te mérite pas ou bien qu'il a peur d'être aimé. Tu ne dois pas abandonner.

Horatia la prit maladroitement dans ses bras, vu son ventre arrondi. Consciente que sa sœur essayait de l'aider, Audrey lui rendit son étreinte, mais elle ne la croyait pas.

— J'ai de la chance de t'avoir pour sœur.

Très jeune à l'époque, elle avait souvent perçu Horatia comme une mère, même si celle-ci n'avait eu que quatorze ans et Audrey douze. En substance, Cédric était devenu leur père. Et à présent, son frère et sa sœur étaient mariés, avec leurs propres enfants à naître.

— Ne dis pas de telles choses !

Horatia essuya ses yeux remplis de larmes.

— Depuis que je suis enceinte, la moindre petite chose me fait pleurer.

Audrey pouffa.

— Je suis désolée !

Soudain, Horatia grimaça et se saisit le ventre.

— Audrey, va chercher Lucien. Je crois... Oh, mon Dieu !

Elle baissa les yeux et devint aussi rouge qu'une fraise mûre.

— Va chercher Lucien tout de suite ! dit-elle dans un râle.

La peur, flagrante et vivace, brillait dans les yeux d'Horatia.

Audrey était terrifiée. Quelque chose n'allait pas... quelque chose avec le bébé.

Oh, non, je vous en prie ! C'est trop tôt !

— Je ne vais pas te laisser seule. Gillian !

Audrey fit signe à son amie de s'approcher et la servante les rejoignit, le visage pâle.

— Le bébé arrive, n'est-ce pas ? demanda cette dernière.

Horatia gémit.

— Oui. J'ai eu des douleurs toute la journée... Mais je viens de perdre les eaux.

— Les eaux ? demanda Audrey sans comprendre.

— Restez avec elle, lui ordonna Gillian. Je vais trouver lord Rochester.

—J'ai besoin de remonter pour m'allonger.

Horatia quitta le canapé, soutenue par Audrey. Toutes les femmes présentes observaient Horatia avec inquiétude et beaucoup d'entre elles lui proposèrent de l'aider à monter. Alors qu'elles descendaient le couloir, Audrey continuait de lui parler pour essayer de lui faire garder son calme.

— Ne vous inquiétez pas. Le docteur arrivera vite. Tout le monde sera si content de rencontrer le bébé ! Quelle belle façon d'entamer une fête privée !

Elle espérait que sa sœur ne détecte pas la note de gaieté feinte dans sa voix.

— Mais il est en avance ! murmura Horatia. Trop en avance.

— Oui, mais tout va bien se passer, j'en suis certaine.

Au sommet des marches, Audrey passa le bras autour de la taille de sa sœur puis elles franchirent le seuil de sa chambre.

— Devrais-tu t'allonger ?

—Je ne sais pas...

Comme poussée par l'instinct, Horatia se jeta sur son lit.

— Oui, oui. J'ai besoin de m'asseoir pour le moment.

Prise d'une autre douleur, elle gémit. Une fois qu'ils la firent s'allonger sur le lit, elle parvint à se détendre, mais à chaque nouvelle contraction, elle se débattait, se penchait en avant et soufflait fort avant de pleurer et de retomber contre les coussins. Audrey s'agenouilla à côté du lit. Elle se raccrochait à la main de sa sœur, toujours parcourue par des vagues de terreur, que son aînée ne paraissait pas remarquer.

Gillian les retrouva un instant plus tard, un duo de suivantes sur ses talons. Celles-ci se hâtèrent d'aider Horatia à retirer sa robe et son corset.

Visiblement soulagée, la jeune femme haletait fort.

—Je peux respirer... enfin.

— Jonathan est allé chercher le médecin. Lord Rochester est dehors.

— Faites-le entrer ! haleta Horatia. Je ne pense pas être capable d'affronter tout ceci sans lui.

Audrey prit la main d'Horatia et la serra. Lucien entra à toute hâte, Charles sur ses talons. Que faisait-il ici ?

—James est allé chercher de l'eau chaude, des linges propres et une lame, annonça Gillian.

—Je crois que j'ai besoin de me redresser.

Horatia glissa lentement à bas du lit, s'accroupit et grogna. Lucien saisit une de ses mains et plaça l'autre sur ses reins. Elle haleta et souffla avant de se détendre. Près d'elle, Audrey se tordait les mains. Elle aurait aimé savoir quoi faire pour l'aider.

— C'est très douloureux ? demanda Audrey.

Elle savait bien que oui, mais elle essayait de faire parler sa sœur et détourner ses pensées de la naissance.

— Ah ! Horatia serra la main de Lucien.

Celui-ci grimaça.

— Par les dents de Dieu ! Où les femmes trouvent-elles une telle force ?

— Je crois que visiblement, c'est très douloureux, dit Charles à Audrey. Pourquoi n'iriez-vous pas voir si on peut faire monter des éclats de glace ou des tissus imbibés d'eau froide ?

— D'accord.

Audrey se tourna vers Gillian.

— Vous avez entendu ?

— Oui, Madame, je vais en chercher.

Audrey étreignit son amie. Servante ou pas, elle ne savait pas ce qu'elle aurait fait sans Gillian à ses côtés.

— Merci.

—Je crois que j'ai besoin de m'allonger, haleta Horatia. Pour reprendre ma respiration.

Lucien l'aida à s'étendre sur le flanc. Puis elle grogna et roula sur le dos, les jambes écartées. Une bonne se hâta de lui couvrir ses jambes avec une couverture. Charles s'approcha d'Horatia sur le lit.

— Lucien, avez-vous fait préparer une chaise d'accouchement ? demanda Charles.

— Non, nous n'étions pas prêts.

La pâleur de Lucien effraya Audrey. Que diable était une chaise d'accouchement ? Cela évoquait un instrument de torture médiéval.

— Tout va bien, dit Charles à Horatia. Vous pouvez vous allonger sur le flanc pour la naissance si vous voulez. Si vous ressentez l'envie de pousser, faites-le, l'instruisit-il. Si vous avez besoin de vous relever et de vous déplacer, nous vous aiderons.

Malgré elle, Audrey fut frappée par la tendresse de Charles. Il avait toujours été le plus libertin de la Ligue, celui qui entretenait les secrets les plus sombres, mais il se montrait ouvert et gentil avec Horatia, faisant tout son possible pour lui faire garder son calme.

Lucien s'assit près de son épouse, lui écarta les cheveux du visage et lui prit la main. Il lui murmura des paroles d'encouragement et Charles se plaça de l'autre côté d'Horatia, tenant une montre à gousset dans une main et le poignet de la jeune femme de l'autre.

Gillian se retourna et s'adressa à Charles.

— James et des servantes font monter ce dont on a besoin.

Charles poussa un soupir las.

— C'est bien, parce que le bébé se présente vite. Le docteur risque de ne pas arriver à temps et nous devons nous préparer à accoucher cet enfant sans lui.

Audrey regarda Charles.

— Nous tous ?

Elle ne leur serait pas de la moindre utilité ! Elle se pâmait à la vue du sang.

Sois forte. Tu dois aider Horatia à traverser cette épreuve.

— Audrey, tu *dois* rester, l'implora Horatia avant de se tordre à nouveau de douleur.

— Bien entendu, promit-elle en déglutissant fort.

Sang ou pas sang, elle ne s'évanouirait pas !

Charles rempocha sa montre avant de regarder Gillian et Lucien.

— Les contractions sont très rapprochées.

Il appuya la main sur le visage et le front d'Horatia.

— Horatia, avez-vous eu mal toute la journée ?

Celle-ci se mordit la lèvre et hocha la tête.

— Oui. J'ai pensé que le bébé était agité et donnait des coups de pied. Je ne savais pas ce qui se profilait, du moins pas avant que le dîner soit fini.

— Tout va bien. Parfois, les bébés arrivent sans prévenir. Comment vous sentez vous ?

Horatia lui coula un regard.

— Comme si j'avais besoin de pousser...

Elle grogna et son corps se pencha légèrement en avant. Puis elle se détendit et fit face à Lucien en haletant.

— La chambre d'enfant... Avez-vous achevé le berceau ? Les vêtements sont-ils prêts ?

— Oui, lui promit Lucien en déposant des baisers sur sa main. J'aurais dû savoir que vous étiez prête à avoir notre enfant aussi tôt. Comment ne l'aurais-je pas su ?

Il inclina la tête.

— Le savoir ? Comment aurait-elle pu le savoir ? demanda Audrey à Gillian à voix basse.

— Certaines femmes savent instinctivement quand le bébé arrive et essayent de tout préparer. C'est un peu comme des oiseaux quand ils commencent à construire leur nid au printemps.

— Oh.

Audrey regarda sa sœur. Avait-elle eu la moindre idée que le bébé arrivait ? Pourquoi ne s'était-elle pas reposée ou avait prié Lucien d'aller quérir le médecin juste au cas où le bébé arriverait ?

Espérant réconforter sa sœur, Gillian lui toucha le bras.

— Tout va bien se passer.

— Horatia, si vous ressentez l'envie de pousser, faites-le, dit Charles. Gillian, j'ai besoin de vous par ici.

Audrey fit un pas en arrière, observant la scène et se demandant ce qu'elle pouvait faire pour aider.

Charles désigna les jambes d'Horatia.

— Descendez la couverture et observez-la pour moi. Gardez ses jambes écartées. Je vous dirai quoi observer. Normalement, une femme accoucherait sur le côté, mais je crois qu'Horatia serait plus à l'aise sur le dos.

— Oui, Milord.

Gillian s'agenouilla devant les jambes d'Horatia et écarta les couvertures.

Audrey était figée sur place. Son cœur battait si fort qu'elle était sourde à tout autre bruit. Elle ne pouvait pas perdre Horatia, pas de la sorte. Elle ne pouvait pas. Les larmes lui brûlaient les yeux alors qu'elle peinait à rester concentrée.

— J'ai peur.

Horatia essaya de rapprocher les genoux, mais Gillian les rouvrit. Celle-ci regarda alors Lucien.

— Distrayez-la, Milord. Cela l'aidera peut-être.

Gillian avait l'air si calme ! Comment pouvait-elle rester aussi calme en un tel moment ?

— La distraire ? marmonna Lucien en caressant le visage d'Horatia. Vous souvenez-vous de cette nuit au Jardin de Minuit, quand nous avons discuté des étoiles ?

Horatia éclata d'un rire tendu.

— Oui. Je me rappelle m'être sentie très en sécurité auprès de vous.

Lucien poussa un petit rire.

— Vous êtes en sécurité, très en sécurité. Vous savez que je ferais n'importe quoi pour vous protéger.

Horatia poussa un nouveau sifflement de douleur et fusilla Lucien du regard.

— C'est *vous* qui m'avez fait cela ! Oh !

Elle se saisit le ventre en gémissant puis se détendit.

Audrey regarda sa sœur et Lucien. Son cœur se remplit autant d'amour que d'inquiétude. Horatia haletait tout en regardant Lucien.

— Je suis désolée, je n'avais pas l'intention... Je sais que vous vouliez simplement m'aider. Je ferais la même chose pour vous.

— Je le sais, mon amour, je le sais. Et vous êtes très en sécurité à présent. Charles sait quoi faire, et Gillian aussi.

— Racontez-moi une bonne histoire, implora Horatia.

Celui-ci rayonna.

— Vous ai-je déjà parlé de la nuit où Cédric et moi avions été surpris alors que nous retournions à nos résidences de Cambridge ? Nous tenions à peine debout après les festivités de la nuit et nous traînions une petite statue de Sir Isaac Newton que nous avions dérobée à un autre collège...

Audrey observa sa sœur et Lucien. Elle avait le cœur déchiré entre l'amour qu'elle ressentait pour tous les deux et la tristesse de ne jamais connaître ce genre d'amour. *Au moins, ma sœur l'a et j'en suis contente.*

Horatia se détendit et tous les occupants de la pièce inspirèrent profondément. Quand la jeune femme se tordit à nouveau de douleur, Gillian essaya de voir le bébé.

— Je le vois ! Le bébé ! s'écria-t-elle.

Le soulagement envahit à nouveau Audrey et elle inspira

profondément. La douleur brûlante dans ses poumons s'apaisa. C'était presque fini. Elle en était quasiment certaine.

— C'est bien.

S'accroupissant près du lit à côté d'Horatia, Charles lui saisit l'autre main.

— Lucien, tenez-lui la main. Ne la lâchez pas.

— Je ne le ferai pas.

Charles caressa du revers des doigts le front d'Horatia.

— Maintenant, Horatia, poussez quand vous le pourrez et poussez *fort*. Le temps compte, à présent. Vous êtes en travail depuis trop longtemps et on ne voudrait pas que l'enfant reste coincé. Il risque de suffoquer.

— Suffoquer ? sifflèrent Horatia et Lucien ensemble d'un air alarmé.

— Oui, alors vous feriez mieux de pousser ! gronda Charles.

Horatia plissa le visage et poussa un cri tout en poussant.

Audrey se plaqua contre le mur près de la porte. On toqua et elle fut reconnaissante de pouvoir faire autre chose que simplement observer. Elle ouvrit brusquement la porte et découvrit James chargé de serviettes, d'un pichet d'eau et d'un couteau. Audrey lui fit signe d'entrer. Il pâlit.

— Je ne crois pas que je devrais…

— Ma sœur s'en fiche, l'interrompit-elle.

Il entra en baissant pudiquement le regard.

Charles prit le couteau des mains de James.

— Gillian, tenez-vous prête à attraper le bébé.

Audrey retourna au mur et James vint la rejoindre. Il se sentait aussi déplacé qu'elle. Gillian retira enfin le bébé de la tente qui surplombait les jambes d'Horatia. C'était une petite chose immobile légèrement ensanglantée. Les jambes d'Audrey commencèrent à céder.

Gillian regarda autour d'elle.

— J'ai besoin d'une serviette.

James s'anima et lui tendit une des serviettes qu'il avait amenées. Charles brandit le couteau et avec l'aide de Gillian, il trancha le cordon de chair. Voyant des étoiles, Audrey s'affaissa contre le mur.

— Tout va bien ? demanda Horatia d'une voix faible. Il ne pleure pas...

Charles retira le bébé des bras de Gillian. Dans le silence de la pièce, on entendait les bruits ténus du bébé, de petites respirations difficiles. À côté de Charles, James se pencha sur l'enfant.

— Allez, mon petit, respire. Bats-toi.

Le cœur d'Audrey se brisa quand sa sœur se mit à pleurer. Lucien ne cessait de tourner le visage de sa femme à son enfant. Audrey se mordit la lèvre assez fort pour en tirer du sang.

Je vous en prie, faites que le bébé aille bien, pria-t-elle.

— Allez, gronda Charles en baissant les yeux vers l'enfant. Allez, *respire*.

Soudain, le bébé plissa le visage et poussa un cri sonore. Audrey ravala un sanglot de soulagement.

— S'il est capable de crier de la sorte, je dirais qu'il a des chances de s'en sortir.

Charles regagna le lit en souriant et, tenant toujours l'enfant dans ses bras, il s'appuya contre la colonne. Puis quand il les vit prêts, il tendit le bébé aux parents anxieux.

Les jambes tremblantes, Audrey essuyait ses larmes. Prise d'un vertige soudain, elle s'affaissa contre le mur.

— Il ? demanda Lucien.

— Oui, l'enfant est un garçon. Vous êtes père... et Jonathan me doit dix livres, acheva Charles avec un grand sourire.

Jonathan avait parié sur le sexe de l'enfant de sa sœur ? Une fois qu'Audrey se serait reprise, elle aurait deux mots avec lui... après l'avoir étranglé !

— Damnation ! Cela veut dire que j'en dois au moins trente

à Godric, grommela Lucien. J'étais certain que c'était une fille. Seules les filles causent autant de problèmes.

Sa sœur bascula la tête en arrière sur l'oreiller.

— Vous autres idiots avez parié sur mon enfant ? Croyez-vous que tout ceci était un *amusement* ?

Les deux rebelles se firent penauds.

— Eh bien, c'était amusant... jusqu'à maintenant, admit Lucien.

— Attendez un peu que je recouvre mes forces, siffla Horatia. Vous méritez un bon coup de pied aux fesses !

— Maîtrisez vos propos, mon amour. Vous ne voudriez pas offenser les oreilles délicates du nouveau bébé.

Charles s'étrangla de rire.

— Allons, il n'a pas la moindre chance, avec la Ligue des Rebelles comme oncles. Attendez un peu que les autres le voient !

Il deviendra un jeune homme fort ! La fierté évidente que Charles exprimait pour le petit bébé Russell poussa Audrey à se précipiter vers lui pour l'étreindre.

— Merci, murmura-t-elle afin que lui seul puisse l'entendre.

Il ne savait pas quel miracle il avait accompli et elle ne serait jamais en mesure de le lui rendre.

— Je vous en prie. Je ferais n'importe quoi pour les sœurs Sheridan.

Il lui tapota doucement la main, mais elle ne manqua pas le regard envieux qu'il braqua sur la nouvelle famille.

Lucien baissa vers l'enfant des yeux émerveillés.

— Il sera le plus fort d'entre eux. N'est-ce pas, mon cher garçon ?

Puis il embrassa le visage et le front de l'enfant avant de le déposer dans les bras d'Horatia qui avait l'air épuisée, mais affichait un large sourire.

— Merci. Merci à tous. Vous l'avez sauvé. Vous nous avez sauvés tous les deux. Je ne sais pas ce qui se serait passé si...

Les yeux d'Audrey se remplirent de larmes. James et Gillian se glissèrent hors de la pièce alors que la femme de chambre entrait avec un bol de glace pilée. Audrey remercia la fille et l'apporta à sa sœur.

— Oh, qui aurait cru que la glace pouvait apporter un tel soulagement ? soupira Horatia.

— Repose-toi, ma sœur. Je vais attendre le médecin.

Audrey voulut y aller, mais son aînée la prit par le bras.

— Merci d'être restée. Je sais que cela n'a pas dû être facile pour toi. Tu as dû être à deux doigts de t'évanouir.

Audrey baissa les yeux à terre. La honte moucha la majeure partie de sa joie. Elle détestait sa sensibilité au sang et la faiblesse que celui lui faisait ressentir. C'était une phobie si bête qui l'avait rendue complètement inutile ce soir-là !

— Je t'aime, Horatia. Je ferais n'importe quoi pour toi. Tu as déjà songé à des prénoms ?

Audrey caressa la joue de l'enfant du revers d'un doigt.

Horatia émit un petit rire.

— Je n'étais pas préparée à un garçon. On attendait seulement une fille.

— Nous trouverons quelque chose de bien.

— Je suis tentée de le nommer Evander, comme le père de Lucien, dit Horatia. Les yeux très brillants, Lucien s'immobilisa.

— Evander, vraiment ? Pourquoi pas votre père, Ambrose ?

— Evander Ambrose Russell, futur marquis de Rochester.

Horatia testa le nom sur sa langue.

— Je crois que c'est parfait. Qu'en pensez-vous ?

Lucien déglutit fort.

— Je crois... je crois que je vous aime encore plus qu'hier. Est-ce possible ?

Lucien caressa la main d'Horatia et Audrey sourit avant de

s'éclipser discrètement. Ils avaient besoin de rester un peu seuls.

Sortie dans le couloir, elle s'appuya contre le mur et poussa un soupir de soulagement. À la base des escaliers, elle vit Jonathan se précipiter, suivi par un médecin. Quand il la vit, son visage perdit toutes ses couleurs.

— Audrey, tout va bien ?

Elle parvint à lui adresser un sourire épuisé.

— Oui, je le crois.

Elle se tourna vers le médecin qui avait l'air aussi las qu'elle. Jonathan l'avait probablement arraché à son dîner.

— Docteur, le bébé est né il y a moins d'un quart d'heure. Nous apprécions profondément que vous soyez venu vous occuper de ma sœur et du bébé.

Le médecin opina du chef.

— Je vous en prie, Miss Sheridan. Puis-je entrer ?

— Oui, s'il vous plaît.

Quand ils se retrouvèrent seuls, elle se tourna vers Jonathan.

— Merci d'être allé chercher le médecin.

— Je suis content d'avoir pu être utile. En de tels moments, on ne peut s'empêcher de se sentir... *impuissant*.

Il ajouta le dernier mot dans un souffle.

— Vous étiez loin d'être impuissant. Moi, d'un autre côté... je n'ai pas réussi à faire grand-chose.

Le désespoir lui enserra la poitrine. Comment parviendrait-elle à devenir espionne si elle se figeait devant le sang ou un événement traumatisant ? L'accouchement était censé être une chose naturelle et pourtant, elle avait été pétrifiée.

Jonathan s'approcha.

— Audrey, tout va bien ?

Elle repoussa sa main d'un coup d'épaule et descendit les marches. Si elle ne regagnait pas sa chambre immédiatement, elle allait s'écrouler de fatigue. Jonathan avait l'air si bienveillant, fort et invitant ! Mais si elle tombait dans ses bras, il ne la respecterait jamais pour la femme qu'elle essayait d'être et elle était lasse qu'il la perçoive sous son pire jour, alors qu'elle était faible et honteuse. Elle entendit ses pas derrière elle.

— Vous n'avez pas besoin de me suivre. Je vais parfaitement bien, déclara-t-elle sans jeter un regard par-dessus son épaule.

— Vous avez l'air épuisée et vous n'avez quasiment rien avalé au dîner. Pourquoi n'irions-nous pas chercher quelque chose à la cuisine puis trouver un endroit où vous pourrez vous reposer ?

— Vous n'avez pas besoin de vous tracasser pour moi.

Ses paroles étaient tranchantes, mais elle savait que c'étaient la faim et la fatigue qui parlaient pour elle.

Jonathan lui prit la main et l'entraîna vers lui.

— Venez. Les cuisines sont par ici.

Elle essaya d'ignorer le frisson qu'elle ressentit alors qu'il lui tenait la main et essayait de s'occuper d'elle, même si une autre partie d'elle lui en voulait toujours. Elle était trop fatiguée pour lutter, aussi le suivit-elle en bas, jusqu'aux cuisines, où les serviteurs venaient de s'installer pour prendre leur propre repas. Les valets et les bonnes bondirent de leurs sièges, mais Jonathan leur dit de se rasseoir.

— Je vous en prie, ne vous en faites pas. Nous sommes simplement venus chercher à manger.

Une cuisinière replète se redressa.

— Laissez-moi vous aider, mon cher garçon.

La cuisinière adressa un clin d'œil à Jonathan et Audrey se demanda si celle-ci l'avait connu quand il était domestique. Godric l'avait certainement amené avec lui au domaine de Lucien à de nombreuses reprises en tant que valet, et il aurait passé du temps ici avec les autres membres du personnel. La cuisinière prépara deux assiettes chargées de dinde, de farce, de saucisses, de chou-fleur et de pommes de terre.

— Et une petite gourmandise pour vous...

Tout sourire, elle disposa des tranches d'ananas sur leurs assiettes puis avant de lui tendre une bouteille de vin et deux verres.

— Vous avez eu de l'ananas après tout, la taquina-t-il alors qu'ils quittaient les cuisines.

— Effectivement, admit-elle.

Elle se sentait déjà un peu mieux.

Jonathan l'escorta jusqu'à sa chambre et elle était trop fatiguée pour lui en interdire l'entrée. Franchement, elle était contente d'avoir un peu de compagnie.

Ils posèrent les assiettes sur la table près de son chevet et Jonathan attisa le feu. Puis il retira son manteau et le posa sur le dossier de la chaise. Il y avait quelque chose dans le regard qu'il lui adressa qui apaisa la jeune femme, une émotion qu'elle ne put déchiffrer. Pourtant, elle savait que s'il restait ce soir, tout changerait.

— Mangez. Vous n'avez pas besoin de m'attendre, l'encouragea-t-il d'une voix douce qui la surprit.

Il la surprenait toujours. Elle avait du mal à rationaliser sa réserve froide comparée à cette douce prévenance.

— Je crois que je suis trop fatiguée pour jouer à vos jeux ce soir. Pourquoi êtes-vous venu ici ?

— Ici... dans cette maison, à la fête ou dans votre chambre ?

Il s'approcha du lit et prit son assiette de nourriture. Elle se décala et il s'assit à côté d'elle, posant son assiette sur ses cuisses. Il était vraiment difficile de ne pas le regarder. C'était un magnifique spécimen d'homme.

— Pourquoi êtes-vous venu à la fête ?

Il l'ignora et braqua les yeux vers le feu.

— Je vous avais promis des leçons et c'était une manière pratique de tenir parole.

Les leçons. Bien entendu. Elle eut un pincement au cœur. Elle avait vraiment espéré qu'il soit venu pour d'autres raisons.

— Les leçons auraient pu attendre.

— Elles étaient importantes pour vous, du moins le pensais-je, alors je n'ai pas vu l'intérêt d'attendre.

Il avala quelques bouchées de sa dinde avant de reprendre la parole.

— Quelle est votre couleur préférée ?

Elle le dévisagea. Plaisantait-il ?

— Votre couleur préférée ? Laquelle ?

— Honnêtement, je n'en ai pas. Pour les vêtements, il y a plusieurs couleurs qui vont bien à ma peau et mes cheveux, alors je les porte davantage. Je trouve que d'autres couleurs sont plus adaptées à un foyer ou des décorations. Mais j'aime toutes les couleurs. Enfin, pas toutes. Les jaunes ne sont pas si plaisants, les bruns non plus, même si certains peuvent être attirants sous la bonne lumière.

Elle marqua un temps d'arrêt quand elle se rendit compte qu'elle jacassait sur les couleurs. Puis elle vit le visage de Jonathan. Il souriait. Que lui prenait-il ?

— Allons, qu'y a-t-il de si terriblement amusant ?

— Généralement, vous êtes une créature si décidée ! Le fait que vous ne parveniez pas à choisir quelque chose d'aussi simple qu'une couleur favorite est très amusant.

Elle le fusilla du regard et posa son assiette vide sur la table à côté de son lit.

— En soi, cette question est biaisée. La valeur d'une couleur varie selon la situation. On n'a pas besoin d'en avoir une préférée.

— J'en ai plusieurs que je préfère.

Il baissa la voix et tendit la main pour lui caresser la joue.

— La couleur de miel de vos yeux, par exemple... ou le bouton de rose de vos lèvres. L'albâtre de votre peau.

Audrey se pencha vers lui. Ses paroles et son contact lui faisaient l'effet d'un sortilège, et elle était trop fatiguée pour lutter contre le désir qu'elle ressentait pour lui.

— Vous voyez, vous n'avez pas de préférée non plus, murmura-t-elle alors que leurs yeux se rencontraient.

— J'ai trop de préférées. Voilà la différence.

Elle fut parcourue d'un léger frémissement. *Je pourrais m'autoriser ce petit réconfort, non ? Le destin me l'accordera certainement, si je ne suis pas destinée au bonheur conjugal ?*

Il fit courir ses doigts le long de sa gorge et traça de légers motifs sur sa clavicule avant de se pencher en avant. Avant que leurs lèvres ne se rencontrent, elle vit un amusement diabolique et badin illuminer son regard. Puis il couvrit sa bouche de la sienne et elle fut choquée par sa propre envie de réagir. Elle avait juré de ne pas lui permettre de l'affecter, mais elle se rendait à présent compte que c'était tout aussi impossible que de domestiquer le vent. Elle ne s'arrêterait jamais de le désirer.

CHAPITRE 13

Jonathan enroula son bras autour d'Audrey, l'attirant vers lui. Elle avait si bon goût ! Il savait qu'il agissait dangereusement en l'embrassant maintenant. La dernière chose qu'il voulait était de lui faire regretter d'être avec lui. Il n'avait pas de titre et seulement un petit domaine à lui offrir. Cependant, elle était la fille d'un vicomte. Audrey était avant-gardiste, mais si elle devait choisir entre son standing social et l'amour, il n'était pas certain qu'elle le choisisse lui.

Pourtant, il ne parvenait pas à s'arrêter de l'embrasser. La jeune femme émit un petit ronronnement qui le fit se crisper de désir. Il voulait la voir fondre entre ses bras comme elle l'avait fait cette après-midi-là au Jardin de Minuit. Alors, il n'avait pas été assez courageux pour la toucher, pour lui montrer ce qui pouvait exister entre eux. Pour lui faire des choses vraiment dévoyées sans véritablement la compromettre. Il avait vu son air de plaisir stupéfié, et le désir qu'il avait ressenti avait failli le tuer. Audrey prise dans les affres de la passion avait peut-être été la chose la plus exquise qu'il avait jamais vue.

Ses baisers se firent doux puis rudes, puis doux de nouveau alors qu'il l'explorait comme il ne l'avait que fantasmé jusque-là. Leurs lèvres s'écartèrent brièvement et il essaya de reprendre sa respiration.

— Je vous en prie, ne vous arrêtez pas.

Le murmure de la jeune femme était un halètement inégal qui faisait bouillonner son sang. Il ressentit un battement de surprise. C'était presque trop beau pour être vrai.

— Vous ne voulez pas que je m'arrête ?

Il frotta le bout du nez contre elle. Elle lui sourit, le faisant se sentir comme un roi.

— Non. Je vous en prie...

Elle l'agrippa par la taille et l'attira à nouveau vers elle. Leurs bouches se réunirent, plus doucement, mais avec pas moins d'urgence. Il prit son temps, laissant sa langue jouer contre la sienne. Il leva enfin la tête après avoir passé un temps interminable à l'embrasser.

— Vous embrassez merveilleusement bien, dit-elle.

— Vous aussi, répondit-il.

Elle fit courir l'index le long de sa joue.

— Merci d'être allé chercher le médecin.

Il se décala afin qu'ils puissent se retrouver lovés dans les bras l'un de l'autre, les membres entrelacés.

— Je ferais n'importe quoi pour vous.

Elle plissa le nez.

— Vraiment ?

— Oui.

Si seulement vous saviez ce que je ressens vraiment.

— J'ai envie de vous croire.

Elle soupira et retira la main de son visage. L'étreignant toujours, il lui caressa la joue avec le nez.

— Audrey...

Jonathan souffla son nom, mais quand elle ne répondit pas, il regarda son visage. Elle avait refermé les paupières et son corps s'alanguit entre les bras de Jonathan.

Elle s'était endormie. De tous les dieux du mont Olympe, lequel avait-il mis en colère pour permettre à *ceci* d'arriver ?

Il baissa les yeux vers elle, endormie et souriant doucement comme un chaton contenté. Les événements de la journée avaient dû l'épuiser. L'accouchement effrayant de sa sœur, leur querelle et ses leçons de combat l'avaient vidée.

Il la lâcha et l'installa doucement sur le lit. Elle remua légèrement et tendit les bras vers lui.

— Ne me quittez pas ce soir, plaida-t-elle.

Jonathan prit son visage dans une main et frotta sa joue avec le pouce.

— Je n'en ai pas la moindre intention. Voulez-vous que j'appelle une bonne ?

— Non.

Elle bouda et se débattit légèrement, essayant de lui offrir son dos.

— Vous pouvez me déshabiller.

Son ton ensommeillé était toujours aussi impérieux que celui d'une princesse, mais il ne put s'empêcher de sourire.

— Comme vous voulez.

Il déboutonna doucement sa robe et la lui retira. Puis il défit son corsage et l'aida à ôter ses chaussons et ses bas. Le libertin en lui désirait profiter de tous ces moments, mais il s'exécuta rapidement. S'il prenait son temps, il risquait de se laisser entraîner.

Quand il parvint à sa camisole, elle se glissa à nouveau sous les draps et s'endormit presque immédiatement. La confiance qu'elle lui faisait en cet instant l'ébahit. Il allait rester, mais pas seulement à cause de leur accord ou parce qu'il avait juré de devenir son ombre. Il était plus que cela. Godric, son frère, rirait de bon cœur s'il apprenait à quel point il était incurablement épris d'Audrey.

Il s'assura de fermer la porte. La dernière chose qu'il souhaitait était qu'on les découvre soudain ensemble. Son mariage avec Audrey devrait découler d'elle et non être dicté par le scandale.

Il se dévêtit, ne gardant que son sous-vêtement avant de grimper dans le lit à côté d'elle. Quand le matelas se creusa, elle roula contre lui et il la serra contre son corps. Elle avait toujours les cheveux attachés et il en retira prudemment les épingles qu'il posa sur le côté. Contre son torse, ses cheveux brun foncé avaient la sensation de la soie et elle se blottit davantage contre lui.

Ceci... c'était ce qu'il aurait donné n'importe quoi pour posséder. Une vie entière de nuits avec elle, juste comme celle-ci. Et il craignait toujours que ce ne soit impossible. Elle n'avait peut-être pas envie d'abandonner la vie qu'elle connaissait pour se marier en dessous de sa condition. Et si elle le repoussait, cela lui briserait le cœur.

❧

Les mains tremblantes de nervosité, Avery Russell se tenait dans l'entrée d'une demeure de Mayfair. Il avait reçu une lettre codée avec l'instruction de se présenter auprès de Sir Hugo Waverly, l'homme qui était à présent son supérieur en tant qu'espion au service du roi et de la nation.

Avery n'avait pas toujours été espion. Il avait commencé à travailler au département des Affaires intérieures en 1816 lorsqu'il était un jeune homme tout droit sorti de Cambridge. Cependant, il n'avait pas fallu longtemps pour que ses talents émergent et que son chemin devienne clair.

— Monsieur ? l'aborda le majordome. Le maître va vous voir, à présent. Je vous en prie, suivez-moi.

Après avoir confié son chapeau à un valet, Avery suivit le majordome en haut des marches. On le dirigea vers une grande étude. Il haussa les sourcils, observant le papier peint jaune et les moulures en plâtre rococo du plafond. Un grand chandelier était suspendu au-dessus d'un bureau en bois de rose, donnant à la pièce une atmosphère encore plus élaborée et élégante.

Assis à son bureau, Hugo leva la tête quand Avery entra.

— Asseyez-vous, Russell.

Avery s'exécuta, ses yeux bien entraînés remarquant l'apparence parfaitement polie de Waverly. Ses cheveux et ses yeux sombres lui donnaient souvent un air menaçant dans la pénombre des lieux où Avery l'avait retrouvé, mais à la lumière de l'aube qui filtrait par la fenêtre, cet homme ressemblait simplement à un aristocrate ordinaire, assez séduisant pour s'intégrer au beau monde, mais pas assez pour laisser une impression marquante. L'apparence parfaite pour un espion ! Avery aurait voulu ressembler davantage à Waverly, mais avec ses cheveux légèrement roux et ses yeux verts et noisette, il ne se fondait pas dans la masse. À de nombreuses reprises, il avait dû teindre ses cheveux ou porter une perruque afin de passer inaperçu.

Scrutant Avery, Waverly écarta une pile de lettres et replia les mains.

— Content que vous ayez reçu ma lettre.

— Je suis à votre service. Vous avez parlé d'une mission, Monsieur ?

— Oui, dit Waverly qui continuait de l'observer. Vous avez débuté votre carrière aux Affaires intérieures, n'est-ce pas ?

— Oui.

Avery regarda la fenêtre derrière Waverly quand il vit du mouvement dans les jardins en contrebas. À une certaine distance de la maison, une femme se dirigeait vers les jardins. Derrière elle, un petit garçon s'accrochait à ses jupes. Il la reconnut : Mélanie Burns. Du moins, c'était son nom avant qu'elle n'épouse Waverly. Mélanie avait été brièvement fiancée à Lucien, le frère aîné d'Avery. Les fiançailles avaient été rompues, au grand soulagement de la famille Russell.

— Quelle était la nature de votre travail pour les Affaires étrangères ?

— J'étais rédacteur de comptes. C'était un poste administratif.

Son travail avait été de préparer un bref résumé de toutes les dépêches importantes envoyées ou reçues par le département des Affaires intérieures. Il avait également consigné les dépêches dans des registres afin que les greffiers puissent les consulter au besoin.

— Ah oui, c'est juste. Et vous êtes monté en grade pour devenir déchiffreur ?

— C'est correct.

Il s'était découvert le talent de décoder les messages et de dénicher du sens caché dans des lettres interceptées.

— Puis on vous a entraîné à suivre, signaler et infiltrer des groupes désignés par la Couronne comme des menaces ?

Encore une fois, Avery opina. Waverly connaissait ses antécédents, aussi se demanda-t-il pourquoi l'homme le questionnait.

— J'ai une mission délicate. Nous avons appris qu'un petit groupe d'hommes, des révolutionnaires, se sont rassemblés en France. Vous rappelez-vous quand le duc de Berry a été assassiné ?

— Oui, l'année dernière à l'opéra de Paris. Avery se souvenait parfaitement de l'incident.

La nouvelle avait secoué les Affaires intérieures et étrangères. Le duc de Berry était le plus jeune fils du comte d'Artois, le frère de Louis XVIII.

— Et comment évaluez-vous la situation en France ? demanda Waverly.

— Eh bien, dit Avery en se calant contre le dossier de sa chaise, la succession française a été remise en question. Le fils aîné du comte, le duc d'Angoulême, n'a pas d'enfants. L'absence d'un héritier de sexe masculin laisse présager que le trône pourrait passer au duc d'Orléans et à ses enfants. Mais la veuve du duc de Berry a donné naissance à un enfant en septembre dernier.

— Nous avons des raisons de croire que si Louis XVIII meurt, le comte d'Artois lui succédera, et alors son petit-fils par le duc de Berry ne comptera plus pour la succession.

— Et vous pensez qu'il ne sera pas aussi obligeant que le gouvernement libéral ? spécula Avery.

Ces dernières années, il était tombé sur suffisamment de rapports pour deviner que le comte d'Artois volerait dans les plumes de nombreuses personnes et risquerait de causer une autre révolution.

— C'est exactement ce que je crains. Et avoir un gouvernement français instable mettrait des idées dans la tête des radicaux, comme les réformistes dont on vient récemment d'apprendre l'existence. Nous ne pouvons pas faire grand-chose pour stabiliser la Cour française, mais nous *pouvons* réprimer les révolutionnaires tant que leurs activités sont toujours balbutiantes, pour ainsi dire. La dernière chose dont on a besoin est que ces idées deviennent concluantes et se propagent sur notre territoire.

Avery se pencha et baissa la voix.

— Quelle est la mission ?

— Je voudrais que vous emmeniez une petite équipe en

France et voyiez ce que vous pouvez apprendre directement de la Cour française. Il reste également le petit problème d'un groupe de réformistes traîtres anglais près de Calais. Nous avons besoin d'infiltrer ce groupe aussi rapidement que possible afin de le dissoudre. Je veux des noms ainsi que l'emplacement des réunions. Après quoi, vous irez à Paris et à la Cour du roi.

— Qui seront mes collaborateurs ?

Il se mit à dresser mentalement la liste des individus avec qui il avait déjà travaillé.

— J'aimerais que Sheffield vous accompagne et j'ai entendu dire que Miss Sheridan est un atout méritant. Que pensez-vous d'elle ?

— Elle est toujours un peu inexpérimentée, dit prudemment Avery, mais elle a du talent.

— Une lady est toujours utile comme espionne, particulièrement en France. Les hommes de la Cour se laissent facilement distraire par des jolis minois et le frou-frou des jupons.

Avery inclina la tête tout en réfléchissant au choix de Waverly.

— Nous employons plusieurs personnes avec plus d'expérience. Miss Mirabeau, par exemple...

— Je ne peux pas dénigrer les talents considérables de Mirabeau, dit Waverly, mais elle est française. Nos autres agentes sont présentement occupées ou − disons-nous ? − trop aguerries.

Avery y réfléchit. Cela pourrait marcher, mais la chose n'était pas sans complications.

— Miss Sheridan est célibataire. Elle aura besoin d'un chaperon, une femme qui l'accompagne ou bien son frère, mais vu que la nouvelle épouse de son frère est enceinte, je doute qu'elle souhaite partir en France.

— J'ai déjà trouvé une idée. Miss Sheridan voyagera sous

l'identité de l'épouse de Sheffield. Il est jeune et séduisant et fera un mari convaincant pour elle. Ils n'auront pas besoin de partager une chambre. Il n'est pas rare pour les couples mariés de dormir séparément. Waverly regarda alors par la fenêtre où ils pouvaient voir sa femme. À présent assise, Mélanie regardait le petit garçon tituber sur des jambes potelées. Elle ne savait probablement pas qu'ils pouvaient la voir depuis le deuxième étage de la maison.

— Vous avez dit que l'épouse de Sheridan est enceinte ?

La voix de Waverly s'était faite plus basse.

— Oui, effectivement.

— À propos de ce mariage avec Sheffield, je ne suis pas certain que son frère approuve. Et si la rumeur se répandait à travers Londres et que les gens y croyaient ?

— Ils n'utiliseront pas leurs vrais noms. Une fausse identité leur sera assignée, bien sûr. Et ils peuvent toujours divorcer !

Waverly ricana comme s'il songeait à une blague personnelle.

Avery serra les poings et les posa sur ses genoux. Il y avait là-dedans quelque chose qui ne sonnait pas juste, mais il ne parvenait pas à mettre le doigt sur ce qui le dérangeait. Waverly dut le remarquer, car son ton se fit légèrement condescendant.

— Allons, allons, aucun d'entre nous ne fait son devoir sans courir le moindre risque. Si Miss Sheridan veut jouer aux espionnes, elle doit être prête à affronter les conséquences de cette imposture. Je suis certain que tout ira bien. Sinon, nous n'aurions pas fait notre travail correctement.

Waverly recula sa chaise et se redressa, imité par Avery.

— Quand cette mission débutera-t-elle ?

Avery suivit Waverly qui franchit la porte de son étude.

— Bientôt. Dans moins d'une semaine. Je vous contacterai une fois que j'aurai tout organisé. Je vous fournirai des instructions détaillées quant à vos contacts français et aux révolutionnaires avec lesquels vous communiquerez.

— C'est compris. Je vous remercie.

Avery serra la main de Waverly puis ils descendirent les escaliers en direction du vestibule.

Avant de partir, il aperçut à nouveau Mélanie par la fenêtre et pendant une seconde, il se figea. Elle était toujours dans le jardin, mais elle n'était plus seule avec son enfant. Daniel Sheffield, l'homme qui jouerait le mari d'Audrey Sheridan, se trouvait dans le jardin avec elle. Un œil novice aurait trouvé la scène complètement innocente. Debout, ils discutaient, rapprochés. Toutefois, ayant eu les meilleurs formateurs du monde, Avery était capable de lire leur langage corporel. La façon dont l'homme se penchait en avant, la brève caresse de la main de la jeune femme sur son torse avant de la retirer... Dissimulé derrière l'angle de la fenêtre, il lisait entre eux une intimité dont il ne connaissait pas la profondeur.

Seigneur Dieu. L'épouse de Waverly est...

Il n'acheva pas cette pensée. Il leur coula un autre regard et les vit se séparer. Sheffield baissa la main afin d'ébouriffer les cheveux du petit garçon, un bambin qui ressemblait à sa mère et non à Waverly.

Ne me dites pas que...

Avery fut soulagé de voir que le majordome l'attendait. Celui-ci lui tendit son chapeau et il sortit pour aller rejoindre son fiacre qui l'attendait.

Si Sheffield avait une relation amoureuse avec l'épouse de Waverly, il ne représenterait certainement pas une menace pour Audrey. Waverly avait déjà choisi Sheffield pour son équipe et il respectait cette décision. Toutefois, il aurait quand même besoin de garder un œil sur Audrey. Aucun de ses entraînements récents ne l'avait mise à l'épreuve et l'envoyer à l'étranger pour une telle mission était particulièrement insolite. S'il lui arrivait quelque chose, il ne se le pardonnerait jamais et Lucien le tuerait. Son ventre se serra douloureusement. Cette mission en France pourrait s'avérer très dangereuse. Plus que Hugo l'avait laissé entrevoir.

Ce sera à moi de m'assurer qu'Audrey revienne en Angleterre saine et sauve.

CHAPITRE 14

Quand Audrey se réveilla le lendemain matin, elle ne savait pas quelle heure il était. Mais la peur et l'anxiété qui l'avaient propulsée dans les bras de Jonathan s'étaient progressivement dissipées pendant la nuit et elle était assez détendue pour profiter de son réveil et de la découverte du fait qu'il soit resté après leurs baisers passionnés. Se rappelant vaguement lui avoir demandé de l'aider à se déshabiller, elle afficha un léger sourire. Après être restée allongée là à ses côtés pendant un moment, elle s'agita paresseusement dans le lit, incapable de dénier qu'il était particulièrement agréable d'avoir le corps chaud d'un homme à côté d'elle.

Elle étira la jambe sur celle de Jonathan et se blottit plus près de lui. La main qu'il avait posée sur son dos descendit vers ses reins, juste au-dessus de ses fesses. Une pulsation sensuelle passa entre eux alors qu'elle enroulait son corps contre le sien. Ses mains, qui l'avaient effleurée doucement, se mirent à présent à la caresser plus énergiquement. Il était réveillé aussi et elle ne pouvait s'empêcher de se demander à quoi il pensait.

Appréciait-il cette intimité autant qu'elle ? S'était-il autant perdu qu'elle dans leurs baisers la veille, ou bien était-elle la seule à être affectée ? Des doutes l'assaillirent jusqu'à ce qu'il prenne soudain la parole.

— Laissez-moi... vous satisfaire.

La voix de Jonathan était bourrue et cela lui plaisait. Elle avait l'air réelle, sans prétention ou fausseté. Il n'y avait que lui et ses désirs.

Elle posa la joue contre son torse nu.

— Me satisfaire ?

Quand elle leva la main pour faire courir un index autour de son mamelon, la respiration de Jonathan se fit inégale.

Elle se contraignit à soutenir son regard froid et se prépara à ce qu'il allait lui faire, mais elle ne vit qu'une tendresse déchirante dans ses yeux. Et la chaleur... Tant de chaleur qu'elle sentit son visage brûler. Son cœur battait d'un espoir traître.

Il plaça une de ses mains sur son visage et lui caressa la joue avec le revers de la main.

— Il n'y a rien de plus beau qu'une femme satisfaite. Je serais ravi de vous voir rayonner pour le reste de la journée.

Elle fit danser deux doigts sur son torse en faisant semblant d'y réfléchir.

Je ne devrais pas le laisser faire, mais Seigneur ! Quand il me regarde comme s'il n'y avait personne d'autre sur Terre, je suis tout bonnement incapable de dire non.

— Allez-vous m'aduler comme une déesse ? le taquina-t-elle.

— Existe-t-il un autre moyen d'aduler une femme ? répondit-il avec un petit ricanement qui la fit frissonner de plaisir.

— Et notre accord ? Vous aviez dit une nuit par semaine, *intouchée*.

Jonathan sourit.

— Ce n'est plus la nuit, n'est-ce pas ?

— Je suppose que je vais vous autoriser... à me satisfaire.

Les mots lui avaient à peine échappé qu'il la renversa sur le dos et la débarrassa de ses vêtements. Elle leva les yeux vers lui alors qu'il baissait les yeux vers elle, le regard brûlant comme un feu en hiver.

— Me faites-vous confiance ? demanda-t-il. Savez-vous que je vais vous donner du plaisir et rien de plus ?

Ses propos étaient si honnêtes qu'elle hocha la tête en tremblant. Le feu s'étant éteint voilà plusieurs heures, plus rien ne bougeait dans la pièce. Dehors, le chant des oiseaux était assourdi par la fenêtre et le seul véritable bruit qu'elle entendait était leurs souffles mêlés. Elle leva la main et plaça une paume sur son cœur. Jonathan passa une main sur son mollet gauche, taquinant sa peau avec des cercles paresseux qu'il traçait du bout des doigts. Ses yeux pétillaient de désir.

— Vous en êtes certaine ?

— Oui.

Ce mot modifia l'équilibre des forces entre eux. Jonathan se détendit, prit le contrôle puis se recula afin de la laisser s'asseoir.

— Retirez votre camisole.

Le cœur battant, Audrey s'exécuta. Elle ôta sa camisole et observa la réaction du jeune homme. Un magnétisme animal les rapprocha et pourtant, alors même qu'elle jurait que ce n'était que son corps qui désirait celui de Jonathan, elle apercevait dans ses yeux des éclairs d'émotions plus tendres qui reflétaient ses propres désirs secrets. Elle se pencha en avant, plaquant les lèvres contre son torse, le couvrant de baisers. Il poussa un soupir entre ses dents et referma les poings.

— Et maintenant ? demanda-t-elle.

— Allongez-vous, je vous en prie.

Sa voix rauque était emplie d'une férocité charnelle qui excitait la jeune femme. Elle se rallongea, complètement nue sous ses yeux. Elle cambra le dos, consciente que cela faisait pointer ses seins, et les lèvres de Jonathan s'ouvrirent sous un petit soupir. Évangéline, la célèbre courtisane avec laquelle elle s'était liée d'amitié, lui avait enseigné quelques poses idéales pour tenter un homme. Elle espérait que ce soit vrai. Si elle n'arrivait pas à exciter Jonathan... Elle ravala sa peur et essaya de demeurer dans ce moment avec lui.

— Une véritable déesse, dit-il en se penchant en avant pour l'embrasser.

Les derniers vestiges du calme assoupi dans lequel elle s'était réveillée disparurent sous les baisers taquins de Jonathan. Elle enroula les bras autour de son cou, sentant la peau dure et lisse de son dos musclé. Ses omoplates étaient des surfaces sculptées qui se déplaçaient alors qu'il changeait de position pour venir s'étendre entre ses cuisses. Elle enroula les jambes autour de ses hanches et hoqueta en se sentant vulnérable alors que son corps nu était plaqué contre le sien. Seul son caleçon demeurait entre eux et il formait une barrière à peine perceptible.

L'érection de Jonathan pressait fort contre son corps. Il haletait doucement et sépara brièvement leurs corps, mais c'était trop délicieux de le sentir plaqué contre elle ! Elle rapprocha leurs visages afin de reprendre leur baiser, ce qui la fit brûler d'un feu intérieur que lui seul parvenait à étancher.

Il fit courir ses lèvres le long de sa gorge, lui mordillant la clavicule, et elle pouffa en sentant la chatouille de sa barbe du matin sur sa peau sensible. Puis il lui saisit un sein et aspira son autre mamelon dans la bouche. Elle hoqueta. Une chaleur chaude insistante naquit dans son intimité et ses seins s'alourdirent sous ses mains.

Il souffla doucement sur son mamelon gonflé puis fit danser un doigt sur son pic sensible et sur le reste du sein laiteux. Ravie, elle cambra le dos et gémit. C'était si facile de se perdre dans ce moment, alors que la lumière du matin se déversait par les fenêtres, illuminant les cheveux dorés de Jonathan comme une couronne de soleil qui brillait au-dessus de ses yeux verts vivaces...

Il descendit à nouveau le long du corps d'Audrey, déposant des baisers sur son ventre et au-dessus de son pubis. Avec des mains douces, mais fermes, il lui écarta davantage les cuisses. La jeune femme s'agrippa aux draps près de sa tête tout en fermant les paupières. Elle sentit la douce pression de sa bouche masculine sur ses cuisses, puis ses lèvres vagabondèrent vers le haut et il taquina sa vulve avec la langue.

Les va-et-vient de la langue de Jonathan lui provoquèrent des vagues de plaisir. Elle ne s'était jamais imaginé une telle chose ! Peu lui importait si ce n'était pas approprié ou distingué, ni le scandale que cela causerait si on les découvrait. C'était glorieux ! Elle gémit alors que des vagues d'extase palpitaient en elle puis elle ferma les yeux. Elle ne voyait que Jonathan. De beaux yeux verts, des cheveux blond cendré... En cet instant, il était si évident, si parfait, comme lorsqu'elle l'avait rencontré. Elle s'abandonna aux contrecoups du plaisir alors qu'il continuait de la lécher et elle s'autorisa à s'ouvrir à lui. *Je vous en prie... aimez-moi, du moins juste pendant cet instant.*

Elle ouvrit les yeux quand il se retira d'entre ses cuisses et se laissa tomber sur le lit à côté d'elle. Il lui sourit d'un air canaille en lui coulant un regard. Couverte de sueur, elle sentait encore les contrecoups de ce moment faire vibrer tous les muscles de son corps. Elle ne voulait pas bouger, pourtant, elle voulait qu'il se sente comme elle, repue et délirante de plaisir.

— Comment avez-vous trouvé la chose, ma déesse ?

Elle se tourna sur le côté pour lui faire face. Son érection n'avait pas disparu, mais il ne fit aucun geste pour la dissimuler. Elle ne put résister à l'envie de se comporter avec une certaine effronterie.

— Splendide. Mais vous ? Elle plaça une main sur son torse, s'attendant à moitié à ce qu'il la retire, mais il n'en fit rien.

Elle fit lentement descendre la main vers sa taille, en dessous de son nombril. Une traînée de poils sombres naissait au-dessous de son nombril et disparaissait sous la ceinture de son pyjama.

— Voulez-vous bien... m'apprendre comment... ?

Elle sentit son cœur s'emballer, mais elle était décidée à le lui demander.

— ... vous faire plaisir aussi ?

C'était une leçon qu'Évangéline ne lui avait pas encore enseignée.

Il sourit brusquement.

— Présentement, ce n'est pas nécessaire. Vous n'avez qu'à poser votre petite main sur moi et je vais exploser.

— Exploser ?

Elle ne savait pas ce qu'il voulait dire. Elle en savait si peu sur l'anatomie masculine !

Il la dévisageait.

— Vous ne savez vraiment pas ce que je veux dire, n'est-ce pas ?

Elle secoua la tête. Elle aurait pu permettre à son amusement et à sa surprise de la blesser, mais elle choisit de ne pas le faire. C'était peut-être une des rares opportunités qu'elle aurait d'obtenir enfin des réponses.

— Mon frère ne songerait jamais à m'en parler et Horatia est bien trop... prude pour me fournir des détails. Il n'y a eu personne d'autre pour m'éduquer.

Tout en parlant, elle traçait des motifs sur le ventre de Jonathan. Le jeune homme prit une inspiration sifflante quand elle glissa un doigt sous le tissu de son caleçon de nuit.

— Alors... allez-vous m'enseigner ?

Elle le regarda en battant des cils d'un air qu'elle savait coquet.

— D'autres leçons... sourit-il avec un soupir.

— Eh bien, si vous ne *voulez* pas m'apprendre...

Elle voulut retirer sa main, mais il lui saisit le poignet et la plaqua à nouveau contre son abdomen.

— En avez-vous vraiment envie ? Je n'ai aucun désir de vous forcer.

Il se mordit la lèvre d'une façon presque pudique qui donna envie à Audrey de s'évanouir. Bien entendu, elle en avait envie, en avait tant envie que son corps lui faisait mal.

Elle se cambra alors qu'il baissait les yeux vers les seins qu'elle avait plaqués contre son torse.

— Montrez-moi.

— Eh bien... Il y a plusieurs façons de... Avec la main, ou la bouche, ou encore...

Il rougit et s'interrompit.

— Ou encore ? insista-t-elle.

— Ou encore les... seins.

Il murmura presque le dernier mot et détourna le regard, le visage écarlate.

Elle s'arrêta pendant un instant de caresser son bas-ventre.

— Oh ?

Comment pouvait-elle se servir de ses seins ? Présentement, cela semblait trop étrange, mais sa curiosité était piquée par les deux autres façons.

— Vous vous êtes servi de votre bouche sur moi, fit-elle observer en caressant le creux en V de sa hanche. Devrais-je me servir de ma bouche sur vous ?

Jonathan poussa un petit juron et elle se recula, surprise.

— Toutes mes excuses, marmonna-t-il. C'est juste que songer à votre bouche près de ma verge... Ça risque de me tuer.

Elle était emballée par le pouvoir qu'elle avait sur lui.

— Ma bouche, alors ! annonça-t-elle.

Elle le regarda en s'humectant les lèvres.

— À présent, retirez ceci, si vous voulez bien.

Elle tira sur ses vêtements de nuit.

Il la regarda pendant un long moment, les yeux braqués sur ses lèvres, puis il souleva les hanches et retira son caleçon. Son érection était pleinement visible. Ébahie par son épaisseur, Audrey la contempla. Cette chose était... énorme. Elle avait vu des statues d'hommes dénudés qui étaient tous minuscules comparés à lui. Comment était-ce censé rentrer dans une femme ? Ou bien dans sa bouche ?

— Vous n'êtes pas obligée de...

— Chut. J'apprends.

Elle tendit la main et l'agrippa avant de le caresser. Jonathan gémit doucement et sa tête bascula à nouveau sur le lit.

— Par quoi dois-je commencer ?

— Par ce que vous voulez. Il n'y a pas de façon incorrecte... C'est-à-dire tant que vous ne mordez pas.

Audrey descendit le long du corps de son amant et s'installa sur ses hanches. Elle se pencha sur lui, le prenant audacieusement dans sa bouche. Le goût de sa hampe dure et soyeuse était intrigante et la façon dont ses hanches tressautaient alors qu'il refermait les poings sur le drap était particulièrement gratifiante.

Je le possède, maintenant, du moins de la sorte. Enhardie par les réactions de Jonathan, elle ne cessa de faire remonter et redescendre la bouche sur sa longueur, essayant des vitesses différentes, s'arrêtant parfois pour lécher son gland, pouffant quand il laissait échapper des litanies de jurons.

— Je ne vais pas durer, ma chère. Vous devez vous arrêter...

Elle se servit d'une main pour caresser la base de sa verge, puis de sa bouche pour couvrir le maximum du reste, et elle suça fort. Elle fut surprise par le déversement soudain d'un goût légèrement salé sur sa langue. Qu'est-ce que c'était ?

Jonathan grogna puis son corps raide se ramollit sous elle alors que chaque muscle de son corps se détendait.

— Mon Dieu, ma chère, vous avez réussi, dit-il en se jetant un bras sur le visage. Vous m'avez *tué*.

Elle libéra sa verge qui, redevenue molle, retomba sur ses cuisses. Comme c'est *intéressant...*

— Je peux vous goûter, dit-elle en s'humectant les lèvres.

Jonathan retira la main de son visage.

— Venez ici. Il la prit dans ses bras et l'écrasa sur lui.

Il conquit avidement ses lèvres, dévastant sa bouche, lui mordant même la lèvre inférieure et tirant dessus avec ses dents puis céda avant que ses baisers ne se fassent plus doux.

— Je n'ai jamais rencontré une femme telle que vous.

Il lui saisit la nuque, ses doigts la lui massant de la façon la plus délicieuse au monde.

— Je n'ai jamais rencontré un homme tel que vous, répliqua-t-elle.

Elle savait qu'une fois qu'elle aurait recouvré la raison, elle serait honteuse de leurs actes, pas parce qu'elle ne croyait pas en la passion, mais parce qu'elle pensait toujours qu'il n'avait pas vraiment de sentiments pour elle... Pas comme ceux qu'elle ressentait pour lui. Il y avait une différence entre l'affection et l'acte, mais dans la chaleur du moment, l'un pouvait ressembler à l'autre.

Une fois que cet éclat entre nous s'amoindrira, il regrettera d'avoir partagé cette intimité et je regretterai de lui avoir à nouveau ouvert mon cœur.

Ils restèrent allongés ensemble pendant un long moment avant que Jonathan ne pousse un soupir qui fit danser une mèche des cheveux d'Audrey près de sa tempe.

— Je dois me lever et retourner dans ma chambre avant le petit déjeuner et... j'ai besoin de me raser. Il se frotta le menton et la mâchoire. Sa barbe de cinq heures, plus sombres que sa peau, lui donnait un air plutôt diabolique.

— Si vous y êtes obligé, mais j'aimerais vous regarder vous

raser, si je le peux. Elle frotta la joue contre la sienne. Elle voulait graver ce moment dans sa mémoire. Ce serait peut-être son unique occasion de ressentir *cela* avec qui que ce soit.

Même si je suis la seule à le ressentir, au moins, je pourrai me souvenir de ce moment d'intimité tranquille.

Un coup à la porte suffit à faire bondir Jonathan qui se rhabilla à la hâte.

— Attendez une minute ! s'écria-t-elle. Ce devait être Sarah, la servante que sa sœur lui avait assignée. Audrey se plaqua une main sur la bouche pour se retenir de pouffer en voyant les fesses nues de Jonathan alors qu'il remontait ses sous-vêtements d'un geste saccadé.

— Ne vous avisez pas de rire, la mit-il en garde.

— Certainement pas ! À présent, elle pouvait parce qu'il lui avait dit de ne pas le faire.

Il renfila rapidement le reste de ses vêtements et lui fit enfin face, les mains sur les hanches.

— Vous feriez mieux de vous couvrir sauf si vous voulez que votre bonne vous voie allongée là comme la déesse Vénus.

Audrey remonta les couvertures sur ses hanches et lui décocha ce qu'elle espérait être une œillade coquine.

— Et maintenant ? demanda-t-elle en clignant des paupières.

— Quelque part, cela fait empirer les choses, dit-il avec un regard plein de désir.

— Ayant goûté au paradis entre vos cuisses, tout ce que vous avez fait à présent est de vous envelopper comme un cadeau pour moi.

— Très bien. Elle soupira et cette fois, se couvrit entièrement. Alors seulement, Jonathan ouvrit-il la porte, permettant à la bonne d'entrer. Sarah baissa discrètement les yeux en attendant que Jonathan parte. Une fois que Jonathan se fut retiré, la bonne regarda Audrey en rougissant.

— Dois-je vous préparer un bain ?

— Oui, merci. Audrey resta au lit et inspira l'odeur de Jonathan qui s'attardait sur son lit.

Quelle belle matinée c'était ! Elle espérait simplement que le reste de la journée soit au moins à moitié aussi plaisant. Mais elle ne pouvait se débarrasser de la crainte que Jonathan reprenne ses anciennes habitudes et remette de la distance entre eux.

CHAPITRE 15

Jonathan passa le rasoir sur son menton puis enfonça la lame dans un récipient d'eau chaude. Puis il replaça le rasoir contre sa peau tout en s'observant avec attention dans le miroir avant de couler un regard vers son lit dans le reflet. Il était immaculé puisqu'il n'y avait pas dormi la nuit précédente, mais il pouvait toujours s'imaginer Audrey allongée, à moitié nue, le défiant d'un regard séducteur de rester au lit avec elle toute la journée.

Il sourit à la pensée qu'elle désire le regarder se raser. Ce matin-là avait été une véritable victoire dans sa guerre pour conquérir le cœur d'Audrey. Elle ne s'abandonnerait pas à n'importe quel homme.

Quand elle l'avait pris dans sa bouche à l'improviste, il avait cru à moitié qu'il avait péri dans ce lit tandis qu'un chœur d'anges l'escortait en chantant jusqu'au paradis. Si elle était encore inexpérimentée, il redoutait ce qu'elle deviendrait avec un peu d'entraînement.

Jonathan reposa le rasoir sur le torchon près de la bassine et regarda les vêtements que son valet avait disposés sur le lit. Un gilet bordeaux parsemé de fil d'or, un pantalon en daim et des bottes noires. Un choix judicieux. Audrey approuverait. C'était loin d'être dandy, mais Audrey aimait sa garde-robe de bon goût, mais discrète.

Le temps qu'il quitte sa chambre, il savait que la majeure partie de la maisonnée aurait terminé le petit déjeuner et s'adonnerait à d'autres activités. Il s'était attendu à ce que la pièce soit vide, mais il découvrit James et Charles attablés. Eux aussi profitaient d'un réveil tardif. Des plats de nourriture pour les invités supplémentaires étaient disposés sur quatre consoles. Jonathan se prépara une assiette de nourriture et se joignit à eux, s'asseyant à côté de Charles et en face de James.

Il aimait avoir l'opportunité d'admirer la salle à manger de la maison ancestrale de Lucien pendant qu'il déjeunait. Elle était peut-être un peu sévère à son goût, avec son style romain avec des pilastres en marbre, mais elle n'en restait pas moins ravissante. Charles le surprit à étudier les boiseries dorées compliquées.

— C'est époustouflant, n'est-ce pas ?

— Oui. Jusqu'ici, je n'avais pas eu le temps d'apprécier le style de vie d'un gentleman. J'ai eu tant de choses à voir depuis que Godric m'a confié la gestion d'une partie du domaine d'Essex ! Puis j'ai dû meubler une maison à Londres, bien entendu. J'ai l'impression que tout n'a été qu'un flou, et c'est la première fois que je suis en mesure de prendre le temps de respirer.

— Toutes ces préparations sont pour votre petite furie, n'est-ce pas ?

Jonathan baissa les yeux vers son assiette, mais il ne put s'empêcher de sourire.

— Vous faites des progrès ?

Charles en applaudit d'approbation avant de s'emparer de l'exemplaire du *Morning Post* qu'un autre invité avait abandonné.

Jonathan finit son toast et ses œufs.

— Je le crois.

— Qui est la petite furie, si je me permets la question ? demanda James.

Charles échangea un regard avec Jonathan, le laissant décider de répondre.

— Miss Sheridan. Je m'efforce de la courtiser, mais elle ne me facilite pas la tâche.

— Miss Sheridan ? Pardonnez-moi, mais elle doit vous tenir en haleine. Je sympathise. Miss Beaumont est tout simplement fantastique, mais elle refuse de me laisser la courtiser, du moins pas après cette semaine. Je n'arrive pas à comprendre pourquoi. C'est une femme pleine de secrets.

Le soupir de James donna envie à Charles d'éclater de rire.

— Oh, regardez-vous, tous les deux. Déprimés parce que les dames que vous désirez ne se laissent pas facilement séduire... Votre vie doit être si difficile ! Pourquoi n'irions-nous pas pêcher et accorder à ces dames un peu de temps seules ? Peut-être admettront-elles alors que votre présence languissante leur a manqué.

James afficha un sourire mélancolique.

— Il a peut-être raison. Qu'en dites-vous, Saint-Laurent ?

Jonathan ne se souvenait même pas de sa dernière partie de pêche et il dut avouer que c'était tentant.

— Très bien.

— Alors, faisons une compétition, d'accord ? dit Charles avec un sourire. Dix livres à celui qui sortira le plus gros poisson durant la première heure.

Ils finirent leur repas et quittèrent la salle à manger. Charles avait demandé à un valet de courir demander au gardien de préparer une barque ainsi que des cannes et des amorces.

Sans prévenir, Charles entraîna Jonathan et James dans un salon vide.

— Oh, Seigneur !

— Que se passe-t-il ? demanda Jonathan.

Charles désigna du menton la porte qu'il avait laissée entre-bâillée. Un groupe de jeunes hommes passèrent devant leur cachette. Jonathan reconnut ces hommes, dont bon nombre ressemblaient à des dandys.

— De véritables petits toutous ! lança Charles.

Jonathan s'étrangla de rire. Godric et lui non plus n'avaient jamais apprécié ce genre d'hommes. C'était le genre d'hommes que les hôtesses invitaient et que Godric surnommait des *gentlemen bichons*. Ils amusaient les dames pendant les fêtes, mais ennuyaient des hommes tels que lui.

— Celui-ci, là-bas.

Charles désigna à Jonathan un jeune homme séduisant. Oliver Bedford, s'il ne se trompait pas.

— J'ai miraculeusement survécu à un duo affreux que Miss Sharpe et lui ont chanté ce matin avant le petit déjeuner. J'ai dit à Horatia que les sons qu'ils ont produits étaient si horribles qu'ils m'ont presque dégoûté de ma nourriture.

— M. Bedford n'est quand même pas si horrible que cela ! fit remarquer James. S'il arrive à distraire des femmes telles que Miss Sharpe, je ne vais pas me plaindre.

La rumeur disait que Miss Sharpe voulait mettre le grappin sur lui, aussi n'était-ce pas une surprise qu'il soit soulagé qu'un autre homme attire son intérêt.

— Je l'ai vue vous dévisager pendant le dîner d'hier soir, dit Charles. Vous feriez mieux de surveiller vos arrières. La plupart des femmes à marier respectent les règles de la société, mais pas celle-ci. Elle avait l'air prête à vous ligoter et vous ramener à Londres sur une charrette comme un trophée de chasse.

James se frotta les tempes d'un geste las.

— Je sais. Je suis attaché à mon titre, mais il y a des jours, je ferais n'importe quoi pour être un simple gentleman doté d'une fortune modeste.

— C'est ce que vous dites, marmonna Jonathan, mais ce n'est pas facile pour nous autres gentlemen de nous mesurer à des comtes.

Il ne pouvait pas oublier l'amitié facile qu'Audrey avait avec James, et le fait qu'il avait vu rouge quand elle avait étreint le jeune homme si chaleureusement la veille au soir.

— Vous êtes une belle paire de bonnets de nuit, lança Charles. Vite, allons au lac avant que ces dandys puissent nous voir. J'aime discuter de la coupe et de la couleur d'un bon gilet autant que n'importe quel homme, mais ces imbéciles radotent tellement que ça tue à petit feu tout amusement que la conversation me procurerait.

Jonathan les guida vers le petit lac qui jouxtait le domaine des Rochester et il accueillit le soleil chaud sur son visage. Une journée en barque serait relaxante et il en avait profondément besoin vu la difficulté que présentait la séduction d'Audrey. Cela dit, il admettait volontiers qu'à présent que ses efforts portaient leurs fruits, tout avait valu la peine.

Un gardien les attendait sur le pont, mais Jonathan s'arrêta maladroitement quand il se rendit compte que l'homme n'était pas seul. Audrey et Gillian étaient déjà là, avec leurs propres cannes. Regardant par-dessus son épaule, Audrey l'aperçut. Ses joues rougirent avant qu'elle ne se retourne vers le gardien comme si elle ne l'avait pas vu.

Charles et James emboutirent le dos de Jonathan quand celui-ci pila net.

— Bon sang, mon vieux, qu'est-ce que… ? commença Charles qui poussa alors un juron en voyant qui se tenait sur le ponton.

— Cela pourrait être pire, offrit James. Ça aurait pu être les dandys. Je dirais que ceci représentera une bien meilleure compagnie.

— Touché, Pembroke.

Charles carra les épaules.

— Venez, Messieurs, mieux vaut affronter la chose comme des hommes dignes de ce nom.

Il ouvrit la marche et le trio descendit le ponton d'un pas impérieux.

— Audrey, quelle belle surprise ! Et Miss Beaumont.

Charles inclina la tête devant Gillian qui s'empourpra.

— Comme c'est splendide ! Êtes-vous venus nous regarder pêcher ? Je suis certaine que vous aurez une belle vue depuis le ponton.

Le ton d'Audrey débordait d'innocence. Quelle ruse délicieuse ! Elle était rusée, Jonathan le savait, et il adorait cela chez elle.

— Certainement pas, répondit Charles sans la moindre hésitation. Nous prenons les barques et *vous*, mes chères dames, pourrez *nous* regarder pêcher.

James afficha un air légèrement réprobateur.

— Charles, si les dames étaient là en premier...

— Nous l'étions, confirma Audrey avec une lueur insolente dans ses yeux bruns.

Jonathan ne parvenait pas à détourner les yeux de sa petite furie. Elle portait une robe de tous les jours en mousseline rayée blanche et rose, avec de petites bottes noires qui émergeaient de sous ses jupes. Les températures fraîches étaient favorables à une telle tenue et la façon dont le soleil illuminait ses seins qui étaient mis en valeur le fit rapidement bander. Il poussa un juron silencieux et se dissimula derrière Charles afin de cacher sa condition. Une boucle sombre s'échappait du bonnet élaboré que portait Audrey et quand elle se tourna vers lui, il décela une étincelle espiègle dans ses yeux bruns. Il ne pensait qu'au spectacle qu'elle lui avait offert, entre ses cuisses, quand elle avait...

Toutes ces fois où j'ai taquiné Godric sur le temps qu'Émily et lui passent enfermés dans leur chambre ! Maintenant, je comprends parfaitement.

Il n'avait eu qu'un petit aperçu de ce que cela signifiait d'être avec Audrey, et ce n'était pas suffisant. Cela risquait de n'être *jamais* suffisant. Le désir qu'il ressentait pour elle était davantage qu'un besoin physique, mais cela ne signifiait pas que lorsqu'elle le regardait avec son petit sourire coquin, il pouvait oublier à quel point il avait envie de l'entraîner au lit avec lui.

— Eh bien, s'exclama le jardinier en chef, j'informais ces dames que j'ai deux barques et juste assez d'appâts et de cannes pour deux groupes de pêcheurs.

— Gillian et moi allons prendre une barque, annonça Audrey.

— Et je vais vous accompagner, se proposa James.

— Oh, non. Trois personnes sont bien trop pour une barque. Je prendrai la deuxième avec Charles, dit Audrey.

— Vous m'accompagnerez, l'interrompit Jonathan.

Charles prit une perche et s'éloigna du groupe.

— Je crois que je vais me sentir serré, peu importe la barque sur laquelle je me trouverai. Non, je vais me contenter de rester ici sur le ponton pendant que vous partez tous.

Il s'assit sur les fesses à l'extrémité du ponton puis retira ses bottes et ses bas avant de plonger les pieds dans l'eau.

— Euh... Eh bien...

Audrey regarda successivement Charles et Jonathan avant de pousser un soupir.

— Allez. Vous pourrez bouder dans la barque si vous le voulez.

Jonathan lui saisit la taille par-derrière pour la soulever et la reposer dans la première barque. Elle tituba pendant une seconde, mais recouvra son équilibre avec une grâce étonnante avant de s'asseoir sur la planche en bois la plus proche. James et

Gillian prirent l'autre bateau et le gardien tendit aux deux groupes un petit seau rempli d'appâts frais.

Une moue sensuelle aux lèvres, Audrey croisait les bras devant elle alors que Jonathan ramait vers le milieu du lac.

— Vous êtes très belle, ce matin, dit-il une fois que la barque fut suffisamment éloignée du rivage.

— J'espère bien ! Cette robe est très... Oh ! Je suis en colère contre vous.

Elle parut s'en souvenir et referma sèchement la bouche.

Jonathan poussa un soupir las.

— Et *pourquoi* êtes-vous en colère ? lui demanda-t-il en voulant lui prendre sa canne pour accrocher l'hameçon.

— Parce que Gillian et moi nous apprêtions à échanger le récit de nos barouds, et vous et votre bande de joyeux drilles avez tout gâché.

— Vos barouds ?

— L'acte d'amour ! Ce n'est plus possible si le gentleman avec qui elle est a couché est assis juste à côté d'elle, n'est-ce pas ?

Jonathan comprit enfin et manqua de renverser son seau de vers de terre.

— Allons, donc. Nous n'avons jamais...

Puis il se repassa ce qu'elle venait de dire.

— Vous voulez dire que Pembroke et Gillian... ?

Elle hocha la tête.

— Mais vous ne devez pas le dire à James, il serait trop embarrassé. Et apparemment, ce n'était pas la première fois. Pour eux, c'était la nuit du club clandestin.

Jonathan souffla d'un air incrédule. *Alors, Pembroke a réussi à séduire sa dame.* Il désigna la canne d'Audrey.

— Voulez-vous que j'accroche l'hameçon pour vous ?

— J'en suis capable toute seule.

Elle tint la canne hors de portée de Jonathan et leva l'hameçon.

Jonathan se rassit, l'observant en train de dévisager les vers avec hésitation. Elle baissa la main pour en prendre un bien juteux. En étudiant son visage, il eut la surprise de constater que ce n'était pas le toucher qui la dégoûtait, mais l'empaler sur l'hameçon.

— Je suis vraiment désolée, dit-elle en plaçant le vers sur l'hameçon.

Puis d'un geste expert, elle jeta sa ligne à l'eau. Jonathan en resta bouche bée.

— Quoi ? N'avez-vous jamais vu une dame pêcher ? demanda-t-elle.

— Pas avec la facilité dont vous venez de faire montre.

— Cela ne devrait pas vous surprendre ; vous connaissez mon frère. Je ne suis pas étrangère à l'équitation, la chasse ou la pêche, mais je déteste tuer une créature innocente. Cela me rend triste, ne serait-ce que d'amorcer un hameçon.

— Vous avez le cœur trop bon, répondit-il d'une petite voix.

Elle le fusilla de ses yeux bruns.

— Me reprocheriez-vous ma faiblesse féminine ?

— Loin de là. Avoir le cœur bon est une vertu, pas un péché. Et ce n'est pas un trait réservé aux femmes. Les hommes peuvent l'être tout autant, tout comme les femmes peuvent être aussi dures que n'importe quel homme. Venétia Sharpe, par exemple.

Le regard d'Audrey se durcit.

— Oh ? Comment cela ?

Détectait-il une note de jalousie dans sa voix ? Seigneur, il l'espérait !

— Eh bien, elle se montre plutôt agressive dans la poursuite de ses objectifs.

Il s'affaira à amorcer sa propre canne.

— Agressive envers vous ?

— Non, Dieu merci, dit-elle d'une voix à la nonchalance suspecte. Mais elle a l'œil sur Pembroke.

— James ? Oh, elle ne lui convient absolument pas ! Venétia est une dame correcte, mais elle est bien trop ambitieuse, socialement parlant. James désire une vie plus tranquille et il s'épuiserait à combler les désirs de quelqu'un comme elle. Non, Gillian est parfaite pour lui, s'il parvient à ignorer le fait que c'est une servante. Après tout, elle est fille de comte.

— *Illégitime*, ajouta-t-il, curieux de voir comment elle allait réagir.

Sa propre naissance et celle de Gillian présentaient des circonstances si similaires qu'il se disait que la réaction d'Audrey lui indiquerait précisément comment elle le voyait.

— Cela compte-t-il s'il l'aime ?

Audrey tira prudemment sur sa canne avant de la caler dans une encoche spéciale sur le côté du bateau afin de ne plus avoir besoin de la tenir.

Jonathan lança son appât à l'eau et le ramena légèrement avant de caler sa canne à son tour.

— Vous pensez sincèrement que cela ne compte pas ?

Audrey leva la main vers son bonnet, en détacha les rubans et le retira. Elle avait noué dans ses cheveux de petits rubans roses et blancs assortis à sa tenue. La lueur du matin faisait luire sa chevelure. Il revit instantanément la façon dont ils s'étaient évasés sur les oreillers alors qu'elle était allongée sur le lit à côté de lui.

— Vous devez croire que je suis une enfant gâtée, pour penser que la naissance compte. Je comprends que vous vous méfiez des dames de haute naissance en général, mais nous ne sommes pas toutes des chasseuses de fortune sans cœur. Certaines d'entre nous...

Elle lui adressa un regard plein de sens.

— *Certaines* d'entre nous seraient parfaitement heureuses de ne pas vivre sous la coupe d'un homme titré. *Certaines* d'entre nous aiment les gentlemen tranquilles qui nous traitent bien, comme des égales.

Elle l'avait dit avec une conviction si pleine d'espoir que Jonathan en eut le cœur serré.

— Et vous êtes l'une de ces femmes ?

Audrey bascula le visage en arrière afin de laisser la lumière briller sur sa peau.

— Oui, je le suis.

— Il n'y a rien de mal là-dedans.

Elle le regarda comme si c'était à lui de se faire interroger.

— Pensez-vous qu'une femme devrait être l'égale de son mari ?

— Bien entendu. Si vous voulez mon avis, seuls les riches peuvent se permettre de prétendre le contraire. J'ai travaillé au côté de femmes qui besognaient aussi dur, si ce n'est plus que moi. Je crois qu'il est dommage que la loi ne soit pas d'accord sur ce point.

Ils restèrent dans la barque à se regarder et il sut qu'elle le voyait comme il souhaitait qu'elle le fasse, comme l'homme dont l'avis concordait avec elle sur quasiment toutes les questions qui comptaient. Elle ouvrit la bouche et s'humecta les lèvres et il commença à se pencher en avant, prêt à lui dérober un baiser...

La ligne d'Audrey tressauta brusquement et elle se précipita dessus avec un cri aigu. La barque oscilla et Jonathan attrapa la jeune femme par la taille afin qu'elle ne tombe pas tête la première dans le lac. Elle ramena le poisson qui s'avéra être une jolie carpe bien grasse.

— Bien joué !

Il l'aida à retirer le poisson de l'hameçon avant de le mettre dans leur panier. Rayonnante, elle s'essuya les mains sur le petit chiffon qu'elle avait amené et s'empara d'un autre vers. Le cœur martelant, Jonathan resta proche d'elle. Après tout ce qui s'était passé entre eux, il craignait toujours de lui poser la question qui avait brûlé en lui.

— Audrey... Je dois vous parler.

Il ne parvint pas à en dire davantage qu'elle se jeta sur lui, les faisant dégringoler tous les deux au fond du bateau. Elle l'embrassa fort, leurs bouches se collèrent l'une à l'autre et il lui saisit la taille pour lui rendre son baiser. Il pourrait toujours lui demander de l'épouser plus tard. Un moment adéquat se représenterait certainement et pour l'instant, il voulait profiter de la situation.

Audrey tira sur son pantalon, mais il arrêta doucement sa main.

— Du calme, ma belle. Nous ne sommes pas dans un endroit suffisamment privé pour cela.

— Oh ? Je croyais que vous appréciiez un certain risque. Émily me l'a dit.

Il écarquilla les yeux et la releva légèrement.

— Que savez-vous sur Émily et moi ?

Il avait commis l'erreur fatidique d'aider Émily à s'échapper du domaine de Godric avant de se rendre compte que tous les deux étaient amoureux. Il avait également pensé, bêtement, qu'Émily était peut-être intéressée par lui, mais il s'était trompé. C'était toujours une source d'embarras pour lui, même si depuis, ils avaient été capables d'en rire.

— Elle m'a dit que vous aviez eu l'impudence d'essayer de la séduire dans une auberge. J'ai simplement pensé que vous aviez une petite tendance à l'exhibitionnisme.

Il grogna.

— C'était à une époque différente. Qui plus est, nous étions dans une chambre privée et je n'avais pas de sentiments pour elle... comme pour vous. C'est... c'est complètement différent.

Elle s'immobilisa au-dessus de lui.

— Vous avez des sentiments pour moi ?

Il porta une des mains de la jeune femme à ses lèvres et lui embrassa le revers des doigts.

— N'est-ce pas évident ? J'ai bien plus de sentiments pour vous qu'il n'est sage d'en avoir.

Elle l'embrassa à nouveau et cette fois, il se fichait de savoir qu'on puisse les voir.

CHAPITRE 16

Charles amorça son hameçon et jeta sa ligne loin dans le lac. Une fois que son hameçon et son appât eurent disparu sous l'eau, il chercha les autres barques du regard. Celle qui transportait James et Gillian avait dérivé vers le rideau bas protecteur d'un vieux saule près du côté gauche du lac. L'autre, qui contenait Audrey et Jonathan, flottait au milieu du lac. Audrey ramena un poisson vers elle et Jonathan se hâta de l'aider. Quelques instants plus tard, ils s'enfoncèrent profondément dans la barque et disparurent.

Charles soupira.

— Et nous qui devions passer du temps seuls sans ces dames !

Il se dit qu'un nuage noir devait se former au-dessus de sa tête quand il se demanda alors si les dandys à l'intérieur de la maison ne formeraient pas une meilleure compagnie.

Il était content que ses deux amis soient bien partis pour conquérir le cœur de leurs femmes, mais cela ne l'aidait pas à résoudre *sa* situation. La sensation désespérante que tous ses amis le désertaient au profit du mariage était presque trop dure à supporter. Il contempla les ondulations à la surface du lac, les regardant danser sur l'eau. La plupart du temps, il ne songeait pas au passé, mais dès qu'il était seul et que le silence retombait, les souvenirs revenaient toujours le hanter. Des souvenirs qui avaient laissé des cicatrices sur son cœur.

La rivière Cam à Cambridge, si elle n'était pas un lac, était pourtant si vitreuse, égale et lente que des barques à fond plat fendaient facilement sa surface. Elle lui rappelait ce lac. Il frissonna. Il n'oublierait jamais les masses de plomb enroulées autour de ses chevilles. Charles ferma les yeux et inspira profondément. Il n'était pas en train de couler sous l'eau. Il allait bien, tout allait bien. Il avait assez d'air pour remplir ses poumons.

— Milord ?

La voix de Tom Linley le fit sursauter. Il ouvrit les yeux et vit le jeune homme qui le dévisageait avec une inquiétude manifeste. Il sourit et essaya de se détendre un peu.

— Asseyez-vous et enfoncez les orteils dans l'eau, mon garçon.

Il tapota les planches en bois du ponton, à côté de lui.

— Je ne devrais vraiment pas, répondit le jeune homme.

— Linley, asseyez-vous, lui ordonna Charles.

Tom se laissa tomber sur les planches en plissant le front.

— Retirez vos bottes et vos bas, et mettez les pieds dans l'eau, dit Charles qui braqua sur lui un regard imposant.

Linley résista pendant un moment avant de pousser un soupir profondément frustré. Puis il retira ses bottes et ses bas. Prudemment, il enfonça les orteils dans l'eau comme s'il craignait de se les faire mordre.

— Seigneur, mon garçon, ce n'est que de l'eau !

— De l'eau froide, souffla Linley.

Charles éclata de rire.

— Vous savez nager ? Soyez honnête.

— Oui, et même plutôt bien.

Linley pointa un menton fier et il avait bien raison. La plupart des hommes en étaient incapables.

— C'est bien.

Charles tendit le bras pour pousser Linley de toutes ses forces.

— Ah !

Le jeune garçon battit des bras alors qu'il tombait du ponton et atterrissait dans l'eau avec un éclaboussement. Quand il remonta à la surface en crachotant d'indignation, Charles hulula de rire. Linley avait perdu sa casquette et ses cheveux blonds étaient plaqués sur son visage.

— Milord ! lança Linley. Vous n'auriez pas dû faire cela.

— Vous êtes bien trop tendu, mon vieux. Vous pensez que je ne l'avais pas remarqué ? Vous méritez de vous amuser un peu.

Enroulant le bras autour d'un des piliers de bois du ponton, Charles se pencha en avant pour contempler son serviteur qui était bien trop sérieux.

Linley nagea jusqu'au ponton et prit appui au poteau le plus proche. Sans prévenir, il saisit la cheville de Charles et tira dessus. Celui-ci essaya de se rattraper à la colonne de bois, mais c'était trop tard. Il sombra dans les profondeurs glaciales de l'étang.

Pendant un instant, il paniqua. Il vit la lumière briller à la surface au-dessus de lui et sentit l'élan de sa chute entraîner son corps vers le bas... encore plus bas. Mais non ! Il n'y avait pas de lests. Aucune corde. Tout allait bien. Il donna des coups de pied puissants, battit des mains pour émerger des profondeurs et la panique se dissipa. Au contraire, il se réjouit de voir qu'il n'était pas impuissant. Il avait sa liberté.

— Pas si vite, mon garçon.

Il tira à nouveau le jeune homme sous l'eau, avec un cri triomphal de :

— Revanche !

Linley se débattit, mais il remonta en riant. Charles affichait un grand sourire. Tom lui rappelait tant son petit frère Graham et la façon dont ils jouaient ensemble ! C'était avant... À présent, Graham et lui se parlaient rarement, chose qui rendait les vacances déplaisantes pour leur mère et leur sœur.

Linley l'éclaboussa et éclata de rire quand son maître secoua la tête, projetant de l'eau partout. Charles leva les mains en signe de reddition.

— Vous m'avez épuisé, jeune homme. J'ai besoin de me reposer.

Il nagea le long du ponton et atteignit la rive. Puis pressant ses vêtements pour en essorer l'eau, il revint au bord du ponton et tendit les mains à Linley.

— Milord, vous n'avez pas besoin de...

— C'est ridicule. Prenez mes mains.

Linley ouvrait de grands yeux, mais l'innocence que Charles y lut recelait l'ombre de la douleur.

Même après tout ce temps, il craint toujours de me faire confiance. Je ne lui ai pas fait du mal, comme son ancien maître. Je me demande quand il apprendra à refaire confiance ?

Les secrets de Linley le peinaient toujours, mais si le garçon ne voulait pas s'ouvrir à lui, Charles ne pouvait rien y faire. Et ce n'était pas comme si lui aussi parlait facilement de son passé... Du moins pas des moments qui le hantaient.

— Très bien. Je voulais seulement vous aider.

Il se détourna, mais le jeune homme le surprit en agrippant fermement sa main. Charles se retourna et hissa un Linley dégoulinant hors de l'eau.

— Regardez-nous. On a l'air d'un duo de souris noyées.

Charles éclata de rire et essora les pans lâches de sa chemise, l'égouttant sur le ponton. Linley croisait les bras sur sa poitrine en frissonnant.

— Rentrons avant que vous n'attrapiez froid.

Charles donna une bourrade à Linley et tous les deux retournèrent à la maison.

Ce n'est que lorsqu'ils atteignirent Rochester Hall que Charles se rendit compte que c'était une des rares fois où il avait vu Linley sourire ou même rire. Il ne savait pas pourquoi, mais avoir donné au garçon une certaine joie le remplit d'une paix qu'il n'avait pas ressentie depuis la mort de son père.

⁂

— VOUS ÊTES PRÊTE ? DEMANDA JONATHAN.

Les poings levés, Audrey fit un pas dansant en avant. C'était le cinquième jour de la fête privée et tous les deux avaient réussi à s'entraîner à la salle de sport à chaque fois qu'il y avait une pause entre les activités.

—Je suis prête.

Le pantalon lui accordait beaucoup plus d'agilité et elle avait fini par aimer les moments qu'elle passait à s'entraîner avec Jonathan. Cette fois, elle n'avait même pas porté de corset et elle trouvait incroyable la facilité avec laquelle elle parvenait à respirer sans cette pression écrasante sur sa poitrine.

— Souvenez-vous, vous devez d'abord esquiver, puis bloquer.

Les yeux verts de Jonathan étaient sérieux et cela lui plaisait. Quand ils se battaient, il ne la prenait pas de haut et ne tentait pas de la séduire (ce qu'il n'aurait eu aucun mal à faire). Ces derniers jours, elle s'était bien trop habituée à ses baisers durant la journée et elle passait toutes les nuits dans son lit et dans ses bras.

Il avait respecté sa promesse de dormir et rien de plus, chose sur laquelle Audrey était partagée. Elle aimait être proche de lui, mais si elle s'offrait entièrement à lui, elle craignait de ne pas le supporter quand il déciderait de la laisser tranquille et d'interrompre leurs leçons. Elle essayait de ne pas songer à sa gentillesse soudaine et ce qu'elle signifiait. Elle n'était pas certaine de pouvoir faire confiance à ce côté plus ouvert de lui. Il existait toujours la possibilité que ce soit simplement le dernier mouvement dans le jeu qu'il avait l'air de jouer.

Jonathan se précipita vers elle. Elle inclina la tête et dansa autour de lui en gardant les bras levés. Quand il se tourna, il lança le poing un peu plus lentement qu'un véritable agresseur l'aurait fait, mais assez rapidement tout de même pour qu'elle soit forcée de contrer le coup à la hâte. D'abord, elle devait intégrer les mouvements par cœur puis ils pourraient accélérer les choses. Sans lui donner le temps de se reprendre, il essaya de lui faire une balayette et elle bondit, évitant de justesse de se retrouver assommée sur le dos.

— C'est bien, dit-il. Très bien.

Il opina du chef et baissa les mains. Audrey l'imita, rayonnante de bonheur. Il bondit à nouveau et l'attrapa par les cheveux. La prise n'était pas douloureuse, mais elle la surprit assez pour qu'elle pousse un cri. Il la plaqua à nouveau contre lui et de l'autre main, il lui saisit la gorge. Elle était prisonnière, le dos plaqué contre sa poitrine.

— Vous ne devez pas vous autoriser à croire pendant une seule seconde que vous avez déjoué votre adversaire, lui souffla Jonathan à l'oreille dans un murmure soyeux.

— Mais nous avions fini !

— Ah oui ? Quand un homme attaque, il peut faire semblant de céder en attendant un meilleur moment pour frapper. Vous devez toujours penser comme un prédateur afin de vous protéger. Ces hommes se perçoivent comme les renards et vous êtes le lapin. Vous devez apprendre à être le renard. Maintenant, essayez de vous libérer.

Jonathan les repositionna pour la plaquer contre le mur,

emprisonnant le corps de la jeune femme avec le sien par-derrière.

Contractant tous ses muscles, Audrey le repoussa. Tous les soirs, elle avait été endolorie et fatiguée, mais elle n'avait pas demandé à Jonathan de faire des pauses pendant leurs leçons. À présent, elle le regrettait, parce qu'elle se sentait trop faible pour faire le moindre mouvement.

— Ne me repoussez pas. Vous gâchez des forces précieuses. Votre attaquant vous épuisera et quand vous ne pourrez plus vous défendre, il retroussera vos jupes par-derrière et vous prendra. C'est ce que vous voulez ?

Audrey savait que ses paroles étaient faites pour provoquer la peur d'une attaque non désirée, mais elle était excitée en se l'imaginant en train de faire cela. Si elle avait porté des jupes et qu'il les avait retroussées, elle n'aurait plus ressenti aucun désir de résister. Elle avait beau savoir que ce serait une erreur, cela ne l'empêchait pas de le désirer. D'ailleurs, cela lui donna une idée.

Elle arrêta de résister et cambra le dos, frottant les fesses contre son entrejambe. Elle laissa échapper un gémissement haletant quand l'érection de Jonathan tendit l'avant de son pantalon. Elle feignit de se défendre à nouveau faiblement, puis elle passa la main derrière elle et lui saisit la hanche, l'attirant plus près d'elle. Il resserra sa prise sur ses cheveux.

— Je croyais vous avoir dit de vous battre. Sa voix se fit rude.

—J'ai essayé, mais maintenant... J'ai besoin...

Elle permit à sa voix de devenir sincèrement rauque alors qu'elle ondulait des hanches.

—Je vous en prie, juste un peu...

C'était un code entre eux, *juste un peu*, mais pas entièrement quelque chose. Il poussa un soupir frustré contre son cou puis commença à embrasser son épaule avant de lui mordiller l'oreille. La main qu'il avait posée sur sa gorge se déplaça vers l'avant de son pantalon. Il glissa la main sous sa ceinture et saisit son sexe nu, y glissant un doigt.

Elle ronronna de plaisir quand il fit doucement aller et venir son doigt en elle, la possédant. Ses jambes tremblaient alors que le plaisir croissait plus vite, plus fort, et elle explosa.

— À votre tour, dit-elle quand il retira sa main.

— D'accord.

Quand il la lâcha, elle tourna les talons, lui donnant prestement dans les parties un coup de genou assez fort pour que le choc le fasse se plier en deux. Elle le poussa, il s'écroula sur le dos et elle se précipita pour prendre un fleuret sur un présentoir près du mur et le braquer sur sa gorge.

Allongé sur le dos, Jonathan respira fort pendant plusieurs secondes avant d'éclater de rire.

— Vous avez vu ? Je vous ai fait une promesse et vous m'avez crue.

— C'est vrai, et cela fonctionnera avec la plupart des hommes. Généralement, ils préfèrent une femme consentante, mais...

Il leva la tête.

— Vous devez vous préparer à l'idée que certains hommes se délectent aussi de la douleur et de l'humiliation d'une femme. Vos astuces ne les tromperont pas. Cela risque même d'attiser leur colère et ce n'est pas ce que vous voulez.

Audrey hocha la tête. Ses jambes étaient toujours un peu instables après l'orgasme qu'il venait de lui donner, et elle s'écroula à ses côtés avant qu'il ne s'asseye sur elle.

— Si on vous épingle, rappelez-vous de jouer des coudes. Enfoncez-les dans les côtes et donnez des coups de pied.

Audrey hocha la tête.

— Vous êtes prête à réessayer ? demanda-t-il.

Songer à une autre session d'entraînement la fit trembler.

Elle était épuisée. Heureusement, la porte de la salle de sport s'ouvrit, lui épargnant d'avoir à s'avouer vaincue.

— Ah, vous voilà, tous les deux.

L'air stupéfait, Lucien se tenait dans l'encadrement de la porte.

— Bonjour, dit Audrey à son beau-frère.

— Vous avez de la chance que Cédric ne soit pas là pour vous surprendre, dit Lucien. Cela dit, j'aurais aimé voir ce que vous aurez trouvé pour vous défendre.

Jonathan se mit rapidement sur pieds et aida Audrey à se relever.

— Comment se portent Horatia et le petit Evan ? demanda Audrey.

— Bien. Ils reprennent des forces de jour en jour. C'est précisément la raison de ma venue. Elle souhaite vous voir.

— Ah oui ?

— Elle se trouve dans sa chambre avec Evan.

Lucien se recula pour laisser passer Audrey qui jeta un dernier regard à Jonathan avant de se diriger vers les escaliers. Elle ressentit une petite bouffée d'espoir en le voyant déçu que leur session d'entraînement soit terminée.

Il aime passer du temps avec moi, du moins un peu. Pour le moment, c'est suffisant.

CHAPITRE 17

Audrey toqua doucement à la porte de la chambre d'Horatia. Elle rendait visite à sa sœur et au bébé au moins une fois par jour, mais elle s'inquiétait toujours pour Evander et elle.

— Entrez !

La voix d'Horatia était étouffée par la porte. Audrey tourna la poignée et entra.

Horatia se tenait près des hautes fenêtres coulissantes qui donnaient sur les jardins. Elle portait une robe de jour bleue un peu lâche et ses cheveux étaient rassemblés sur sa nuque par un ruban assorti. Elle se tourna alors qu'Audrey refermait la porte derrière elle. Le visage resplendissant, elle souriait au petit être emmailloté dans des couvertures blanches qu'elle tenait dans ses bras.

— Lucien a dit que tu vas bien.

Audrey se rapprocha d'elle, les bras tendus.

Horatia lui transféra prudemment l'enfant.

— Oui, merci.

Le bébé leva vers Audrey des yeux noisette fatigués. Son petit nez arrondi se plissa quand il bâilla et s'étira, levant un poing au-dessus de sa tête avant de se détendre. Audrey fit courir doucement un doigt le long de sa joue puis toucha ses petits doigts parfaits et délicats qu'il agrippa avec une force surprenante.

Le bébé luttait pour rester éveillé, mais il ferma les yeux et poussa un bâillement édenté en émettant un petit bruit de contentement. Puis s'accrochant toujours au doigt d'Audrey, il cala sa main sous son menton. Une vague d'amour et d'adoration remplit le corps et l'âme d'Audrey. La seule façon dont elle aurait pu l'aimer davantage — s'il était possible — était s'il lui avait appartenu.

— C'est un véritable petit amour, dit-elle.

— Absolument, en convint Horatia. J'ai eu si peur pour lui, au début.

Ses yeux se radoucirent alors qu'elle contemplait le bébé.

— Mais Evander est un battant. Il va être courageux en grandissant.

— Et fort !

Audrey retira doucement son doigt des mains du bébé et rendit celui-ci à Horatia.

La jeune mère ramena Evan vers son berceau près de la fenêtre et l'y coucha. Le soleil de midi illuminait le berceau comme un lieu de culte. Audrey tourna le regard vers sa sœur, la voyant différemment pour la première fois depuis la naissance d'Evan. Horatia restait sa sœur, mais elle était à présent une femme et une mère, ayant connu des pans entiers de l'existence qu'Audrey ne vivrait peut-être jamais.

— Le médecin a dit que le soleil lui ferait du bien. Cela semble fonctionner.

Horatia appuya sur le rebord du couffin pour le bercer

doucement. Puis elle s'assit au rebord du lit et tapota l'espace à côté d'elle.

— Viens. Assieds-toi. Raconte-moi tout ce qui s'est passé depuis que je me repose ici.

Les yeux de la jeune femme se remplirent de larmes quand elle s'assit près de sa sœur, se souvenant d'une époque avant le mariage, quand elles étaient les deux cadettes d'un frère surprotecteur, deux alliées dans le domaine d'un homme. Depuis un an, elles n'avaient pas conspiré tard dans la nuit ou s'étaient adonnées à des séances de commérages dans la matinée tandis que les bonnes les coiffaient. Audrey n'avait pas voulu admettre à quel point ce genre d'intimité avec sa sœur lui manquait. Sa gorge se serra quand elle repensa à tous les événements des douze mois précédents, y compris ce qu'elle avait fait avec Jonathan la semaine passée, sous le toit de sa propre sœur.

— J'ai entendu dire que tu t'adonnais à des activités plutôt atypiques.

Horatia désigna les vêtements d'Audrey.

— Allons, quand ai-je jamais été « typique » ?

— Tu veux dire à part faire les boutiques de vêtements et aller au bal ?

— Comment oses-tu ? feignit de se défendre Audrey. En termes de vêtements, je ne suis pas typique. Je sors du lot !

Horatia observa l'accoutrement d'Audrey qui se rendit compte qu'elle n'avait pas retiré son gilet et son pantalon.

— Ceci est différent, dit-elle.

— Je... Oui, peut-être un peu, admit Audrey en rougissant. J'apprends à me battre.

Elle attendit que sa sœur raisonnable se récrie, mais Horatia opina simplement du chef.

— Tu n'es... pas en colère ?

— En colère ? Pourquoi serais-je en colère ?

Du bout du doigt, Audrey joua avec la surface brodée de la literie.

— Ce n'est pas très convenable, n'est-ce pas ? Pas du tout, même. Je craignais de te décevoir.

Horatia pouffa puis se fit solennelle. Elle prit Audrey dans ses bras, lui faisant plier la tête afin que leurs fronts se touchassent.

— Je crois que nous avons tous appris que les politesses ne peuvent pas vous sauver la vie. Quand j'ai été enlevée et que j'ai failli me faire tuer à Noël dernier, tu sais ce que j'aurais voulu ? Savoir me battre.

Horatia prononça cette phrase avec une telle férocité qu'Audrey se figea. Sa sœur était très douce, mais même elle avait été mise à l'épreuve par le danger et avait découvert que les compétences pour survivre lui faisaient défaut. Audrey fut remplie de soulagement. Horatia comprenait pourquoi ses leçons comptaient. Les femmes devaient cesser de se faire les victimes des caprices et des désirs des hommes.

— Alors, tu ne vas pas me dire d'arrêter ?

Horatia tendit le bras pour prendre une des mains d'Audrey.

— Non. D'ailleurs, j'insiste pour que tu continues. Apprends-en le plus possible. Dieu sait que tu courtises déjà assez les ennuis, mais aucune force sur cette Terre ne pourra jamais t'en empêcher. La dernière chose que je souhaite est que tu subisses la même chose que moi sans être capable de te protéger.

Audrey frémit en se remémorant l'inquiétude frénétique qu'elle avait ressentie ce jour-là. Le jour où elle avait failli perdre aux mains d'un vil individu tant sa sœur que son frère... les deux seules personnes grâce auxquelles elle ne se retrouvait jamais seule au monde.

Tout à coup, le visage d'Horatia se transforma, adoptant une expression malicieuse et sournoise.

— Alors, tu as pris des leçons avec Jonathan, n'est-ce pas ? Comment cela se passe-t-il ? Tu souhaites toujours l'épouser ?

Oui.

— Non.

L'air défait d'Horatia apprit à Audrey qu'elle était devenue meilleure menteuse. Par le passé, sa sœur avait toujours été capable de voir en elle, mais pas cette fois. Quelque chose dans cette situation lui alourdissait le cœur de tristesse.

— Que s'est-il passé ? Je croyais qu'il te plaisait.

— Certes, dit Audrey en détournant le regard, mais je ne pense pas qu'il ait le moindre intérêt pour le mariage.

— J'oubliais, dit Horatia. Il est un peu plus jeune que les autres. Le reste de ses amis a plus de trente ans et ils commencent juste à apprécier de se poser. Donne-lui du temps.

Audrey carra les épaules et se tourna vers sa sœur.

— J'ai dix-neuf ans. Encore une année ou deux avant que je ne devienne la risée du reste de la haute société. J'ai eu tant de prétendants la première saison ! Avant que Cédric ne se comporte en rustre et les fasse fuir...

— Il n'aurait pas dû le faire, marmonna Horatia. Il a gâché tes chances de trouver un gentleman correct avec lequel te caser.

— Oui, c'est vrai.

Audrey n'en voulait pas à Cédric pour son côté surprotecteur, mais elle était frustrée.

— Cela dit, il n'avait pas de mauvaises intentions. Perdre maman et papa a été plus dur pour lui que pour nous.

Horatia se cala contre les oreillers et soupira.

Audrey se recroquevilla sur le lit et se cala dans les coussins à côté de sa sœur.

— Que veux-tu dire ?

— Les hommes ne sont pas comme nous. Ils ont des problèmes avec les émotions. Ils ne gèrent pas particulièrement bien la tristesse et la perte. Ils ne comprennent pas non plus très bien comment exprimer leur amour.

— C'est vrai, grommela Audrey. Ils ne l'expriment jamais. Seule la luxure paraît les intéresser.

Sa sœur éclata à nouveau de rire.

— Oh, Audrey, tout n'est pas qu'une question de luxure. Nous oublions que les hommes ont le droit d'avoir leurs passions.

— Nous aussi !

Avouer ceci à sa sœur lui tira un rougissement.

— Pourtant, je n'ai cessé d'être punie pour mes désirs.

Elle se remémora la fureur de Jonathan quand il l'avait découverte dans un bordel afin d'apprendre l'espionnage. Les sœurs s'échangèrent un regard de compréhension silencieuse.

— Un homme bien voudra d'une épouse avec un côté ouvert et passionné.

— Pas Jonathan, lança-t-elle, chose qu'elle regretta immédiatement.

Sa sœur lui adressa un sourire malicieux.

— Bien sûr que si.

Audrey fit de son mieux pour ignorer l'étincelle d'espoir qui grandit dans sa poitrine.

— Qu'est-ce qui te fait croire cela ?

Horatia avait-elle eu vent de quelque chose ? Jonathan lui avait-il parlé... à elle ou à Lucien ?

— Fais-moi confiance à ce sujet, Audrey. J'ai passé de nombreuses années à croire que Lucien me méprisait. Au final, c'était tout le contraire.

— Tu pensais qu'il te méprisait ? Ses sentiments étaient évidents pour le reste d'entre nous.

— Certes, mais avec moi, il était fermé et parfois même cruel dans la façon dont il m'ignorait ou me rejetait. De son côté, il voulait simplement moucher ses émotions. Il craignait que Cédric ne soit furieux et il avait également peur de ne pas être digne de moi.

Elle soupira, un son empli de regret et de douleur.

— Pourquoi penserait-il qu'il n'était pas digne ? C'est un marquis issu d'une longue et noble lignée.

— Tout ne tourne pas autour des titres, de la terre ou de l'argent.

Audrey ne manqua pas le léger reproche de sa sœur.

— Il s'inquiétait pour son passé, duquel Cédric et moi avions parfaitement conscience. Il craignait que je ne lui fasse pas confiance à cause de son côté rebelle. Ce que je voulais dire est que Jonathan hésite peut-être parce qu'il ne se trouve pas suffisant pour toi. C'est peut-être pour cela qu'il se montre froid et distant.

Audrey se frotta les tempes avec les doigts, sentant un léger mal de tête palpiter derrière ses yeux.

— Mais il *est* suffisant.

— Le lui as-tu dit ?

— Non...

Elle n'avait pas voulu aborder un sujet aussi sensible, particulièrement alors qu'elle était convaincue qu'il ne lui rendait pas ses sentiments. Aimer quelqu'un était effrayant...

Le cœur d'Audrey s'arrêta de battre pendant une seconde.

Je l'aime.

Cette épiphanie était terrifiante. Elle avait su qu'elle avait des sentiments pour lui, qu'il lui plaisait, mais à présent, elle sentait l'amour se répandre en elle. Naissant et vulnérable, comme un faon qui apprend à marcher, cet amour se renforcerait avec le temps.

— Audrey, qu'y a-t-il ?

Horatia la regarda en plissant des lèvres inquiètes.

Audrey réprima un gémissement.

— Quelle chose affreuse.

— Audrey, tu m'inquiètes. Qu'est-ce qui ne va pas ? demanda Horatia.

En entendant sa détresse, Evan émit un petit roucoulement dans son berceau.

— Je l'aime, murmura-t-elle. Je l'*aime*. Mais s'il ne m'aime pas ?

Le sourire d'Horatia lui rappela à nouveau celui de sa mère.

— Comment serait-ce possible ? Il serait fou de ne pas t'adorer.

— Et s'il y avait quelqu'un d'autre...

— Il n'y a personne.

L'assurance de sa sœur n'apaisa absolument pas Audrey.

— Comment peux-tu en être certaine ?

— Lucien et les autres le sauraient. Madame Société aussi. Entre la Ligue et cette dame, aucun londonien ne parvient à garder un secret bien longtemps.

Audrey se mordit la lèvre. Sa sœur ne connaissait toujours pas son secret. Il était peut-être temps de le lui révéler.

— Je t'assure, Horatia, qu'en ce qui concerne Jonathan, Madame Société est aussi aveugle que moi.

Sa sœur arqua un sourcil.

— Ah oui ?

Audrey poussa un profond soupir.

— J'aurais dû t'en parler il y a longtemps... *Je* suis Madame Société.

Horatia hoqueta.

— Quoi ? Mais ces rubriques... Elles existent depuis des années.

— J'ai commencé à les écrire à l'âge de quinze ans. Je n'ai aucun mal à glaner des commérages auprès de Cédric ou de la Ligue, et je connaissais beaucoup d'autres dames plus âgées qui assistaient à des bals ou des dîners. Elles m'écrivaient, échangeaient des rumeurs et des nouvelles. Avec le temps, j'ai appris à qui je pouvais faire plus confiance qu'à d'autres, ou qui contacter si j'avais besoin de renseignements sur un sujet en particulier. Une de ces personnes était un éditeur à la *Gazette de la Lorgnette*. Je n'ai eu aucun mal à endosser l'alias de Madame Société.

Horatia rit, quoiqu'avec une note d'inquiétude.

— Oh, Seigneur ! Cédric ne doit jamais savoir, ni aucun des autres. Alors que tu les as invectivés sur leurs déboires amoureux pendant des années ? Ils voudront ta tête, même si tu as aidé la moitié d'entre eux à se marier.

— Jonathan est au courant, mais il ne l'a dit à personne.

Elle était convaincue que si elle le lui demandait, il emporterait son secret jusque dans la tombe.

— Quant aux autres, ils ont mérité mon interférence. Il ne reste que Jonathan et Charles.

— Juste Charles, la corrigea Horatia. Parce que Jonathan t'appartient, n'en doute pas.

Avant que les deux sœurs ne puissent ajouter quoi que ce soit, on toqua à la porte de la chambre.

— Oui ? appela Horatia.

Un valet jeta un œil à l'intérieur.

— Je vous demande pardon, Milady, mais on m'a demandé de livrer un message à Miss Sheridan.

Son regard se tourna vers Audrey qui se redressa immédiatement du lit.

— Qu'y a-t-il ?

— Le domaine de lord Pembroke nous a envoyé un message porteur de mauvaises nouvelles. Miss Beaumont vient de repartir avec lui.

— Oh, non...

Audrey échangea un regard avec sa sœur.

— Que s'est-il passé ?

— C'est la mère de Sa Seigneurie. Elle est tombée malade et ils craignent le pire. Il est parti à son chevet et Miss Beaumont l'a accompagné. Elle m'a demandé de vous dire de ne pas vous inquiéter. Elle vous écrira dès qu'elle aura des nouvelles.

Quoique ravie que James et Gillian soient ensemble, Audrey était attristée par les circonstances. Le valet lui tendit une lettre.

— Et ceci est arrivé pour vous aussi.

— Merci, dit Audrey.

Le valet hocha la tête et disparut avant de refermer la porte. Audrey retourna entre ses mains le papier plié scellé, reconnaissant le sceau de cire d'Avery Russell, un des frères cadets de Lucien... L'espion ! Celui qui lui avait donné des leçons et autorisée à le suivre pendant des missions de surveillance locales.

— Vas-y. On en parlera plus tard.

Horatia désigna la porte du menton et Audrey se précipita vers sa chambre pour lire sa lettre.

Chère Miss Sheridan,

J'espère que cette missive vous trouvera en bonne santé. J'aimerais vous rendre visite à Londres dès votre retour. C'est une question très urgente. Écrivez-moi à l'adresse indiquée ci-dessous. Je compte sur vous pour garder cette histoire absolument secrète.

Avery

Audrey s'assura d'avoir mémorisé l'adresse avant de porter la lettre vers l'âtre de ses appartements afin de la jeter sur les bûches. Des flammes léchèrent les rebords du papier avant de s'étendre, venant noircir la feuille. Ressentant une étrange inquiétude, Audrey croisa les bras devant elle. Avery avait-il une mission à lui confier ? Elle ne trouvait pas d'autre raison pour laquelle il lui écrivait.

J'espère que je suis prête.

Elle rentrerait à Londres ce soir et lui répondrait tout de suite. Elle appela la bonne, lui ordonna de faire ses bagages sans attendre et de faire amener une calèche. Sa présence à la fête était le cadet de ses soucis. Son objectif principal avait été de caser James et Gillian ensemble et elle avait l'air d'avoir réussi. Elle n'avait pas besoin de rester.

Puis ses pensées se dirigèrent vers Jonathan. Si Avery avait une mission à lui confier, ses leçons avec Jonathan étaient bel et bien terminées. Il n'y aurait plus de nuits délicieuses dans les bras l'un de l'autre ni de caresses ou de baisers langoureux et excitants pendant la journée. Plus de passion. Ce qui s'était développé entre eux devrait attendre qu'elle revienne.

Elle savait ce que certaines personnes pensaient d'elle : que ce n'était qu'un prétexte pour connaître l'aventure. Un jeu. Mais sa sœur qui avait frôlé la mort lui rappelait bien trop clairement que ce n'était *pas* un jeu. Cela lui rappelait également pourquoi ce qu'elle voulait faire était si important. L'Angleterre avait besoin d'elle et c'est ce qui devrait passer en premier.

Je laisserai un mot. Si je dis à Jonathan que je pars, je suis certain qu'il essayera de m'arrêter, car c'est un gentleman, quoi qu'il en dise. Mais si je dois devenir espionne, je dois faire ceci toute seule.

Elle s'assit à l'écritoire de sa chambre et plongea une plume dans une bouteille d'encre avant de poser une feuille vierge devant elle.

JONATHAN,

Cette dernière semaine a été fantastique et je ne souhaite pas en laisser filer la moindre seconde, mais il s'est passé quelque chose d'impor-

tant et je dois partir pour Londres sans attendre. Sachez que si vous voulez toujours de moi à mon retour, je suis toute à vous.
   Audrey

L'AMOUR ET LE MARIAGE, S'ILS ÉTAIENT POSSIBLES, DEVRAIENT attendre.

CHAPITRE 18

— Partie ? Comment cela, *partie* ?

Jonathan bouillonnait de rage. Lucien et Charles étaient tous les deux assis dans le salon du matin, Lucien avec son exemplaire du *Morning Post* et Charles avec un roman et une tasse de thé. Tous les deux semblaient si fâcheusement ridicules et domestiqués que Jonathan eut envie de gronder comme un ours. Audrey s'était enfuie et aucun de ces hommes ne paraissait s'en préoccuper. Qu'est-ce qui n'allait pas chez eux ?

— Elle a dit à Horatia qu'une amie lui a écrit, quelqu'un qui veut de l'aide pour son trousseau. L'œil pour la mode d'Audrey était requis.

Lucien mit la main dans son gilet et en retira une lettre.

— Elle vous a laissé ceci.

Jonathan prit le papier et le déplia pour le lire. Il disait qu'elle était partie pour Londres, mais elle n'avait fourni aucune raison. Et on voulait qu'il croie ce que Lucien lui disait ? Eh bien, il n'en croyait pas un mot. D'accord, la petite furie aimait les vêtements, mais quitter précipitamment une fête, *le* quitter, pour s'occuper d'une ridicule robe de mariée ? Il s'était tant rapproché d'elle au cours des derniers jours ! Leur intimité partagée avait concerné plus que quelques baisers et regards enflammés. Ils parlaient de la vie, de ce qu'ils désiraient pour leur futur. Il était tombé encore plus amoureux de cette fille, et l'idée de la perdre maintenant...

Pourquoi s'est-elle enfuie loin de moi ?

Avait-il précipité les choses ? Avait trop insisté ? Il n'avait pas exigé qu'ils fassent entièrement l'amour et elle ne l'avait pas proposé. Ils jouaient toujours à un jeu hésitant, mais à présent, elle était partie.

Jonathan arpenta la pièce.

— Vous savez parfaitement qu'elle n'est pas rentrée à Londres pour récupérer une robe.

Lucien haussa un sourcil sombre.

— Faites attention, vous allez user les tapis si vous continuez à les arpenter de la sorte. Horatia aime trop ce tapis-là. Le rouge est notre couleur préférée, ces derniers temps.

Lucien rit d'une blague privée.

Jonathan s'immobilisa puis se tourna vers eux.

— Qu'est-ce qui cloche chez vous ? Vous êtes tous les deux devenus si terriblement... ennuyeux. Les Lucien et Charles que vous étiez autrefois auraient filé découvrir dans quels problèmes Audrey s'était fourrée et se seraient battus pour la sauver.

Ses deux amis le dévisagèrent. Leurs regards se firent colériques et offensés. Mais alors, Charles posa sa tasse de thé et soupira.

— Cela m'écorche la bouche de l'admettre, Lucien, mais il n'a pas tort. On se ramollit. J'ai mon après-midi de libre. Allons secourir la petite furie.

Il se redressa et attendit que Lucien l'imite.

— Aussi *ennuyeux* que cela me fasse paraître, j'ai peur de ne pas pouvoir vous accompagner, dit Lucien qui reposa son journal. Je vous souhaite bonne chance, mais je ne peux pas quitter Horatia ou le bébé. Je l'aurais fait en d'autres occasions, mais Evan est encore trop fragile.

Pendant une seconde, personne ne parla et Jonathan eut à nouveau l'impression que la Ligue se fracturait, que les liens si forts qui les unissaient autrefois commençaient à s'effriter. Cela s'accompagnait d'une impression de désastre imminent qui lui glaçait le sang.

Si on ne peut pas rester unis, on s'écroulera tous.

La porte de l'étude de Lucien s'ouvrit en grinçant et Horatia se fit voir dans l'encadrement, le menton haut, un bébé emmailloté dans ses bras.

— Evan n'est pas fragile, mon amour. Il se renforce de jour en jour. Et vous allez partir chercher Audrey.

Elle tapota doucement les fesses de son bébé et s'avança dans la pièce en le faisant sautiller.

Lucien se redressa et son visage rougit.

—Je ne vais pas vous quitter. Pas aussi rapidement.

Il vint à elle et referma les bras autour d'elle et du bébé.

— Evan va bien ; moi aussi. D'un autre côté, ce n'est vraiment pas le cas d'Audrey.

Horatia parut hésiter, puis elle s'éclaircit la gorge.

— Je n'ai pas cru à son histoire. Elle essaye de devenir espionne et je crains que la lettre qu'elle a reçue ne soit en rapport. Elle a brûlé la lettre juste après, chose qu'elle ne fait jamais. Et son expression... Elle exprimait la peur et l'excitation. Ce n'était pas celle de quelqu'un qui part faire des emplettes.

— Une espionne ?

Les yeux noisette de Lucien s'assombrirent et Jonathan y vit une tempête naissante. Ce n'était pourtant pas contre sa femme qu'il était en colère. Plutôt contre lui.

—J'avais cru que les leçons étaient relativement innocentes, dit Horatia. Mais si Jonathan s'inquiète, alors moi aussi. J'ai besoin que vous alliez la récupérer. Soyez l'homme que j'ai épousé, le rebelle qui affronte les dangers, quels que soient les risques.

Le visage de Lucien se durcit et Jonathan y vit l'homme qu'il était autrefois, l'homme qui s'était battu en duel contre son propre ami le jour de Noël... pour une histoire d'amour. L'homme qui avait risqué sa vie en se précipitant dans une cabane de jardinier en feu pour sauver les vies d'Horatia et de Cédric. Cette attitude était la raison pour laquelle autrefois, la Ligue des Rebelles était imbattable. Le duvet de la nuque de Jonathan se hérissa et il fut à nouveau rempli d'espoir.

— Qui diable lui a fourré ces idées ridicules dans la tête ? marmonna Lucien.

— Malheureusement, je l'ai encouragée, confessa Charles. Mais Avery et elle étaient déjà en contact depuis un an. J'ai pensé que cela la distrairait et l'éloignerait des ennuis. Du moins un peu plus que la chasse aux commérages à laquelle elle était déjà habituée.

— Avery ? Alors c'est ce qu'elle a fait avec lui cette année quand vous trois sortiez à des dîners et des bals. Je vais le tuer !

— Absolument pas, l'interrompit Horatia. S'il arrive quelque chose à Audrey, c'est *moi* qui le tuerai.

Lucien soupira et se cala à nouveau contre le dossier de sa chaise.

— Audrey s'attire des ennuis quoi qu'elle fasse. Mais s'il en a fait en espionne... Non. Elle n'est pas prête pour de telles choses. Elle ne le sera probablement jamais. Elle n'est pas le bon genre de femme pour...

Il chercha ses mots.

De plus en plus inquiet, Jonathan hocha la tête. Audrey était trop ouverte et curieuse pour être une espionne, et son apparence attirerait l'attention masculine à des kilomètres à la ronde. En même temps, on ne pouvait pas dénier qu'elle avait une motivation. Un besoin de se pousser au-delà des attentes générales. Et il commençait à entrevoir ce qu'était ce besoin. Même lui demander sa main ne l'aurait pas empêchée de se lancer dans une telle aventure.

— Malgré ma crainte qu'elle ne s'attire trop d'ennuis pour s'en dépêtrer, on ne devrait pas sous-estimer ses capacités, dit Jonathan.

Lucien poussa un petit rire.

— Une jolie fille comme elle ? Elle est capable, j'en suis certain, mais je ne m'imagine pas ce qu'elle pourrait faire sans qu'on la remarque.

— C'est exactement le problème, dit Jonathan qui commençait à y voir plus clair. Vous ne pouvez pas. Aucun de nous ne le peut. Comment croyez-vous qu'elle se sente ?

Charles parut comprendre, mais Lucien eut seulement l'air plus déconcerté.

— De quoi parlez-vous ?

— Laissez-moi tourner la chose ainsi. Cela vous surprendrait-il d'apprendre qu'elle est Madame Société depuis l'âge de quinze ans ?

— Quoi ?

Lucien bondit hors de son siège.

— Impossible ! gronda Charles.

— Allons bon, quelle petite commère futée ! s'exclama Lucien. Tous ces secrets qu'elle a découverts ! Toutes les choses qu'elle a dites sur moi... pendant des *années*.

— Je lui faisais confiance, marmonna Charles qui fulminait toujours.

Puis sans prévenir, il éclata de rire.

— Attendez... Comment diable a-t-elle entendu parler de l'épisode des cygnes ?

Lucien leva les yeux au ciel.

— *Tout le monde* est au courant pour les cygnes.

— Enfer et damnation ! Comment tout le monde peut-il être au courant ?

Lucien et Jonathan haussèrent tous les deux les épaules. Les rumeurs des exploits de Charles arrivaient toujours aux oreilles de la société londonienne, en partie parce qu'il ne pouvait pas s'empêcher d'en communiquer certains détails à des amis hors de la Ligue. Se croyant certainement intelligent, il ne confiait à personne l'intégralité de l'histoire, mais puisque les gens partageaient entre eux leur version incomplète...

Lucien secoua la tête.

— Eh bien, je dois admettre que si elle est arrivée à garder un tel secret pendant si longtemps et possède les ressources pour glaner autant de choses sur la société londonienne, elle est peut-être faite pour être espionne, après tout.

— Quoi qu'il en soit, elle est probablement en danger et je ne veux pas qu'il lui arrive quoi que ce soit, dit Horatia. Tous les trois, vous allez partir pour Londres ce soir.

— Comment savons-nous qu'elle est en danger de mort ? demanda Charles. Et si elle s'était juste enfuie pour escorter Avery à un bal ?

Horatia soupira.

— Charles, mon cher, Avery se rend-il jamais à des bals ? À part pour les chambouler ? Le dernier bal auquel il s'est rendu était pour retirer Zehra Darzi à Lawrence et la renvoyer en Perse. Il n'assiste pas à des bals pour s'amuser et à ce que j'en sais, il n'exerce pas souvent son « travail » à Londres. Il voyage presque toujours hors du pays.

— Comment diable le savez-vous ? demanda Lucien à sa femme.

Elle leva les yeux au ciel.

— Vous, les hommes, oubliez souvent que les femmes ont toujours été et sont toujours les premières et les meilleures espionnes. Elles sont généralement ignorées, si elles ne sont pas complétées par des hommes. J'ai surpris bien des conversations que je n'aurais pas dues simplement parce que les hommes ne pensent pas que les femmes aient des oreilles pour entendre. Pour eux, nous ne sommes que de ridicules poupées de mousseline.

Charles regarda la porte d'un air coupable.

— C'est malheureusement exact. J'ai remarqué plus d'une fois que les femmes sont souvent traitées comme des enfants idiotes.

Il coula un regard à Lucien.

— Si Horatia pense que c'est sérieux, cela ne fera pas de mal de partir tout de suite pour voir de quel genre d'ennuis il est question. S'ils vont bien, on pourra revenir ici à la fête en n'ayant manqué qu'une journée.

— Excellent. Alors c'est décidé.

Horatia continua de faire sautiller le bébé, puis elle le tendit à Lucien.

— Dites au revoir à votre fils. Embrassez-le puis faites vos bagages. *Tous autant que vous êtes*, ajouta-t-elle en direction de Charles et de Jonathan.

Charles adressa à Horatia une courbette courtoise, comme s'il acceptait les ordres d'une reine. Jonathan n'avait pas besoin de se laisser convaincre. Lucien serra Evan contre lui et déposa un baiser sur le front du bébé avant de le rendre. Puis il donna un baiser sonore à son épouse qui la laissa rêveuse. L'envie tirailla le cœur de Jonathan. Il désirait ce bonheur domestique avec Audrey, mais elle ne cessait de le fuir. Cela dit, cette fois, elle s'était peut-être enfuie trop loin et trop vite.

— Assurez-vous qu'elle soit en sécurité, mon amour, murmura Horatia.

— J'y compte bien, jura Lucien avant d'adresser un signe du menton à Charles et Jonathan. Allons-y.

Tous les trois partirent effectuer leurs préparatifs. La Ligue des Rebelles partait secourir Audrey. D'elle-même s'il était nécessaire.

❧

Quand Audrey descendit de la calèche, elle se tourna vers le théâtre de Covent Garden. La légère fraîcheur de l'air nocturne la fit trembler. Sa robe de satin rouge ornée de dentelle noire présentait une coupe osée au décolleté plongeant, mais elle était adaptée à la pièce de ce soir, puisqu'elle l'avait entendue décrire comme terriblement débauchée. Vu le genre de personnes qui entouraient déjà les abords du théâtre, une foule tapageuse serait sans nul doute présente. Les dames et les gentlemen étaient nombreux. Certains portaient de beaux atours, d'autres une tenue plus scandaleuse.

— Prête ?

Avery Russell lui prit la main et l'escorta jusqu'à l'étage. Elle avait le cœur battant et la nervosité lui tiraillait le ventre, lui donnant une légère nausée. Ce soir, elle rencontrerait l'homme qui – Avery lui avait confié – intégrerait leur mission secrète en France. Pour la centième fois de la soirée, elle aurait voulu que Jonathan soit là. Elle faisait confiance à Avery, se faisait confiance aussi, mais malgré elle, elle redoutait d'être mise à l'épreuve pour la première fois.

—Je le pense.

Elle le laissa la guider à l'intérieur. Les femmes la dévisagèrent avec jalousie, ce qui ne la surprit guère. Elle était au bras d'un rouquin parfaitement habillé qui faisait concurrence à son frère aîné en termes de beauté masculine.

Élégant, l'intérieur du théâtre était conçu pour impressionner. Elle avait été enfant quand l'ancien théâtre avait été détruit par les flammes. Le prince de Galles et d'autres bienfaiteurs fortunés avaient fourni des fonds pour sa reconstruction, et le résultat était vraiment extraordinaire. Elle s'y était déjà rendue, mais elle ne l'avait jamais vu à travers les yeux d'une femme qui se préparait à une mission d'espionnage.

À présent, c'était comme si tous les détails lui sautaient aux yeux. Le vestibule dans lequel Avery et elle étaient entrés comprenait un escalier qui montait entre deux rangées de colonnes. Entre chacune d'elles étaient suspendues des lampes grecques dont la lumière illuminait les foules qui s'agitaient en contrebas. Audrey faillit emboutir Avery alors que des hommes et des femmes se mouvaient autour d'eux. La pièce donnée ce soir était populaire et ils seraient probablement vus par de nombreuses personnes. Avery lui avait expliqué que c'était son intention. Quand elle lui avait demandé d'expliquer pourquoi, il avait pincé les lèvres et avait répondu qu'il ne le lui dirait que lorsqu'ils seraient ressortis du théâtre en sécurité.

En gravissant les marches, ils passèrent devant plusieurs pilastres et se retrouvèrent devant une statue de Shakespeare qui portait un costume d'époque et tenait un rouleau de parchemin à la main. Il ressemblait plus à un avocat qu'à un poète. Avery l'escorta jusqu'à une loge inférieure. L'alcôve semi-circulaire était remplie de tableaux en relief de différentes pièces de Shakespeare.

Audrey s'approcha de l'avant de la loge, laissant son châle noir glisser autour de ses coudes quand elle se pencha par-dessus le rebord afin d'étudier le public en contrebas. De là, elle pouvait admirer les fleurs dorées frettées qui couraient le long de chaque loge. Des lustres en verre taillé étaient suspendus au-dessus des piliers qui les séparaient, projetant des rayons dorés sur l'immense théâtre.

— C'est magnifique, n'est-ce pas ? dit Avery en venant la rejoindre à l'extrémité de la loge.

— Oui. Je suis venue plusieurs fois depuis mon entrée dans le monde, mais je ne me lasse jamais de ce spectacle.

La scène s'étendait devant eux, profonde et large, permettant aux acteurs de se déplacer et offrant suffisamment d'espace pour les décors élaborés qu'on faisait rouler à l'arrière-plan.

Le vacarme des foules à l'arrière du théâtre résonnait contre les murs et un arôme de citron s'attardait dans l'air. De jeunes femmes dans les galeries et la fosse faisaient passer des messages entre différents groupes et vendaient des oranges. Généralement, le fruit servait de friandise au public, mais parfois, on jetait de la nourriture sur la scène, ainsi que des tiges et des pommes, si un acteur médiocre se représentait. Audrey n'avait jamais aimé voir quelqu'un se faire lancer des oranges, mais cela arrivait.

— Asseyez-vous. Je vais chercher notre invité.

Avery l'escorta jusqu'à un trio de chaises à l'intérieur de la loge. Elle ajusta ses jupes et s'assit. Il disparut et Audrey essaya de préparer ses nerfs. Elle aurait voulu connaître quelques détails sur l'homme qu'elle s'apprêtait à rencontrer, mais Avery n'avait pas dit grand-chose.

Sois courageuse. Tu peux le faire. Avery ne t'aurait pas emmenée ici ce soir s'il ne te pensait pas prête. Et grâce aux leçons de Jonathan, tu sais comment te protéger. Tu n'es pas sans défense.

Elle se tourna en entendant la porte de leur loge s'ouvrir. Avery revint, suivi par un homme grand et beau avec des cheveux sombres et des yeux bruns.

— Miss Sheridan, laissez-moi vous présenter M. Daniel Sheffield.

L'homme s'inclina sur sa main et déposa un léger baiser sur les jointures de ses doigts.

— Un plaisir, dit-il en la dévisageant avec une certaine intensité.

— Moi de même.

Elle regarda successivement les deux hommes qui s'assirent. Ils attendirent en silence que la pièce débute. Alors, les foules furent suffisamment distraites pour que les hommes se penchent vers elle et entament leur conversation.

— Notre voyage en France va être simple, murmura Avery. Un groupe d'Anglais a prévu de se retrouver près de la côte de Calais. De fausses identités ont été créées et des messages qui attestent de notre présence ont été envoyés. Nous infiltrerons les réformistes pour apprendre ce qu'ils mijotent... si c'est le cas. Puis si besoin est, nous poursuivrons jusqu'à Paris et déterminerons s'ils ont des sympathisants politiques puissants dans la société française. Miss Sheridan, c'est là que vous entrez en piste.

— Et que dois-je faire ?

Audrey prit garde de ne pas regarder Avery et elle leva son éventail, battant doucement l'air devant son visage pour dissimuler ses lèvres, au cas où ils seraient observés.

— Vous prétendrez être l'épouse de M. Sheffield. Sous une fausse identité, bien sûr. Vous vous comporterez comme des aristocrates anglais ayant choisi l'exil, car ils s'identifient plus aux idéaux de la France qu'à ceux de l'Angleterre. Vous devrez gagner la confiance de la Cour française afin qu'ils discutent librement avec vous de la moindre activité qui menacerait notre pays.

Son éventail toujours près de son visage, Audrey se glaça.

— Son épouse ?

Elle se demanda ce qui se passerait si cette nouvelle se répandait à Londres. Même sous un alias, elle courait le risque d'être reconnue. Que Jonathan penserait-il d'elle ? Cela dit, elle supposait que l'objectif de leur mission était de ne *pas* être reconnue. Il y eut un moment de silence dans leur loge, seulement rompu par le son odieux du comédien en train de hurler une chanson paillarde qui fit éclater la foule en applaudissements.

— Vous n'avez pas besoin de vous inquiéter, répondit Avery.

De tels événements ne sont pas destinés à atteindre les oreilles du grand public. Votre alias protégera votre réputation ici, en Angleterre. Mais vous ne pouvez pas voyager seule ; cela soulèverait trop de questions. Un couple de jeunes mariés n'éveillera pas le moindre soupçon.

— N'ayez aucune crainte, Miss Sheridan. Je serai d'une décence irréprochable, lui assura Daniel.

— Merci, M. Sheffield, murmura-t-elle dans l'espoir de lui assurer que ce nouveau développement ne la dérangeait pas.

Toutefois, elle ne parvenait pas à se débarrasser de l'impression que quelque chose clochait, non seulement avec la mission, mais à la façon dont ses yeux sombres l'étudiaient, comme s'il la connaissait plus intimement qu'il n'aurait dû le faire. Mais ce n'était pas sa seule inquiétude.

— Certes, je suis nouvelle venue dans les affaires de votre département, mais pourquoi les réformistes auraient-ils la moindre importance en Angleterre ? C'est le problème de la France, pas le nôtre, et je ne m'imagine pas que vous agissiez par charité ou bonne volonté.

Les deux hommes s'échangèrent un regard et affichèrent même un sourire. Elle ne savait pas si c'était par amusement ou appréciation professionnelle.

— Vous avez raison, Audrey, dit Avery, mais les relations internationales sont parfois une question complexe. Par exemple, nous avons avec eux des liens commerciaux puissants que la moindre instabilité politique risquerait de les perturber.

— Il existe également certaines formes d'instabilité qui sont... contagieuses, ajouta Sheffield. La dernière chose dont l'Angleterre ait besoin est d'une révolution.

Comprenant, Audrey hocha la tête.

— Très bien, dit Avery. Nous partirons demain matin. La *Splendeur de la Lady* prendra le large à midi. Emportez une malle avec vos vêtements ou tout ce dont vous pourriez avoir besoin.

— La *Splendeur de la Lady*, répéta-t-elle.

Une partie d'elle n'arrivait pas à croire que cela était vraiment en train d'arriver. Elle se rendait en France pour une véritable mission d'espionnage !

Avec les autres, elle resta jusqu'à la fin de la pièce, mais son esprit était à des kilomètres. Que faisait Jonathan à présent ? S'était-il inquiété après qu'elle eut quitté la fête ? Une partie d'elle craignait d'avoir trop bien brouillé les pistes. Elle avait dit à tout le monde qu'elle partait aider une amie à choisir sa robe de mariée, ce qui était crédible, mais Jonathan mordrait-il à l'hameçon ? Ou bien serait-il surpris qu'elle parte après tout ce qui s'était passé entre eux ? Elle aurait voulu que ce soit avec lui et non avec M. Sheffield qu'elle puisse se camoufler en couple marié. Audrey ne voulait pas songer à ce qui se passerait si quelque chose se passait mal durant cette mission. Aucun des membres de sa famille ou de ses amis n'apprendrait ce qui lui était arrivé avant qu'il ne soit trop tard.

C'est ce que tu voulais, tu t'en souviens ? Servir ton pays. Faire quelque chose de plus important que de rédiger des rubriques mondaines. Faire une différence. Grandir.

Toutefois, elle se disait simplement qu'elle aurait voulu retourner auprès de Jonathan, retrouver sa famille et planifier le prochain article de Madame Société. Mais elle avait trop peur d'abandonner et de battre en retraite tout de suite.

Elle se tourna vers la scène, vers les acteurs qui déclamaient leurs textes, vivant des vies différentes deux fois par jour pendant environ deux heures. D'une certaine façon, ce qu'elle s'apprêtait à faire n'était guère différent, seulement, il n'y aurait pas de répétitions, et la première devrait se dérouler sans anicroche. Sans quoi le public ferait plus que de lui envoyer des fruits.

Après la pièce, Avery la ramena chez elle. Elle demanda à une femme de chambre de l'aider à boucler une malle de vêtements qu'elle lui ordonna de faire transporter sur les docks à onze heures le lendemain matin. Elles préparèrent un bagage digne d'une jeune mariée anglaise qui aurait préféré la mode française à celle de son propre pays. Cela l'aiderait quand ils croiseraient des aristocrates français.

Elle enfila sa camisole de nuit favorite et revêtit une robe de chambre confortable avant de s'asseoir dans un fauteuil pour pouvoir lire à la lumière du feu. Pendant la fête, Jonathan et elle s'asseyaient côte à côte, lisant jusqu'à très tard dans la nuit avant d'aller enfin dormir. Il lui manquait déjà ! Elle se sentait vide sans lui à ses côtés qui tournait les pages de son livre et lui caressait délicatement le bras du bout des doigts alors qu'ils restaient lovés dans le lit.

Elle entendit l'agitation dans le couloir et se demanda quel était le problème.

— Monsieur ! Vous ne devez pas entrer ici ! Elle ne reçoit pas de visiteurs ! s'écria le majordome. Une seconde plus tard, la porte de sa chambre s'ouvrit à la volée.

Jonathan se tenait devant elle, beau et vengeur. Il haletait. Deux valets l'attrapèrent par les bras pour le retenir. Au lieu de l'inquiéter, cela l'excitait. Il était inarrêtable.

S'il lui restait le moindre doute quant à ses sentiments, le voir ici et là avec des valets qui le retenaient par les bras les réduisit en poussière.

— Donnez congé à ces imbéciles pour que vous et moi puissions avoir une discussion privée.

— Je vous en prie, lâchez-le. Tout va bien, dit-elle aux valets.

— Vous en êtes certaine, Miss ? demanda celui qui s'accrochait au bras droit de Jonathan. Il n'a pas l'air bien.

Elle posa son livre et quitta son siège.

— J'en suis certaine. C'est une affaire privée et je ne cours pas le moindre danger.

Ils lâchèrent Jonathan sans cesser de le fusiller du regard.

— Vous n'avez qu'un mot à dire, Miss, et nous le jetterons dehors, dit le plus courageux des jeunes hommes qui avait pourtant l'air de ne pas s'en croire capable.

— Merci, mais ce ne sera pas nécessaire, leur assura-t-elle.

Après avoir attendu quelques secondes que Jonathan cesse de rager, les deux hommes sortirent enfin de la pièce.

Jonathan rajusta son manteau qui avait été quasiment arraché durant l'échauffourée, puis il entra d'un pas pesant et referma la porte derrière lui. L'énergie qui croissait entre eux parut s'intensifier à présent qu'ils étaient seuls. Elle se rassit dans son fauteuil, essayant de rester calme et ne pas lui montrer à quel point elle était contente qu'il soit là.

— N'êtes-vous pas censée aider une jeune femme à acheter un trousseau de mariage ? demanda-t-il à voix basse.

Ses yeux verts pétillaient et ses lèvres sensuelles étaient fermement pincées.

— Ne soyez pas bête. Il est clairement bien trop tard pour faire les boutiques. Ne devriez-vous pas assister à une fête dans le Kent ? contra-t-elle nonchalamment en refermant le livre qu'elle avait sur les genoux et le plaçant de côté.

— La raison de ma présence s'est éclipsée.

Il retira son manteau et s'assit près d'elle avant de caler les coudes sur les genoux pour la regarder. Se retrouver si près de lui manqua donner le vertige à la jeune femme, particulièrement vu la façon dont il la regardait, comme s'il voulait la dévorer de la façon la plus coupable possible.

— Dites-moi, que mijotez-vous ? Et cessez de broder sur cette histoire d'aider une femme à se constituer un trousseau. Le mensonge ne vous sied guère.

Audrey se mordit la lèvre. Elle n'avait absolument pas envie de lui dire la vérité, car il ne l'aurait pas laissée partir en France. Mais il avait également raison. Elle ne pouvait pas lui mentir. C'était la raison pour laquelle elle avait écrit ce mot et s'était éclipsée avant qu'il ne puisse l'arrêter. S'il avait lu la vérité sur son visage, il aurait trouvé un moyen de la faire rester et oublier la promesse qu'elle s'était faite de devenir quelqu'un de plus important.

Elle resserra machinalement les doigts sur le tissu de son peignoir.

— Si je vous le dis, vous allez vous mettre en colère et je préférerais ne pas subir votre ire pour le moment.

Elle prit le thé et en but une gorgée tout en évitant de le regarder directement.

— La seule chose qui me contrarie est que vous mettiez votre vie en danger.

Il s'exprimait lentement et délibérément comme s'il essayait de la percer à jour.

— Cela signifie que vous vous préparez à quelque chose de risqué. Ce sont ces bêtises d'espionnage ?

Prise d'une violente bouffée de colère, Audrey abattit bruyamment sa tasse sur sa soucoupe.

— Ce ne sont pas des bêtises.

— Si.

Il se redressa abruptement et se mit à arpenter la pièce devant elle.

— Ce sont des bêtises dangereuses et imbéciles.

— Parce que je suis une femme ? demanda-t-elle en se redressant d'un bond.

— Non.

Les mains sur les hanches, il se dressait devant elle de toute sa taille.

— Parce que vous n'avez pas été suffisamment entraînée. Des hommes tels qu'Avery Russell ont passé des *années* à apprendre l'art de l'espionnage. Pas vous.

— J'ai été entraînée *par* Avery Russell. S'il pense que je suis prête, alors qui êtes-vous pour protester ?

— Parce que vous risquez de vous faire tuer !

Les yeux d'Audrey brûlaient de larmes. Elle n'était pas prête, n'est-ce pas ? Pendant un instant, elle le détesta, le détesta parce qu'il avait raison et parce qu'il réduisait ses rêves à néant. Non, pire, il détruisait sa propre confiance en elle.

— Vous vous fichez bien de moi, alors pourquoi ne pas me laisser partir me faire tuer ? lui cria-t-elle en réprimant ses larmes.

Jonathan lui attrapa les poignets et la secoua doucement.

— Seigneur, ma belle, vous me rendez fou !

Il se pencha, la fit basculer sur son épaule et la porta jusqu'au lit. Elle eut un hoquet en essayant de se plaquer contre son dos avant de se libérer. Cela ne fonctionna pas. Elle fut rejetée sur son lit. Pendant une seconde, ils se contemplèrent, haletant tous les deux avant qu'il ne saisisse les pans de sa robe de chambre et l'ouvre brusquement, la laissant seulement vêtue de sa camisole de nuit. Elle se retourna alors qu'il la lui retirait puis rampa jusqu'au centre du lit.

— Que faites-vous ? demanda-t-elle.

Mais elle le savait déjà. Toutes les femmes l'auraient su. Enfin, il se comportait comme elle l'aurait voulu, comme un homme qui *mourait d'envie* de la posséder.

— Je vous prouve que je ne me fiche pas de vous. Avez-vous la moindre objection ? lâcha-t-il.

Il leva la main vers les boutons de son gilet de soie verte et ses cheveux blonds retombèrent devant ses yeux.

Une objection ? Non, c'est s'il s'arrêtait qu'elle en aurait une.

Au lieu de lui répondre par des mots, elle se redressa sur ses genoux et saisit le haut de son gilet, là où commençait sa boutonnière, avant de tirer dessus, ouvrant brusquement le vêtement et éparpillant les boutons à terre.

— Je vais le prendre pour un non.

Il l'écrasa contre sa poitrine et elle se libéra les mains afin de les refermer sur ses cheveux, tirant sur les mèches alors que leurs bouches se heurtaient avec un mélange de colère et de passion. Un désir brut et sauvage passa entre eux. Il gronda contre elle quand elle lui griffa la nuque et il empoigna son corps, ses grandes mains serrant fort ses fesses, lui tirant un murmure de douleur et un cri d'un plaisir trop exquis pour être articulé.

Pas rassasiée par ces baisers qui la faisaient gémir, Audrey voulait se coller à lui. Elle espérait que cette danse désespérée de la chair ne prendrait jamais fin. La chaleur lui contracta fort le ventre alors qu'elle s'abandonnait à la montée de désir primal qui l'envahissait.

Leur baiser s'interrompit le temps qu'il ôte son gilet d'un coup d'épaule et sorte sa chemise de son pantalon, la faisant passer au-dessus de sa tête. Elle se toucha les lèvres du revers de la main, respirant suffisamment fort pour que le rugissement de sa respiration dans ses oreilles recouvre tous les autres sons. Torse nu, il se tourna vers elle et elle se glissa plus loin sur le lit. Elle savait ce qu'elle voulait. *Lui*. Et elle savait comment l'obtenir. Elle s'humecta les lèvres, ne se préoccupant pas que la pièce ressemble soudain à une fournaise. Cela n'allait faire qu'empirer.

— Prenez ce que vous voulez, *si* vous le pouvez, le défia-t-elle alors que son corps vibrait d'une faim violente.

Seul cet homme savait provoquer en elle une réaction aussi primaire. Elle le *désirait* et voulait lui griffer le dos avec les ongles, le mordre comme un chat sauvage.

Il déboutonna la braguette à l'avant de son pantalon et la fit brusquement remonter sur le lit pour qu'elle se retrouve près de lui. Leurs visages n'étaient séparés que de quelques centimètres. Puis il lui écarta les jambes et retroussa sa camisole de nuit. Elle lui saisit les épaules, ne le quittant pas du regard alors qu'il la soulevait. La sensation soudaine de le sentir presser contre son intimité tira à Audrey une profonde inspiration.

— Vous en êtes certaine ?

Sa voix était rude, gutturale.

— Euh... oui.

Il lui donna un coup de boutoir et elle eut l'impression de se faire poignarder par un tisonnier brûlant. Elle poussa un cri et essaya de se détendre. Très vite, le feu en elle la consuma toute entière, et elle songea seulement à quel point c'était bon et à quel point elle désirait le sentir à l'intérieur d'elle. Elle voulait s'approprier chaque centimètre de lui. Sa bouche chercha celle de Jonathan et ses épaules larges se haussèrent tandis qu'il la soulevait toujours. Elle enroula les jambes autour de ses hanches étroites, le maintenant contre elle.

Cette senteur sombre et exotique qui n'appartenait qu'à lui l'enveloppait. L'urgence de ses lèvres lui dérobait quasiment toutes ses pensées hormis le plaisir qu'il ressentait et la sensation chaude et serrée d'être complètement remplie par lui. Elle ne s'était jamais sentie aussi proche de qui que ce soit de toute sa vie. Il n'y avait aucune partie de lui qui se terminait là où elle ne commençait pas. Son sang chantait dans ses veines et son cœur déborda d'un flot d'émotions, trop nombreuses pour les compter. Il la souleva et retira sa verge d'elle, mais avant qu'elle ne puisse protester, il replongea en elle.

Soudain, elle retomba sur le matelas moelleux alors qu'il descendait vers elle. Il lui captura les mains, les plaquant au lit de chaque côté de sa tête, entrelaçant leurs doigts. Le corps de la jeune femme tremblait d'un feu intérieur alors qu'il la prenait encore et encore, parfois vite et fort, d'autres fois plus lentement et doucement. C'était comme si elle avait libéré une partie enfermée d'elle d'une façon qu'elle ne comprenait pas entièrement. Ils se retrouvaient chair contre chair, homme et femme, partageant un plaisir qui croissait comme un feu rugissant. Le monde tourbillonna autour d'elle et elle poussa un cri en jetant la tête en arrière.

— Audrey.

Jonathan hoqueta contre ses lèvres et il se raidit au-dessus d'elle. Elle ouvrit les yeux alors qu'il baissait la tête vers elle, et elle sut qu'elle l'aimait, qu'elle n'en aimerait jamais un autre, quoi qu'il arrive. Il avait éveillé plus que son corps, mais également son cœur et son âme. Et en cet instant, elle vit la même chose dans ses yeux.

Il a des sentiments. Véritables.

Dans la pénombre, les yeux de Jonathan affichaient une teinte vert foncé qui évoquait leur après-midi en barque, après avoir pêché et s'être embrassés. Elle avait pointé du doigt les dos bruns mouchetés des crapauds qui bondissaient sur les rochers moussus, riant des petites éclaboussures qu'ils faisaient avant de disparaître dans l'eau. Cette journée ensoleillée avait été emplie d'une magie tranquille et satisfaite, et il l'avait entièrement partagée avec elle. À présent, ils étaient pris dans un autre sortilège enchanteur, différent, mais tout aussi profond dans son intimité.

Elle libéra une de ses mains de celles de Jonathan pour passer ses doigts sur sa mâchoire, jusqu'à ses cheveux, les écartant de ses yeux.

— Comment faites-vous pour être aussi beau ? demanda-t-elle d'une petite voix.

— Moi ? C'est vous qui êtes belle.

Il se pencha pour lui dérober un baiser lent et délicieusement doux qui lui serra le cœur.

— Audrey... Laissez-moi vous demander une chose, je vous prie.

La panique lui inonda la poitrine et elle essaya de s'éloigner de lui, mais il la garda sous elle.

— J'aurais aimé le faire correctement, mais apparemment, je

n'en aurai jamais l'occasion à moins de vous avoir sous moi, rassasiée de plaisir.

Son ton était à moitié frustré, à moitié amusé.

— Je vous en prie...

— Chut, mon petit lutin.

Il afficha un sourire espiègle.

— Sans quoi... ?

— Allez-vous *enfin* vous taire ? Ma belle, laissez-moi parler, sans quoi je ne pourrai pas faire ma demande correctement.

Le choc explosa en elle.

— Votre demande ?

La taquinait-il ? Il n'était quand même pas en train de la demander en mariage !

— Oui. Je me mettrais à genoux, mais j'aurais l'air un peu stupide avec mon pantalon sur les chevilles.

— Oh, je ne sais pas. Vous pourriez être très beau.

Elle ne put résister à l'envie de le taquiner, mais son esprit turbinait toujours. Était-il sérieux ?

— Vous n'allez jamais être facile, n'est-ce pas ?

Incapable de trouver une réplique intelligente, elle se contenta de secouer la tête.

— C'est bien. J'aime bien quand c'est compliqué.

Il l'embrassa à nouveau, encore et encore, tant qu'elle avait du mal à articuler.

— Voulez-vous que je vous réponde ?

— Non. Vous avez dit de prendre ce que je voulais et c'est ce que j'ai fait. Je vous ai prise pour épouse. Je n'ai plus qu'à finaliser le tout par une cérémonie et de la paperasse ennuyeuse devant témoins.

Il se hissa et se retira d'elle. Au début, elle s'était attendue à ce qu'il parte, mais il se contenta de finir de se déshabiller. Puis il la glissa entre les draps et grimpa dans le lit avec elle. Elle se recroquevilla immédiatement près de lui. La semaine précédente, elle s'était habituée à dormir à ses côtés, mais ce soir, ce serait différent. Il lui chipait fréquemment les couvertures, mais il était également si chaud qu'elle n'avait qu'à se blottir contre lui. Il était comme son feu de cheminée personnel.

— Devrions-nous souffler les bougies ?

Elle espérait qu'il dise non, car elle ne voulait pas qu'il bouge.

Il déposa un baiser sur le sommet de son crâne.

— Laissons-les brûler un peu plus longtemps.

— Vous ne voulez vraiment pas que je réponde à votre demande ?

— Je ne veux pas vous donner l'opportunité de me dire non. Nous discuterons des préparatifs du mariage demain matin.

Le sourire de la jeune femme disparut quand elle réalisa qu'elle avait prévu autre chose dans la matinée. D'autres devoirs. Des projets qui l'amèneraient loin, en France, loin de lui. Elle ne pourrait jamais le lui dire.

Il a peut-être l'impression que j'ai trahi sa confiance. Mais si je ne pars pas, je ne saurai jamais de quoi je suis capable. Je refuse de devenir simplement l'épouse de quelqu'un.

Elle devait savoir si elle pouvait devenir quelque chose de plus qu'une lady anglaise bien comme il faut. Elle voulait se prouver et prouver au monde qu'elle, Audrey Sheridan, n'était pas une créature obsédée par les bonnets et le dernier exemplaire de *La Belle Assemblée*.

Je suis plus que cela. Nous sommes plus que cela. Une femme peut être tout ce qu'elle décide d'être.

Elle ferma les yeux, s'accrochant à Jonathan et essayant de fixer dans son esprit l'intégralité de cette nuit, juste au cas où cela n'arriverait jamais.

Pendant une nuit, il était à moi. J'aurai au moins cela.

CHAPITRE 19

Jonathan s'étira, se sentant à l'aise pour la première fois d'aussi loin que remontaient ses souvenirs. Un sourire joua sur ses lèvres, entièrement dû à la nuit précédente. Coucher enfin avec Audrey et lui dire qu'ils allaient se marier avait été un rêve qu'il n'aurait jamais cru possible. Mais cela s'était produit et elle n'avait pas dit non. Tous les moments de la nuit précédente avaient été une victoire après un combat d'une année. Il roula sur le côté, mais quand il tendit le bras vers Audrey, elle n'était pas là.

Que diable... !

Il se rassit, écarta ses cheveux de ses yeux et se rendit compte avec une certaine alarme que la pièce était vide. Était-elle simplement sortie pendant un moment ? Pour faire ses besoins ? Oui, c'était possible.

— Audrey ? appela-t-il.

Seul le silence lui répondit. Il observa la pièce ; il ne restait pas un seul article de vêtement. Et cette fois, pas la moindre lettre.

Sa petite furie s'était enfuie. Il ressentit un éclair de honte et eut du mal à ravaler sa douleur.

Ai-je fait quelque chose de mal la nuit dernière ? L'ai-je poussée trop loin et trop vite ? Et si elle n'avait pas été prête à faire l'amour et regrettait à présent ses actes ? Elle avait assez d'aplomb pour faire semblant, mais il espérait devant Dieu que ce n'eut pas été le cas.

Quoi que j'aie pu faire, cela l'a chamboulée et elle s'est enfuie. J'ai détruit toutes mes chances avec elle... encore une fois.

Tous les rêves qu'il avait espéré voir se réaliser au cours de l'année précédente frémirent comme des gouttes de rosée sur les brins d'herbe, prêts à tomber à terre et disparaître. Le vide dans sa poitrine faillit l'étrangler. Il ferma les yeux pendant une minute et se força à inspirer profondément.

Je voulais tout vous donner, Audrey, mais vous n'aviez pas envie de moi.

Il se glissa hors du lit et rassembla ses vêtements. Les mains tremblantes, il récupéra un à un tous les boutons arrachés la veille à son veston.

Pour la première fois de sa vie, il était pétri de honte et d'humiliation, et il avait grandi comme un serviteur dans sa propre demeure ! Il l'avait blessée ou contrariée et il l'avait perdue. Il était de plus en plus convaincu d'avoir trop présumé, trop fait pression sur elle, et pour cela, ne ressentait rien d'autre que du regret. Et lui qui avait essayé d'être un gentleman ! Apparemment, il s'était comporté comme un saligaud la veille au soir, mais il ne s'en était pas rendu compte.

Jonathan enfila ses bottes. Il était prêt à partir pour ne jamais revenir quand la porte s'ouvrit et que Sean Hartley, le premier valet de la demeure des Sheridan, entra.

— Dieu merci, vous êtes toujours là, dit Sean.

— Pas pour longtemps, gronda Jonathan.

Sean et lui étaient vieux amis et n'avaient jamais fait de

chichis, même après l'élévation de Jonathan au statut de gentleman. Un statut qu'il ne pensait plus mériter.

— Vous devez partir à sa recherche, dit Sean.

— Certainement pas ! Quoi que j'aie pu faire, ça l'a contrariée et je crains de mériter le mépris qu'elle ressent pour moi à présent. Si elle voulait me voir, elle serait restée ici.

Sean croisa les bras.

— Jon, je vous connais et plus important encore, je la connais. Vous n'avez rien fait pour la contrarier. Elle n'est pas partie à cause de ce que vous avez fait. Elle s'est embarquée avec Avery Russell dans un bateau en partance pour la France.

Jonathan s'interrompit alors qu'il nouait sa cravate.

— Quoi ? Pourquoi ?

— Sa mission. Elle s'embarque pour la France dans une heure. Vous devez partir à sa recherche.

— La France ?

Le cœur de Jonathan s'arrêta. Comment avait-il pu oublier tout ce qu'Horatia avait dit ? La veille, il avait tant voulu coucher avec Audrey qu'il n'avait pas pris le temps de penser logiquement, et après coup, toutes ses pensées s'étaient évaporées.

— La nuit dernière, elle a ordonné au personnel de lui boucler une malle et d'appeler une calèche dans la matinée afin de l'emmener aux docks.

— Tout ceci s'est-il déroulé avant mon arrivée ?

Un espoir imbécile palpitait dans sa poitrine. Elle n'était pas partie à cause de lui, mais à cause d'un sens du devoir bien mal placé ?

— Oui.

Sean avait l'air sombre, mais Jonathan sourit. *Avant* était un beau mot. *Avant* signifiait que ce qu'elle avait voulu lui dire la nuit précédente n'avait pas été un refus de l'épouser, mais dû au fait qu'elle partait en mission dans la matinée. S'il savait une chose sur Audrey était qu'elle ne laisserait pas une chose telle qu'une demande en mariage la détourner des projets dans lesquels elle était impliquée.

— Sur quel bateau doit-elle s'embarquer ?

— La *Splendeur de la Lady*.

— Excellent !

Jonathan prit un moment pour réfléchir à la prochaine étape, mais Hartley trouva apparemment qu'il traînait trop.

— Ne restez pas planté là ! lança Sean. Allez la trouver !

— Très bien. Envoyez immédiatement un message à mon frère. Informez-le de ce qu'il s'est passé. Avec un peu de chance, il pourra se servir d'un des navires d'Ashton pour nous suivre. Et envoyez un message à Lonsdale et Rochester. Hier soir, ils étaient censés retrouver Avery pendant que je venais ici. Assurez-vous que toute la Ligue se hâte de rejoindre Calais.

Sean grimaça.

— Vous feriez mieux de ne pas faire exploser quoi que ce soit, cette fois.

Jonathan poussa un rire sans humour. La dernière fois qu'il était allé secourir quelqu'un sur un bateau, ses amis et lui avaient fini par sauter à l'eau avant qu'il n'explose.

— Je n'en ai pas l'intention. Si les vents sont favorables, nous toucherons le sol français au crépuscule.

— Ramenez-la-nous saine et sauve, dit Sean qui lui serra la main avant de filer.

Une fois dehors, Jonathan héla immédiatement une calèche, donnant au cocher l'ordre de l'emmener au Pool de Londres, d'où il pourrait atteindre les docks.

Pendant plusieurs longues minutes, il échangea des cris avec le maître des quais pour savoir où était amarrée la *Splendeur de la Lady*. Ce n'était pas un grand navire, mais plutôt un vaisseau qui avait l'air plus rapide que les grands cargos qui le faisaient paraître minuscule. Le craquement et le grognement des mâts en bois ainsi que le battement des toiles se mêlaient aux cris des employés des quais et des marins. Jonathan évita précautionneusement des hommes qui étaient occupés à porter à bord des malles et des provisions. Il atteignit le sommet de la passerelle où il trouva un jeune officier qui supervisait le chargement.

— Bonjour.

Il salua le jeune homme du menton.

— Vous reste-t-il des couchettes ?

— Oui. Juste quelques-unes. C'est deux guinées le voyage et j'aurai besoin de voir vos papiers.

Jonathan donna deux guinées au garçon et montra quelques papiers, y compris un passeport, qu'il avait récupérés dans son étude avant son départ. Ashton l'avait convaincu de toujours conserver sur lui des papiers qui lui donnaient le droit de voyager avec lui.

— Cabine quatre, Monsieur. Vous n'avez pas de bagages ?

Le jeune homme regarda autour de lui, s'attendant à voir un valet avec une malle de voyage.

— Non. Combien de passagers avez-vous à bord ?

— Plusieurs gentlemen et une lady. Plutôt jolie, ajouta l'officier en rougissant.

— Allons donc, cela devrait rendre le voyage intriguant.

Il sourit au garçon et poursuivit sa route. Il descendit sous le pont, vérifiant à la hâte les numéros dorés accrochés aux portes des cabines. Quand il trouva enfin sa cabine, il se glissa à l'intérieur et ferma la porte.

Il devrait s'efforcer de rester le plus discret possible. Si Audrey soupçonnait sa présence à bord, il ne savait honnêtement pas ce qu'elle ferait. Si se rendre en France pour jouer à l'espionne comptait tant pour elle, alors il la laisserait faire... mais pas seule. Il se ferait son ombre et la protégerait de tous les dangers sans qu'elle s'en rende compte.

Observant la cabine, il fut surpris de découvrir un espace

spacieux illuminé par une fenêtre qui donnait sur le pont. De chaque côté, il y avait des rangées de compartiments destinés à recevoir ses bagages... s'il avait songé à en prendre. La couchette était propre, avec des draps blancs. Le lit était protégé par des rideaux en brocart vert. Il les ouvrit et s'assit, sentant le bateau tanguer sous ses pieds. Ce n'était pas si mal. Il avait la chance de succomber difficilement au mal de mer.

Sortant sa montre à gousset, il nota qu'il restait encore une demi-heure avant que le bateau ne prenne le large. Il rédigea un mot rapide, se servant du nécessaire du petit bureau sis dans un coin, et il jeta un œil prudent hors de sa cabine. Quelques marins et un passager passèrent devant lui, mais une fois qu'ils eurent disparu, la voie sembla libre. Il remonta sur le pont et trouva le jeune officier qui l'avait accueilli.

— Pourrez-vous demander à un garçon de cabine de s'assurer de livrer ceci au duc d'Essex à l'adresse inscrite ?

Il lui confia le mot ainsi que quelques shillings.

— Bien entendu.

L'officier porta ses doigts à ses lèvres et poussa un sifflement perçant. D'un pas rapide, un garçon courut vers eux, s'empara en un éclair de la lettre et des shillings puis s'éclipsa. Jonathan regagna sa cabine et s'allongea sur le lit avant de fermer les yeux. La journée serait longue, terré ainsi dans sa cabine jusqu'à ce qu'ils atteignent la France. Il espérait que Godric reçoive son mot et lui apporte assez de vêtements et d'argent pour plusieurs jours. Il n'était absolument pas préparé à se débrouiller tout seul en France pendant plusieurs jours. Son français était rouillé et limité principalement aux discussions qu'il valait mieux garder pour des activités sensuelles. C'était le problème quand une courtisane française vous l'enseignait au lit !

Enfin, le bateau largua les amarres et prit la mer. La plupart des bateaux partaient de Douvres pour faire un voyage rapide jusqu'à Calais, mais pour une raison quelconque, Avery faisait partir Audrey de Londres. Les vents contraires ajouteraient des heures, peut-être même une journée entière à leur voyage.

Il commença à s'assoupir. Le son des vagues qui lapaient la coque de bois et les cris des hommes qui préparaient la mâture étaient étrangement réconfortants. Il ne savait pas combien de temps s'était encore écoulé avant que deux autres voix dans le couloir ne le réveillent.

— C'est un joli petit oiseau, dit une voix rude avec un rire. Je donnerais n'importe quoi pour lui voler dans les plumes.

Un autre homme éclata de rire.

—Je ferais un petit peu plus, personnellement...

— Ce serait peut-être possible... si on arrive à se faufiler seuls dans sa cabine une fois que les autres gentlemen seront partis.

La voix du premier homme devint un murmure rauque.

— Tu ne t'inquiètes pas pour eux ?

— Eh, si elle a la tête sur les épaules, elle ne dira rien.

Ils parlaient forcément d'Audrey ! Jonathan ouvrit violemment les rideaux et se redressa pour aller écouter à la porte, mais les voix se firent distantes. Il entrouvrit la porte et braqua le regard sur deux marins, deux hommes costauds qui avaient sans doute passé la majeure partie de leur vie en mer. Il devait garder un œil sur ces deux-là. Il referma la porte quand d'autres voix résonnèrent dans le couloir.

La voix d'Audrey lui parvint à travers l'entrebâillement qu'il avait laissé dans la porte.

— Avery, je ne sais pas si j'apprécie vraiment l'idée de faire semblant d'être l'épouse de M. Sheffield.

Que diable... ?

—Je comprends.

La voix d'Avery était douce, mais ne rassura absolument pas Jonathan.

— Mais nous devons continuer. On ne peut pas revenir en

arrière. Sheffield est un homme bien, je vous l'assure. Vous aurez une chambre séparée et il ne fera rien de déplacé.

— Vous vous portez garant de lui ?

— En tant que professionnel, oui. Je ne l'ai jamais vu désobéir à des ordres.

— Très bien. Je crois que je vais me retirer dans ma cabine, dit Audrey. Les vagues sont un peu...

Le bateau remonta et descendit quand il atteignit une vague.

— ... un peu trop pour ma constitution.

— Allez-vous reposer. Nous resterons probablement en mer pendant encore quelques heures, peut-être une journée si les vents ne sont pas favorables.

Audrey émit un son comme si elle allait être malade. Jonathan entendit la course de ses bottes devant sa chambre puis une porte claqua au bout du couloir.

Sa pauvre petite furie, la future espionne, avait le mal de mer ! Il aurait voulu la rejoindre, lui apporter un certain réconfort, mais il se contint. Il s'était promis de devenir son ombre. Il n'allait pas s'engouffrer dans la pièce lorsqu'elle avait besoin d'être seule. Elle était en train de prouver quelque chose, pas à lui ou à son frère, mais à elle-même.

Je la laisserai affronter cette tâche toute seule, du moins les parties qui ne lui feront pas courir un danger mortel.

Il s'affaissa contre la porte en poussant un juron silencieux quand le bateau rencontra un autre creux. La journée allait être longue pour tous les deux.

⁂

GODRIC SAINT-LAURENT entra chez lui après avoir fait une agréable promenade avec son épouse. Émily était à quelques pas devant lui et avait déjà retiré son bonnet qu'elle tendait à un valet. Godric retira son chapeau et l'imita.

— Une missive urgente pour vous, Votre Grâce.

Le valet lui glissa une lettre dans la main. Godric rompit le sceau de cire et la parcourut.

— Qu'y a-t-il ?

Une main sur son bras, Émily se plaquait contre lui.

— Une lettre de Sean Hartley.

— Le premier valet des Sheridan ?

Godric acquiesça et lut la lettre à haute voix.

VOTRE GRÂCE,

Mille excuses pour le caractère direct de cette lettre, mais je vous l'envoie à la requête urgente de M. Saint-Laurent. Il prend la mer à bord du vaisseau de fret la Splendeur de la Lady *au départ de Londres. Il suit Miss Sheridan qui, je le crains, est peut-être en péril. M. Saint-Laurent demande que lord Lennox et vous veniez le rejoindre sans attendre. Si le temps le permet, il prévoit d'arriver à Calais à la nuit tombée. Il dit que Lucien, Charles et Cédric sont tous à Londres et doivent venir eux aussi.*

Votre humble serviteur,
M. Hartley

— Calais ? souffla Émily. Pourquoi diable Audrey voudrait-elle...

Émily se couvrit la bouche avec la main et ouvrit de grands yeux terrifiés.

— Qu'y a-t-il ?

— Elle doit être partie en mission... Une mission d'espionnage, je veux dire. Ces derniers mois, elle n'a eu que ce mot-là à la bouche.

— Elle veut devenir espionne, mais elle en a parlé à tout le monde ? Ce n'est pas une excellente façon d'entamer sa carrière.

Son épouse ne rata pas le sarcasme mordant de Godric.

— Elle n'a que dix-neuf ans, lui rappela Émily.

— Vous aussi, mais vous ne feriez jamais quelque chose d'aussi téméraire et inconsidéré.

Émily haussa les épaules.

— Peut-être, mais j'ai été forcée de grandir plus vite que la plupart des filles de mon âge. Qu'avez-vous l'intention de faire ? demanda-t-elle en tirant sur son bras.

— Nous devons apporter à Jon toute l'aide dont il a besoin. Bon sang ! J'espère qu'il en sait plus sur ce qui se passe et pourra nous en informer quand on arrivera.

— Pour faire quoi ? demanda Émily. Vous ne pourrez pas la ramener de force à Londres, pas si elle travaille pour la Couronne.

— Je n'ai aucune intention d'interférer avec la mission d'Audrey à moins qu'une telle chose ne soit absolument nécessaire. Mais je suppose que la lettre est loin d'exprimer le fin mot de l'histoire. Nous devons nous rendre aux docks sans attendre.

— Oui, bien entendu. Laissez-moi prendre mon bonnet.

— Non, Em, chérie, vous devez rester ici.

Il lui prit les mains et les porta à ses lèvres afin d'y déposer un baiser sur le revers de ses doigts.

— Mais...

— Vous oubliez... Vous portez notre enfant. Je vous en prie, Émily. Vous pourrez protester tout votre saoul une fois que je serai rentré.

Il lui prit le visage entre les mains et déposa un tendre baiser sur ses lèvres.

— Vous avez vraiment de la chance d'être beau, le taquina-t-elle. Quand vous me regardez de la sorte, j'oublie presque toujours que je suis en colère contre vous.

— Comment cela ? demanda-t-il avec un sourire en coin.

— Comme si vous vouliez m'amener au lit. Et si vous le faites, je ne pourrai pas rester en colère contre vous.

Il lui caressa la lèvre inférieure avec la chair du pouce.

— Quand je reviendrai, nous passerons une semaine entière au lit.

Émily se colla à lui et il se perdit dans son odeur et la sensation de la tenir entre ses bras.

— C'est promis ?

— Promis.

Ils se dirigèrent vers les escaliers, mais le heurtoir de la porte d'entrée résonna fort derrière eux, les surprenant tous les deux. Godric se tourna et vit qu'un jeune garçon se trouvait-là, une autre lettre à la main.

— Un message urgent en provenance de la *Splendeur de la Lady*, dit l'enfant. À destination de Sa Grâce, c'est-à-dire le duc d'Essex. C'est vous ?

— Un autre message ?

Godric donna un shilling au garçon avant de prendre la missive. Reconnaissant l'écriture de Jonathan, il la lut rapidement.

— C'est Jon. Il se dissimule à bord du bateau. Audrey ne se doute pas qu'il est là.

— C'est positif, n'est-ce pas ? demanda Émily.

— Il dit qu'il n'a pas de vêtements ou d'argent et que je devrais me dépêcher pour le retrouver à Calais. Il s'attend à des ennuis.

— Oh, non...

Émily se tourna et le précéda rapidement dans l'étude. Quand il la rejoignit à l'intérieur, elle lui avait déjà rempli un sac de pièces posé sur le coin de son bureau. Elle était présentement en train d'ouvrir une commode d'où elle tira un surin et un pistolet.

Il haussa un sourcil.

— Comment avez-vous... ?

— Je sais où toutes vos affaires se trouvent, mon cher,

répondit-elle. Et je ne vous laisserai pas partir sans être adéquatement préparé.

Elle désigna les armes.

— Vous aurez besoin de ceci. Décidez ce qu'il vous faut d'autre pour vous préparer. Je vais faire préparer des vêtements pour Jonathan et vous.

Godric les prit toutes les deux.

— Merci. J'écrirai à Cédric et aux autres. À part Ash, ils devraient tous se trouver à Londres.

— On m'a appelé ?

Ashton se tenait dans l'encadrement de la porte comme si un magicien l'avait conjuré. Ses yeux pétillaient d'amusement.

— Dieu merci, vous êtes ici.

Émily se précipita vers l'immense baron pour l'éteindre.

Ashton tapota le dos d'Émily et se tourna vers Godric qui attendait qu'on lui fournisse des explications.

— Rosalind et moi sommes rentrés en avance et je suis venu voir si vous vouliez dîner avec nous, mais apparemment, quelque chose d'autre devra passer en premier.

— Audrey est partie en France avec Avery et Jonathan l'a suivie.

— Avery ? Que diable fait-elle... ?

— Il est en route vers Calais, caché à bord de leur bateau.

— Caché ? demanda Ashton en fronçant les sourcils.

— Pas de l'équipage, mais d'Audrey.

— Tout ceci est terriblement déroutant.

Déboussolé, Ashton les regardait successivement.

— Je vous l'expliquerai pendant qu'on bouclera nos bagages. Avez-vous des vaisseaux qui peuvent nous emmener à Calais le plus rapidement possible ?

Le visage d'Ashton se fendit d'un grand sourire.

— Avez-vous besoin de poser la question ? J'ai une vedette

qui file comme le vent. Justement, elle est rentrée au port hier. Nous pourrions partir dans deux heures.

— Excellent.

Godric hocha la tête. S'il y avait une chose que la Ligue faisait bien, c'était de se rallier au secours d'un ami ou dans le cas présent, d'un frère.

Seigneur, Jonathan ! Vous devez épouser cette femme, ne serait-ce que pour l'empêcher de s'attirer des ennuis.

CHAPITRE 20

Agenouillée au-dessus de son pot de chambre, Audrey avait des hauts de cœur violents pour la centième fois depuis que leur bateau avait quitté le port. Avery l'avait prévenue que la Manche serait agitée, mais elle n'avait pas réalisé à quel point cela l'affecterait. Ayant jeté un regard vers la fenêtre de la cabine, elle avait vu des rouleaux immenses. Parfois, le bateau descendait en chute libre d'environ six mètres et cela faisait descendre son estomac jusque dans ses talons.

Elle s'essuya la bouche et s'assit sur le sol de sa cabine. Une sueur froide perlait sur son front et elle grimaça quand son ventre se contracta. Elle avait l'impression d'être une ratée totale. Quel genre d'espionne avait le mal de mer ? Ou bien s'évanouissait à la vue du sang ?

Une pas très douée.

On toqua à la porte de la cabine. Elle se tourna dans cette direction, regardant les rideaux de sa cabine osciller.

— Oui ? Elle essaya de se redresser, mais ses jambes tremblaient tant qu'elle retomba sur le plancher.

— C'est Avery. Je voulais voir comment vous vous portiez.

Les vagues se sont légèrement calmées et j'ai pensé que vous auriez besoin d'un peu d'air frais.

Les vagues s'étaient légèrement *calmées* ? Le nœud douloureux qui contracta à nouveau le ventre d'Audrey l'informait plutôt du contraire.

— Je... Je crains de ne pas en être capable.

Cet aveu la remplit de honte, mais elle ne pouvait pas mentir, pas alors que le vertige et la nausée la feraient à nouveau s'écrouler.

— Puis-je faire quelque chose ?

L'inquiétude d'Avery faillit la faire sourire, mais elle savait qu'on ne pouvait rien y faire. Son corps avait tout simplement besoin de gérer tout ceci tout seul.

— Non, je vais bien, je vous remercie. Quand atteindrons-nous la France ?

— Dans trois heures. Le capitaine a dit que les vents étaient contre nous.

— Fantastique, marmonna Audrey en déglutissant.

Elle s'efforça d'ignorer le goût amer dans sa bouche.

— Dois-je venir vous trouver une fois qu'on apercevra le rivage ? demanda Avery.

— Oui, merci.

Audrey attendit qu'il parte puis elle ferma les yeux. Quel début magnifique à sa carrière d'espionne ! Elle se posa par terre, trouvant pour le moment plus de confort auprès du bois froid que dans son petit lit. Audrey resta ainsi pendant encore au moins une heure, peut-être plus, luttant pour calmer ses entrailles.

Elle se crispa quand on toqua à nouveau.

— Sommes-nous déjà en vue des côtes ?

Une voix épaisse provint de l'autre côté de la porte.

— Je vous demande pardon, Madame, mais les gentlemen

avec qui vous êtes venus ont dit qu'ils avaient besoin de vous parler. Ils m'ont envoyé vous chercher.

Elle rassembla toutes ses forces pour se redresser, s'accrochant au cadre du lit pour se soutenir. Quand le sol sous elle ne commença pas à tanguer autant qu'avant, elle poussa un soupir de soulagement. Elle lissa ses jupes froissées et carra les épaules. En ouvrant la porte, elle vit deux hommes vêtus de la tenue rudimentaire et dépenaillée des marins. Elle lut beaucoup de choses sur leurs visages et pour des raisons entièrement différentes, elle ressentit une boule au ventre.

— Tu vois ? C'est un joli petit brin de femme, dit le plus costaud des deux.

— Vous... vous avez dit qu'on avait besoin de moi sur le pont ?

— Non. On a besoin de vous ici. *J'ai* besoin de vous.

Le plus grand plongea vers elle, la saisissant à la gorge. Elle fut si surprise qu'au début, elle ne réagit pas, mais alors que l'autre homme refermait la porte et les enfermait à l'intérieur, elle reprit ses esprits. Elle essaya de crier, mais sa voix fut réduite au silence par la violence de la prise sur sa gorge.

« Tordez la main en arrière au poignet. Cassez-le si vous y êtes contrainte. »

Les paroles de Jonathan lui revinrent et elle sut quoi faire. Le marin concentrait toute sa force sur son cou, mais la main qui remontait sur sa cuisse était vulnérable. Audrey lui serra fort la main et la lui retourna, poussant son poignet à un angle peu naturel. L'articulation résista, mais elle poussa plus fort, plus qu'elle ne l'avait jamais fait. On entendit un craquement suivi par un cri perçant, et l'homme lui lâcha rapidement la gorge. Il tituba en arrière, serrant contre lui son poignet cassé.

— Espèce de petite chienne !

Audrey leva les poings, les jambes campées, ne cédant pas.

— Je peux faire bien plus que vous briser le poignet, misérable petite canaille ! le mit-elle en garde tout en montrant les dents.

— Vas-y, Horace, prends-la ! cria l'homme.

Horace dévisagea Audrey avec attention.

— Je ne sais pas, Roger. Elle a l'air à moitié folle.

Il s'approcha d'un pas hésitant, mais il n'avait pas l'air particulièrement rassuré.

— Un pas de plus et je casserai quelque chose de bien plus précieux que votre poignet.

Audrey regarda son entrejambe pendant une longue seconde avant de croiser son regard, puis elle fit un pas en avant, brandissant un poing menaçant comme Jonathan le lui avait montré.

— Non. Je n'en ferai rien, Roger. Elle a l'air d'un de ces boxers à Fives Court.

Roger, qui serrait toujours le poignet contre lui, fusilla Audrey du regard.

— C'est juste une femmelette !

— Cette femmelette t'a cassé le bras !

— Si vous ne partez pas immédiatement, dit Audrey, vous verrez ce dont cette femmelette est capable. Puis je m'assurerai que le capitaine vous fasse tous les deux pendre.

Horace ne l'attaquait toujours pas alors que Roger, furieux, montrait les crocs. Puis les deux hommes s'enfuirent.

Audrey conserva une position de combat, juste au cas où ils changeraient d'avis et reviendraient. Quand ils ne le firent pas, elle se précipita vers la porte et la referma. Des tremblements incontrôlables s'emparèrent de son corps. Son mal de mer avait disparu, remplacé par un torrent d'émotions. Elle s'essuya les joues pour en sécher les larmes.

— Miss Sheridan ?

Daniel Sheffield ouvrit la porte de la cabine. Ses yeux passèrent rapidement sur elle.

— J'ai vu deux hommes s'enfuir d'ici et j'ai craint que vous...

Elle écarta les cheveux de son visage, vérifiant que les épingles soient en place.

— Je m'en suis occupée, M. Sheffield. Merci de votre sollicitude.

Dans la bagarre, de nombreuses boucles s'étaient échappées. Elle les arrangea rapidement devant un petit miroir cloué au mur de la cabine, près de son lit.

— Vous... vous en êtes occupée ? demanda Sheffield, ébahi.

— Oui. Vous ne pensiez quand même pas que j'aurais accepté de venir si je n'avais pas été entraînée à l'auto-défense ?

Elle fit cette déclaration d'une voix calme, mais son cœur martelait toujours et son sang rugissait dans ses oreilles, manquant de l'assourdir.

Par souci de discrétion, Daniel referma la porte.

— Qui vous a entraînée ?

— Un boxer professionnel, mentit-elle.

Songer à Jonathan et à la façon dont elle l'avait quitté lui déchirait le cœur.

— Mais il m'a enseigné bien plus que la boxe. J'ai cassé le poignet d'un des hommes.

Daniel affichait un air qu'elle eut du mal à déchiffrer. De l'admiration ? De l'inquiétude ? Les deux ?

— Vous devriez en informer le capitaine. Il jettera probablement les deux hommes par-dessus bord, dit-il enfin. Il se montre très protecteur envers les dames.

— Non, c'est bon. Je ne pense pas qu'ils recommenceront.

Audrey leva le menton et carra les épaules.

— À présent, si vous voulez bien m'excuser, je crois qu'un peu d'air frais me ferait du bien.

Daniel s'écarta pour la laisser passer et Audrey remonta les marches vers le pont. Avery se tenait devant le bastingage, une main serrée fort sur la corde la plus proche. Ses cheveux roux doré avaient été malmenés par le vent et des plis inquiets s'étaient creusés autour de sa bouche et de ses yeux.

— Sommes-nous bientôt arrivés ? demanda-t-elle.

— Oh !

Il se tourna comme si elle l'avait surpris.

— Oui. C'est Calais, dit-il en tendant un index vers le rivage.

Elle plissa les paupières en regardant la contrée lointaine.

— Que ferons-nous une fois qu'on aura atteint le rivage ?

— Nous devons nous rendre dans une petite auberge aux abords de la ville. Daniel et moi devons retrouver un membre du groupe réformiste et lui montrer nos lettres de créance. Une fois qu'on aura remporté sa confiance, il nous emmènera aux autres. Daniel et vous serez présentés sous les traits d'aristocrates exilés. Je suis votre ami, également sympathisant à la cause française. Je ferai de mon mieux pour m'insérer dans leur groupe. Vous devez faire ce que vous faites le mieux... Madame Société.

— Comment avez-vous... ?

— J'ai su depuis que vous m'avez harcelé pour vous faire espionne. Votre style d'écriture est particulier et vous n'avez fait aucun effort pour dissimuler vos maniérismes. Je suis surpris que personne d'autre ne s'en soit rendu compte. Cela dit, j'ai toujours été doué pour déchiffrer les écrits.

Pensive, Audrey hocha la tête. Ils devraient rassembler des noms et des lieux de rendez-vous, et apprendre si ces hommes reviendraient en Angleterre afin d'inciter une rébellion. Mais même des commentaires lancés entre camarades fourniraient un aperçu sur leurs intentions.

Avery se tourna vers elle.

— Vous vous sentez mieux ?

— Oui, merci.

Elle se toucha la joue avec une main. Elle était toujours pâle, mais elle se sentait mieux. Étrangement, être attaquée par ces brutes lui avait rendu sa combativité.

Si elle était capable de repousser une brute et d'en intimider une autre, alors elle était capable d'affronter la tâche qui l'attendait.

— Devrons-nous boucler nos bagages et nous préparer à débarquer ?

— Je crois que oui.

Avery l'escorta à nouveau jusqu'à sa cabine. Alors qu'il s'éloignait, elle eut l'impression que quelqu'un la regardait, mais elle ne vit personne dans le couloir.

Probablement une de ces canailles, songea-t-elle.

❦

JONATHAN FUT RÉVEILLÉ PAR LE BRUIT D'UNE ÉCHAUFFOURÉE dans les parages. Le temps qu'il se lève et sorte dans le couloir, il vit les deux hommes de tantôt s'enfuir de la chambre d'Audrey et se précipiter dans le couloir en poussant des jurons. Avant qu'il ne puisse aller la voir pour s'assurer qu'elle aille bien, il dut retourner dans la sienne, car Sheffield arrivait.

Il l'entendit raconter toute l'histoire à Sheffield. Elle avait si bien géré l'affaire qu'il ne put contenir une certaine fierté, mais il était furieux que ces deux hommes aient essayé de lui faire du mal et qu'il n'ait pas agi à temps pour les arrêter. Il attendit que Sheffield passe devant sa cabine, puis se glissa à l'extérieur et descendit vers les marches qui menaient aux cabines de l'équipage.

Il jeta un coup d'œil à l'intérieur du pont intérieur plongé dans la pénombre, étudiant les hamacs accrochés qui remplissaient la zone, puis il se figea. Là, à l'arrière, un homme était recroquevillé sur un tabouret. Il plaquait une main contre son torse tout en poussant des jurons.

— Sale petite chienne ! lança-t-il en se tenant prudemment le poignet.

Il était clairement brisé.

Bon sang, Audrey, vous avez réussi ! Vous avez utilisé le mouvement que je vous ai montré. Voir la preuve de son autodéfense lui donna envie de sourire, mais la fureur qu'il ressentait était toujours bien trop grande. Il se dirigea vers l'homme.

— Marin !

— Oui, que voulez-vous ? grommela-t-il.

— On me dit que nous sommes presque arrivés à Calais. Je voulais simplement rencontrer l'équipage et les remercier pour leur service.

Sans prévenir, il saisit la main de l'homme qui poussa un cri.

— Merci.

Il lui secoua fort la main.

— Merci d'être si attentif aux passagers.

Il la secoua à nouveau.

—*Particulièrement* la demoiselle.

Mais à ce point, l'homme était à genoux et pleurait ouvertement.

Il lui lâcha la main d'un geste dégoûté et s'éloigna, retournant dans sa cabine pour attendre leur arrivée au port.

⁂

UNE DEMI-HEURE PLUS TARD, LA *SPLENDEUR DE LA LADY* arriva au port. Avery, Daniel et Audrey descendirent la passerelle, débarquant sur les quais du port principal de Calais. Audrey essaya d'enregistrer tout autour d'elle alors qu'ils partaient héler une calèche qui les emmènerait hors de la ville. Le moindre détail pourrait avoir son importance plus tard.

Daniel et Avery gardaient le silence, mais ils ne paraissaient pas tendus. Ils choisirent de répondre à ses questions d'une façon aussi polie, mais brève que possible. Une fois qu'Audrey se rendit compte qu'aucun des deux n'avait envie de discuter, elle se concentra sur la vue par la fenêtre.

Le temps qu'ils atteignent leur destination, le soir était tombé. Le soleil couchant avait baigné les résidences et les échoppes d'une teinte bleu foncé, et un malaise profond contracta le ventre d'Audrey. Le cocher les aida à descendre leurs bagages et les escorta à l'intérieur de l'auberge.

Un signe en bois disait *Le Lys Blanc*. C'était là ! Audrey suivit Daniel et Avery dans le bar principal. De nombreux convives dînaient déjà. Audrey regarda les occupants de la pièce, les observant tous à la dérobée alors qu'ils se dirigeaient vers l'arrière du bâtiment.

Dans le coin, un couple attira son attention, pas parce qu'ils l'inquiétaient, mais parce qu'elle n'avait jamais vu une femme aussi grande et large d'épaules. L'homme qui l'accompagnait était plus petit qu'elle. Cependant, ils dînaient en se tenant les mains et en discutant doucement tout en s'échangeant des sourires. C'était attendrissant, même si les goûts vestimentaires de cette femme laissaient beaucoup à désirer. Cela dit, il était évident que le couple était heureux. Au passage, elle ne put faire autrement que de surprendre leur conversation. Ils parlaient français, mais pas un français parisien. Le dialecte était plus provincial.

— Benjamin, nous devons emmener les enfants ici au bord de la mer.

La femme rougit.

— Une fois qu'on aura des enfants.

— Mais bien entendu, *mon amour*, répondit l'homme dont les yeux pétillèrent. C'est un joli endroit pour des enfants. Joli... comme vous.

Ils avaient l'air très amoureux et le cœur d'Audrey se tordit d'une douloureuse jalousie. *S'ils peuvent trouver l'amour, pourquoi pas Jonathan et moi ?*

— Audrey, par ici, dit Avery en l'arrachant à ses pensées.

Elle les suivit, Daniel et elle, vers des chambres à l'étage. Elle hésita en avisant le lit une place, mais Daniel sourit doucement.

— Ne craignez rien. Je dormirai par terre.

— Vous en êtes certain ?

— J'ai dormi dans des endroits et des conditions bien pires, lui assura Daniel. Ce sol se range dans la moyenne des lieux dans lesquels j'ai été contraint de dormir.

Il se délesta de son petit nécessaire et se dirigea vers la porte alors qu'Avery les rejoignait.

— Ah, Russell, juste à temps ! Je pars localiser l'homme qui nous aidera à infiltrer le groupe des réformistes. Vous devriez rester ici et attendre mon retour.

La main calée sur le chambranle, Daniel marqua un temps d'arrêt en les regardant.

— Soyez prudent ce soir, Russell. Rappelez-vous : nous sommes en territoire ennemi.

Il parut hésiter, comme s'il souhaitait ajouter quelque chose. À son départ, Audrey sentit le nœud dans son ventre se resserrer.

— Avery.

Elle cala le bras dans le sien alors qu'ils regardaient par la fenêtre pour voir le crépuscule tomber sur Calais.

— Qu'y a-t-il ? demanda-t-il en se tournant vers elle.

— Quelque chose ne va pas. Le ressentez-vous ?

— Oui, acquiesça-t-il. Chaque fois que je quitte Londres. Restez ici et ne quittez pas cette pièce avant mon retour. J'ai une affaire à régler.

Audrey accepta, mais son ventre était douloureusement noué. Elle jura qu'elle pouvait encore sentir le sol tanguer sous ses pieds, même s'ils n'étaient plus à bord du vaisseau. En regardant Avery partir, elle ne put empêcher la panique de l'envahir. Quelque chose sonnait faux... terriblement faux.

❧

En sortant de la petite auberge, Avery remarqua un garçon qui faisait la manche.

— Toi, mon garçon, dit-il doucement en français en faisant signe à l'enfant de le rejoindre.

— Oui, Monsieur ?

Le garçon ouvrit de grands yeux quand Avery sortit plusieurs pièces de sa petite bourse et les brandit devant lui.

— Sais-tu où campent les soldats dans la région ? demanda-t-il.

Le garçon hocha la tête.

— Près des docks, Monsieur. Ils ont un endroit où dormir et s'entraîner au tir.

— Fais-moi une faveur et je te donnerai toutes ces pièces.

Avery agita l'argent pour attirer à nouveau l'attention du garçon.

— Dites-moi !

Les yeux avides de l'enfant et son visage sale trahissaient son désespoir et cela serra le cœur d'Avery. Le petit mourait probablement de faim.

— D'abord, va t'acheter un peu de pain, un bout de gâteau et quelque chose à boire. Puis va à l'endroit où les soldats sont stationnés sur les docks. Surveille-les de près. Quand ils seront prêts à partir, tu viendras ici tout de suite pour me dire dans quelle direction ils se rendent, c'est compris ? Je te donnerai d'autres pièces si tu obéis.

— Oui, Monsieur, répondit le garçon d'un air honoré.

— C'est bien. Je serai dans la chambre à l'étage ; la première porte à droite.

Il fourra les pièces dans la paume du garçon et le regarda détaler à toutes jambes.

Avery le regarda se fondre dans l'obscurité grandissante. Sa peau picotait et des palpitations nerveuses se déchaînèrent dans son ventre. Pendant ses années de service, il avait bien aiguisé ses instincts qui lui criaient à présent qu'on se jouait de lui. La question était qui et dans quel but ?

Il n'allait certainement pas faire confiance à Daniel. Un homme qui montrait une loyauté aussi rigide envers Hugo Waverly, un des hommes les plus mortels de l'Angleterre, tout en étant aussi intime avec sa femme, n'était pas digne de confiance. Cela ne faisait aucun sens pour Daniel de le trahir, mais dans son monde, beaucoup de choses et de nombreuses missions n'avaient guère de sens.

Voici ce qu'il savait : des hommes tels qu'Hugo voyaient l'art de l'espionnage comme un jeu et des hommes tels que lui comme des pions avec lesquels jouer. Il se demandait à présent s'il était une pièce importante ou un pion.

Je refuse de laisser qui que ce soit me prendre par surprise. Ce n'est pas seulement ma propre vie qui est en jeu, mais également celle d'Audrey.

Il se glissa à nouveau à l'intérieur de la petite auberge, étudiant les hommes et les femmes qui dînaient dans le bar. Rien ne paraissait clocher, mais il ne parvenait pas à ignorer le sentiment d'alerte au fond de ses os. Le danger planait à l'horizon ; il en était certain.

CHAPITRE 21

Daniel avait attendu suffisamment longtemps. Il avait acheté un cheval et était arrivé aussi discrètement qu'il l'avait pu. Il pénétra dans les baraquements des gendarmes locaux, endossant l'identité d'un de ses nombreux alias français : Victor Dubois.

Une fois qu'ils étaient parvenus à l'auberge, il avait détruit ses papiers anglais, ceux qui le liaient à Audrey en tant que l'homme connu sous le nom de M. Edward Brownley. À partir de maintenant, il serait Victor, doté d'une réputation longuement établie sur la côte nord de la France dont il se servirait afin de poursuivre cette mission. Mais d'abord, il devait convaincre ces soldats qu'il y avait deux espions anglais pile sous leur nez. Tandis que les gendarmes s'occuperaient d'Avery et d'Audrey, il serait en route vers Paris.

C'était un geste insensible, mais pas sans objectif. Tant que les gendarmes resteraient concentrés sur leur récompense, Daniel avait quasiment l'assurance d'atteindre les réformistes sans entraves. Qui plus est, quand la nouvelle de leur capture parviendrait aux contacts diplomatiques de Hugo à Paris, ceux-ci créeraient un cauchemar diplomatique au sein des Cours, provoquant un maximum de confusion et d'accusations entre les différentes factions. Ils s'attendaient à ce que ce climat pousse les réformistes à agir à la hâte, commettre des erreurs et en révéler trop à quelqu'un comme lui, dans leur hâte de tirer parti du chaos politique.

Cela ne lui plaisait pas. Avery était un homme doué et sournois. Se servir ainsi de lui était un gaspillage de talent. Quant à Audrey... Cette femme qui ne souhaitait que servir son pays était utilisée comme une simple distraction. Certes, des sacrifices étaient parfois nécessaires, mais la chose manquait d'honneur ou de décence. Toutefois, il obéirait.

Une douzaine d'hommes discutaient et jouaient aux cartes. Ils paraissaient être en pause entre deux patrouilles. Il s'adressa à l'officier qui avait la meilleure apparence et l'uniforme au plus haut rang.

— Monsieur, êtes-vous le capitaine ?

L'homme se redressa pour lui faire face.

— Effectivement. Que puis-je faire pour vous ? demanda le capitaine.

Daniel se prépara mentalement à ce qu'il allait faire. Pour la première fois de sa vie, son maître et lui étaient en désaccord.

— Je m'appelle Victor Dubois. J'étais au port quand un bateau est arrivé. Je crois qu'il y a des espions anglais à Calais. Je pensais que vous devriez le savoir.

La pièce qui avait été remplie de larrons qui s'adonnaient au vin et aux cartes adopta soudain un silence mortel.

— Des espions ?

Le capitaine répéta ces mots à voix basse.

— Oui.

Daniel vit l'officier tendre la main vers son épée qui, à l'arrivée de Daniel, était posée sur la table.

— Et comment savez-vous qu'ils sont là ?

— Je les ai vus débarquer d'un bateau anglais.

— Mais cela arrive fréquemment, n'est-ce pas ? Calais est un port de commerce. De nombreux Anglais viennent en visite.

Les yeux rusés du capitaine se braquèrent sur Daniel. Un de ses subordonnés prit la parole.

— Êtes-vous le Victor Dubois qui fréquente Boulogne-sur-Mer ?

Daniel faillit sourire. Il avait espéré que sa réputation joue en sa faveur.

— Lui-même. Nous sommes-nous déjà rencontrés ?

Le soldat se tourna vers son commandeur.

— Monsieur, j'ai entendu parler de M. Dubois. Avant d'être transféré ici, il transmettait aux gardes de Boulogne-sur-Mer des informations exactes sur les contrebandiers. Si j'étais vous, je l'écouterais.

Daniel s'agita, mais c'était d'excitation. Il était l'humble citoyen tout heureux de s'apprêter à sauver son pays, espérant sans doute y gagner une tournée gratuite.

— Très bien, dit le capitaine. Qui sont ces gens ? Avez-vous la moindre preuve qui appuierait vos propos ?

— Il y a un homme et une femme. Je les ai entendus parler de choses étranges. Pas de choses de touristes, vous voyez ? Je voulais en être certain, alors j'ai dérobé ceci dans la mallette de l'homme.

Daniel brandit deux lettres − fausses, bien sûr −, écrites en anglais. Il avait néanmoins conservé un vocabulaire assez simple pour qu'un gendarme français puisse le comprendre. Le capitaine prit les lettres et les lut. La clé n'était pas de confesser directement leurs intentions, mais de se montrer incroyablement soupçonneux de nature.

— *Mon Dieu*, marmonna le capitaine.

Comme Daniel s'y était attendu, il avait été capable de déchiffrer la majeure partie de l'anglais de ces missives.

— De quoi les avez-vous entendus discuter ?

— Des révolutionnaires et d'un meeting à Paris. C'était la façon dont ils en parlaient, vous voyez.

Le capitaine hocha la tête d'un air entendu. Puis il plaça les lettres dans la poche de son manteau.

— Messieurs, préparez vos armes. Nous devons enquêter tout de suite.

Il se retourna vers Daniel.

— Où pouvons-nous les trouver ?

— Dans une auberge qui s'appelle Le Lys Blanc, aux abords de la ville.

— Je la connais.

Il fit signe aux soldats.

— Sergent Bisset, rassemblez les retardataires et dites-leur de se mettre en formation tout de suite. Préparez-vous à partir.

— Oui, Capitaine.

Bisset, l'homme grand et sérieux qui s'était porté garant de lui, opina du chef et se dirigea vers les quartiers de nuit. Il cria aux soldats de se bouger. Daniel les regarda se rassembler, fronçant les sourcils quand ils firent sursauter un petit garçon qui faisait la manche. Il vit ce dernier s'enfuir dans la rue, chassé par les quolibets.

Daniel les regarda démarrer au pas de course. Il enterra profondément la culpabilité de sa trahison – avec une centaine d'autres regrets – puis il enfourcha sa monture.

J'ai fait de mon mieux pour vous prévenir, Russell. Ce qui se passera cette nuit n'est pas de mon ressort.

Daniel enfonça les talons dans les flancs du cheval. Il chevaucherait toute la nuit pour mettre autant de distance que possible entre lui et Calais. Il ne pourrait pas se laver les mains du sang de l'innocente et courageuse Miss Sheridan, mais au moins, il n'entendrait pas ses cris quand les soldats la captureraient.

Que Dieu aide cette jeune femme. Qu'il les aide tous les deux.

❧

JONATHAN SE GLISSA DANS LE BAR DE LA PETITE AUBERGE française et il regarda autour de lui. Plusieurs personnes dînaient toujours et il prit une table près du feu. Tout près, il remarqua un couple qui se regardait dans le blanc des yeux. Une femme plutôt grande et un homme très petit. Jonathan essaya de leur dissimuler son sourire de peur qu'ils ne le prennent pour de la moquerie. En réalité, il trouvait charmante leur affection évidente. Il n'avait jamais apprécié les intimités affichées par les couples, qu'elles soient subtiles ou explicites, mais à présent qu'Audrey et lui étaient si près de toucher leur bonheur du doigt, il se réjouissait de voir que d'autres étaient aussi chanceux qu'eux.

Il adressa un geste à la serveuse qui patrouillait les tables et vérifiait si quelqu'un avait besoin de quelque chose. Son visage fatigué s'illumina et elle s'approcha de lui.

— Que puis-je vous apporter, Monsieur ? lui demanda-t-elle en français. En cet instant, il n'avait jamais été plus reconnaissant d'avoir couché avec l'ancienne maîtresse de son frère. Durant leurs liaisons, Évangéline l'avait aidé à apprendre la langue, du moins assez pour se débrouiller dans une taverne.

— De la nourriture et du vin, mademoiselle.

Il lui sourit et la jeune femme rougissante partit lui chercher un repas. Tant qu'il s'en tenait à des phrases faciles, il se débrouillerait.

Que mijotez-vous, Audrey ? se demanda-t-il.

Il remercia la serveuse quand elle posa devant lui une assiette de fromage, des figues et un verre de vin rouge. Mangeant rapidement, il garda les yeux sur les hommes présents dans la pièce, mais aucun ne semblait intéressé par lui ni représenter une menace.

Je suis bête de m'inquiéter autant. Cela dit, c'*était* Audrey. Cette femme s'attirait les ennuis comme personne.

Jonathan regarda avec un amusement un jeune garçon se précipiter à l'intérieur, regarder autour de lui et courir à l'étage. Il se comportait avec la hâte propre à son âge, comme si le monde entier dépendait de ses actes. Jonathan termina son repas sans y repenser.

Quelques secondes plus tard, le garçon redescendit les escaliers, suivi par un homme. Un homme que Jonathan reconnut.

Avery.

Ce dernier suivit le garçon jusqu'à la porte de l'auberge qu'il entrouvrit avant de jeter un œil à l'extérieur et de pousser un juron. Jonathan se redressa, mais Avery, qui lui tournait le dos, ne le remarqua pas tout de suite.

— Tiens, mon garçon, prends ceci et va-t'en aussi loin d'ici que tu peux, murmura-t-il à l'enfant en lui tendant une poignée de piécettes et avant de l'éjecter au-dehors. Jon, nous avons un problème, dit-il alors soudainement.

Jonathan se tendit. Avait-il su qu'il était là depuis le début ?

— Quoi donc ? demanda-t-il en venant rejoindre Avery à la porte.

— Je suppose que vous êtes ici parce que vous avez suivi Audrey ? Elle est à l'étage.

— Oui. Allons, qu'y a-t-il ? demanda-t-il d'une voix plus basse.

— Nous avons été trahis. Cet homme qui nous a accompagnés dans ce... jeu de dupes a été vu quittant les baraques de la gendarmerie. Il leur a parlé de deux espions, un homme et une femme. Ils seront bientôt là.

— Quel est le plan ? demanda Jonathan.

— Il faut qu'on fasse sortir tout le monde de cette auberge. Tout de suite.

— Et Audrey ?

— Elle est à l'étage, mais ce n'est pas le moment.

Avery poussa un violent juron et abattit sa main sur l'encadrement de la porte, attirant l'attention des hommes et des femmes qui les entouraient.

— Que pouvons-nous faire ? Ne devrions-nous pas partir tout de suite, tous les trois ?

— Pas le temps. À l'instant même, les soldats seraient en train de se disperser pour mieux se refermer sur ce lieu. Ils vont retourner tout Calais à notre recherche et nous n'aurons aucun moyen de transport. Nous pouvons peut-être permettre à Audrey de gagner un peu de temps. Elle sera peut-être en mesure de s'échapper si on ralentit les soldats après leur arrivée.

Le regard d'Avery courut sur le bar de l'auberge, cherchant une issue ou peut-être des armes. Jonathan aurait souhaité savoir quoi faire. Il ne s'était jamais senti aussi impuissant de toute sa vie.

Nous avons fait tout ce chemin, nous sommes battus si fort pour être ensemble, et maintenant... ceci ?

— Mais ne devrions-nous pas trouver un moyen pour que nous tous...

— Cela ne fonctionnera pas, l'interrompit Avery. Croyez-moi. Il n'y a qu'une fin possible.

Un frisson d'appréhension dévala le dos de Jonathan.

— Allez à l'étage et dites-lui d'enfiler un pantalon. De se déguiser en garçon. Je vais faire sortir ces gens de l'auberge. Il y a une fenêtre par laquelle vous pourrez vous enfuir, tous les deux. Vous parviendrez peut-être à vous libérer et vous éclipser sans être vus si je tiens les soldats concentrés sur la porte. Je peux barricader les portes et les fenêtres pour vous donner du temps.

Le regard sinistre d'Avery trancha le cœur de Jonathan quand il comprit ce que l'autre homme voulait dire.

— Je vais lui dire comment sortir et lui faire mes adieux. Vous avez dit qu'ils cherchent deux espions. Nous allons leur en donner deux.

Il échangea un regard avec Avery et lui adressa un signe du menton. Avery ne mourrait pas seul aujourd'hui ! Si Jonathan avait appris une chose dans la Ligue, c'était qu'on n'abandonnait personne.

— Allez-y ! siffla Avery avant de se tourner vers les gens attablés qui dînaient toujours.

Il leur parla rapidement en français et ils commencèrent tous à se relever pour partir, certains se dirigeant vers la porte de derrière à travers les cuisines du bar.

Jonathan gravit l'escalier quatre à quatre, son esprit concentré sur la seule chose qui comptait pour lui. Audrey.

Il la trouva au bout du couloir, serrant des poings aux jointures blanchies comme si elle s'attendait à combattre un arrivant.

Ma furie, le désir de mon cœur, mon seul véritable rêve.

— Jonathan ?

Elle hoqueta son prénom et avant qu'il ne puisse prononcer la moindre parole, elle s'était jetée dans ses bras. Il l'attrapa, l'étreignant fort, conscient qu'il ne ressentirait plus jamais une chose pareille, ne la toucherait plus, ne l'embrasserait plus ou ne sentirait plus la chaleur du corps de la jeune femme contre le sien. Il embrassa son front, ses joues, ses lèvres. Ses lèvres exprimaient par des baisers ce que sa bouche ne pouvait pas faire avec des mots.

Je vous aime... Je vous aime plus que la vie elle-même.

— Audrey, murmura-t-il quand ils s'écartèrent enfin.

— Que faites-vous ici ? J'ai eu peur quand Avery a parlé à ce garçon. Il a mentionné des soldats et je...

— Avery est en bas. Il évacue tout le monde. Des gendarmes sont en route. Vous avez été trahis. Nous allons barricader la porte et ralentir les soldats. Cela vous permettra de gagner du temps.

Elle s'accrocha à lui, les yeux écarquillés.

— Du temps pour quoi ? Elle savait ce qu'il essayait de lui dire, mais elle ne voulait pas l'admettre. Cependant, elle ne pouvait pas se raccrocher à l'illusion qu'ils allaient tous s'en sortir.

— Nous vous faisons gagner du temps pour vous échapper. Avery a dit que vous aviez apporté un pantalon. Enfilez-le, cachez vos cheveux sous un chapeau et sortez par la fenêtre une fois que les soldats seront accaparés par nous. Fondez-vous dans la masse. Vous avez encore la possibilité de vous enfuir.

— La fenêtre... mais...

— Vous en êtes capable. Je le sais.

Jonathan la saisit par les épaules.

— S'il y a une femme en qui j'ai foi, c'est bien vous.

— Mais cela ne fonctionnera jamais ! Le garçon a dit à Avery qu'ils cherchaient un homme et une *femme*. Je devrais rester avec vous.

— Je ne vais pas vous laisser gâcher votre vie ! gronda-t-il. Pas alors que...

L'inspiration le frappa. Il savait comment donner une femme aux soldats. Une femme... mais pas Audrey.

— J'ai une idée, mais d'abord, je dois vous faire sortir.

Elle se mordit la lèvre inférieure et les larmes lui envahirent les yeux.

— Mais si je vous quitte...

Elle parvint à peine à articuler le dernier mot avant de s'étrangler sur un sanglot. Jonathan lutta pour se calmer avant de reprendre la parole.

— C'est probable, dit-il, admettant sa crainte indicible. Mais je suis prêt à mourir pour vous. J'ai *toujours* été prêt à mourir pour vous.

Il fut rempli d'une soudaine clarté et il aurait voulu avoir plus de temps pour lui dire tout ce qu'il avait dans le cœur.

— Je sais que vous pensez que je n'ai jamais eu de sentiments, que je ne vous ai jamais désirée. Mais croyez-moi, maintenant. Je vous ai désirée plus que n'importe quoi dans cette vie et la prochaine.

Il lui caressa la joue du revers de la main, essuyant ses larmes.

— Alors pourquoi ne me l'avez-vous jamais dit ? demanda-t-elle d'une voix rauque.

— Parce que je ne l'ai jamais cru moi-même. Je n'ai jamais cru que je vous méritais. Vous étiez une lumière vive dans l'obscurité et je n'étais qu'une ombre. Un ancien serviteur, un homme au passé trouble ; pas de titre, pas de grand domaine...

Elle lui donna un coup de poing à l'épaule.

— Cela n'a jamais compté pour moi, gros imbécile ! Jamais !

Elle plaqua le visage contre son torse.

— Espèce d'homme stupide, bête... fantastique !

Il lui frotta le dos, son corps luttant entre la peur, l'amour, le désespoir et sa dévotion pour cette femme. Il n'allait pas lui dire adieu. Ce mot anéantirait la dernière étincelle d'espoir à l'intérieur de lui, et il ne pouvait pas se permettre de le perdre.

Il lui prit la joue et essaya d'empêcher son corps de trembler.

— Partez, maintenant, tant qu'il est encore temps. Cachez-vous sur le port près des docks. Godric et les autres sont en route, mais ils n'arriveront pas à temps pour moi. Et même si c'était le cas, ils ne pourraient jamais endiguer les accusations d'espionnage. Demandez-leur de vous ramener à la maison quand vous serez en sécurité. Ne les laissez pas mourir en tentant de me sauver. Promettez-le-moi.

Il lut la défiance dans ses jolis yeux bruns, mais elle opina enfin du chef.

— Si j'avais demain pour être avec vous, si j'avais un millier de lendemains, je vous dirais que je vous aime, même si vous risquez de ne jamais m'aimer de la même manière.

Il ravala difficilement la boule qui s'était formée dans sa gorge.

Il se détourna d'elle, mais marqua un temps d'arrêt quand elle répondit.

— Alors je vous dirais *aujourd'hui*... comment pourrais-je ne *pas* aimer un homme tel que vous ?

Il y avait quelque chose dans la façon dont elle prononçait ces paroles, une promesse qu'elle ne comprenait pas encore. Mais ils n'auraient plus le temps, pas d'autres occasions de réparer ce qu'il y avait entre eux. Ils étaient arrivés à la fin du voyage.

Jonathan se précipita dans le couloir sans regarder en arrière, emportant dans son cœur le souvenir du baiser et des paroles d'Audrey. Ce serait son seul réconfort durant ces instants ultimes.

Il se mit à ouvrir toutes les portes jusqu'à trouver celle qu'il espérait. Celle où la très grande femme avait dormi avec son époux. Une longue robe violacée avec des frous-frous en dentelle était accrochée au coin d'un paravent. Il se débarrassa de sa redingote, prit la robe et l'enfila. Il ferma les boutons, mais elle était très serrée sur ses vêtements.

— Les choses que je fais par amour, marmonna-t-il d'une voix sombre.

Il allait affronter un groupe de soldats français habillé en bonne femme. Si Godric et les autres le voyaient ainsi... Cela dit, s'il sauvait Audrey, cela en vaudrait la peine. En toute hâte, il redescendit les escaliers et trouva le bar vide. Le rassemblement d'hommes à l'extérieur annonçait l'arrivée des gendarmes.

Avery avait poussé les tables contre les portes et les fenêtres, les retournant pour empêcher quiconque de défoncer les vitres. Il était en train de pousser une autre table contre la porte, espérant que cela la tiendrait fermée. Il ne l'avait pas plus tôt mise en place que les portes se mirent soudain à trembler. Jonathan fut rempli de terreur par la cacophonie de cris en français qui les appelaient à se rendre et ordonnaient aux hommes d'encercler le bâtiment. Pendant un instant, le désespoir l'étrangla.

Avery le regarda en clignant des paupières d'un air ahuri.

— Que diable portez-vous ?

Il se souvint soudain de sa tenue.

— Vous avez dit qu'ils s'attendaient à une femme. Eh bien, ils en ont une.

— Je ne vais pas me plaindre, mais quelle robe affreuse ! La modiste devait être saoule quand elle l'a confectionnée.

— Absolument saoule, oui. Je ne sais pas si c'est le summum de la mode, mais je crains de me noyer dans toute cette dentelle.

Il tira sur les jupes d'un geste dégoûté.

Avery ricana.

— Je dirais qu'il vaut mieux se noyer dans la dentelle qu'être pendu par les Français.

L'humour noir d'Avery fit rire Jon.

À l'extérieur, les cris se poursuivaient et Jonathan se précipita pour aider Avery à caler les portes qui tremblèrent soudain plus fort. Les puissants coups rythmés qui venaient de l'extérieur sonnaient comme une sorte de bélier.

Jonathan jeta son corps contre la porte, luttant pour empêcher leurs fragiles fortifications d'exploser.

— Audrey s'est-elle échappée ? demanda Avery à travers ses dents serrées.

— Je l'espère.

Je vous en prie, faites qu'elle soit sortie. Il ne voulait pas songer à ce que les soldats risquaient de faire à une espionne avant de la tuer. Aucune femme ne méritait un tel destin, particulièrement pas celle qu'il aimait plus que sa propre vie.

La porte tressauta brusquement derrière eux et la serrure se brisa. Seuls les tables et leurs poids combinés gardaient les soldats à l'extérieur. Jonathan et Avery se tenaient côte à côte, les bottes campées dans le sol, luttant à chaque souffle pour grappiller du temps. Le bois frémit à des reprises répétées alors que les soldats poursuivaient leur attaque.

— Je suis désolé que vous soyez là, Jon, marmonna Avery quand la porte vola en éclats.

— Je ne le suis pas, répondit Jonathan. Mourir à côté d'un homme bien afin de sauver la femme que j'aime ? Je n'ai aucun regret.

Il aurait simplement voulu avoir plus de temps avec elle. *J'ai été bête de penser que nous avions des années et même des décennies pour être avec Audrey.* Si seulement il l'avait su, il n'aurait pas attendu aussi longtemps...

Les murs de l'auberge grognèrent alors que les coups à l'extérieur faisaient vibrer le bois.

— On se revoit de l'autre côté, Jon.

Avery croisa son regard et ils fournirent un ultime effort pour arrêter les soldats avant d'être projetés à terre par le bois qui explosait.

Les oreilles sifflantes, Jonathan peina à se redresser, mais tous les muscles de son corps étaient endoloris. Avery s'était écroulé à côté de lui. Ses oreilles bourdonnaient alors que le monde se ralentissait autour de lui. De la fumée roulait comme des vagues sur le sol du bar. De la fumée ? Son esprit flou peinait à déchiffrer ce qu'il voyait. Les soldats s'étaient-ils servis de *poudre à canon* pour les faire sortir ?

Deux hommes le redressèrent violemment pour le tirer hors

de l'auberge au sein d'une foule de soldats et de villageois français, tous en train de crier.

— Eh bien, c'était imbécile !

L'homme en uniforme de capitaine qui s'avançait les fusillait du regard.

— Très imbécile.

Son anglais était étonnamment bon, malgré son accent marqué.

Avery parvint à sourire.

— Eh bien, vous savez... nous sommes Anglais.

— Nous sommes venus ici pour chercher des espions, et au lieu de cela, on a trouvé...

Le capitaine dévisagea Jonathan des pieds à la tête.

— Une femme à barbe ?

Jonathan ne s'était pas rasé depuis presque une journée, mais il n'avait certainement pas de barbe.

— Pas étonnant que les Anglais viennent ici en vacances, si leurs *femmes* sont aussi laides.

De toute évidence, le capitaine savait qu'il n'était pas une femme, mais il espérait que le capitaine pense que Sheffield s'était trompé.

— Vous me vexez, Monsieur, répondit-il avec une solennité de façade. Nous étions là en vacances et maintenant, vous avez détruit ce qui devait être une lune de miel agréable.

Les soldats éclatèrent de rire et le capitaine s'essuya une larme en essayant de réprimer son propre rire.

— Votre lune de miel ? Vous êtes mariés ? Alors, toutes mes félicitations ! Je vous en prie, embrassez-le ! le défia le capitaine, faisant redoubler les soldats d'hilarité.

Jonathan coula un regard à Avery qui secoua la tête.

— Embrassez-moi et je vous tuerai de mes propres mains.

—Je n'y songerais même pas.

Jonathan s'étrangla sur un rire.

— Je suis trop bien pour vous.

Le capitaine se fit sérieux.

— Saisissez-les. Ligotez-leur les poignets.

Jonathan et Avery n'opposèrent qu'une brève résistance pendant qu'on leur ligotait les mains. Ils savaient tous les deux qu'il n'existait aucun moyen d'y échapper. Leur seul objectif à présent était de garder tous les yeux braqués sur eux, loin de l'endroit où Audrey se tapissait peut-être, et lui fournir le plus de temps possible pour s'échapper.

De peur de trahir l'emplacement de la jeune femme, il n'osa pas regarder en arrière alors qu'on les entraînait loin de l'auberge.

Je vous aimerai jusqu'à mon dernier souffle et au-delà, ma petite furie.

CHAPITRE 22

Audrey enfila rapidement le pantalon et la chemise blanche avant de fourrer ses cheveux sous sa casquette. Ses mains tremblaient, mais elle fit de son mieux pour ignorer les vagues de peur qui l'accablaient. Elle n'avait pas le temps de se laisser abattre, pas si elle voulait survivre à la nuit. Elle courut jusqu'à la cheminée, se couvrit les doigts de cendre et les frotta à la hâte sur ses joues.

Elle avait appris un certain nombre d'astuces au cours des derniers mois. Généralement, on n'aimait pas regarder les gens sales, et s'ils cherchaient la femme qui était arrivée à la taverne, « sale » serait la dernière qualité dont ils se serviraient pour la décrire. À l'extérieur, elle entendit un vacarme horrible alors que les soldats s'apprêtaient à pénétrer dans l'auberge de force.

Jonathan était en bas, *son* Jonathan, à faire son possible pour lui donner le temps de s'enfuir. Elle ne savait toujours pas comment il l'avait trouvée et l'avait rejointe juste à temps. Cet homme avait l'étrange capacité d'arriver quand elle avait le plus besoin de lui.

Comme un homme amoureux...

Son cœur s'arrêta de battre. Il lui avait enfin dit qu'il l'aimait le jour où ils risquaient tous les deux de mourir. Ce saligaud égoïste. Son nez brûla alors qu'elle luttait à nouveau contre les larmes.

Reprends-toi ! T'écrouler maintenant ne servira à personne.

Eh bien, elle n'allait pas les laisser, Avery et lui, se faire entraîner si facilement à la potence. Pas si elle trouvait un moyen de les sauver. Même l'armée française tout entière ne l'empêcherait pas de pouvoir enfin se marier.

Je suis Audrey Sheridan. Je ne suis pas les règles. Je les brise.

Elle se précipita vers la fenêtre et l'ouvrit à la volée. Les rideaux se gonflèrent quand une brise marine puissante pénétra dans la pièce. En dessous, les bruits de la foule l'aidèrent étrangement à se concentrer. Elle s'agrippa au rebord du toit en pente. L'auberge n'était pas connectée au bâtiment adjacent comme tant d'autres l'étaient.

Elle entendit une explosion sonore et le bâtiment trembla. S'étaient-ils servis d'un canon contre eux ? Non, ce serait ridicule. Mais le son était bien trop sonore pour de la simple artillerie.

Bientôt, les sons à l'extérieur changèrent. Étaient-ce... des rires ? Elle vit le dos de deux hommes armés quitter l'allée pour se diriger vers l'avant de la taverne. Il y avait une chance pour qu'à présent, elle puisse se laisser tomber à terre sans être remarquée puis se dissimuler jusqu'à pouvoir rejoindre la foule.

Heureusement, personne à l'extérieur ne regardait vers leur fenêtre. Les quelques personnes qu'elle voyait étaient concentrées sur la porte d'entrée. Elle grimpa par la fenêtre, s'agrippant au rebord jusqu'à ce qu'elle soit certaine de ne pas tomber.

Elle descendit du rebord jusqu'à ce qu'elle ne tienne plus que par le bout des doigts, puis elle se laissa tomber, atterrissant en position accroupie. Elle remonta, les poings levés. Elle longea discrètement le mur de l'auberge puis se glaça devant la scène qui se déroulait près de la porte d'entrée.

Des rires et des huées se propagèrent autant parmi les soldats que la foule quand Avery et une grande femme vêtue d'une robe violette hideuse couverte de trop de dentelles furent traînés hors de...

Attendez un peu... C'est Jonathan !

Audrey retint son souffle puis le relâcha quand elle vit qu'il était encore en vie, mais groggy... ainsi qu'habillé en femme. Elle savait évidemment pourquoi, mais cela ne rendait pas la scène moins bizarre.

Dieu merci, ils sont vivants tous les deux, songea-t-elle en se mêlant à l'arrière de la foule. Et elle trouverait le moyen de s'assurer que cela dure. Oui, elle avait fait la promesse de s'enfuir et d'attendre la Ligue au port, mais honnêtement, Jonathan aurait dû savoir qu'elle ne tiendrait pas parole dans une situation aussi désespérée que celle-ci. Elle ferait le nécessaire.

Elle suivit leur progression en les suivant à travers la foule qui les suivait également, se délectant du spectacle. Audrey se rassura en confirmant la présence de la petite lame dissimulée dans sa botte, mais elle aurait préféré posséder un pistolet, juste au cas où elle aurait eu besoin de quelque chose d'un peu plus intimidant.

À présent, Avery et Jonathan étaient ligotés avec des cordes. Les poignets liés devant eux, ils furent forcés de défiler derrière les soldats. Audrey tira sur la manche d'un des hommes plus âgés et s'adressa à lui dans son meilleur français d'une voix aussi masculine que possible.

— Où pensez-vous qu'ils les emmènent ?

— Aux falaises. Je crois qu'ils vont tenter de les intimider pour obtenir une confession avant de les emmener en prison... S'ils se donnent cette peine. La dernière fois qu'ils ont attrapé un espion, ils l'ont fusillé sur la falaise et l'ont jeté à la mer.

— C'est par où ? demanda-t-elle.

L'homme désigna une falaise au loin.

— Ne va pas y chercher un spectacle, mon garçon. Les soldats ont bu, ce soir, et ils pourraient se servir de toi pour s'entraîner.

Elle le remercia de cette mise en garde et répondit que non. Puis elle retourna brièvement en ville et s'engouffra dans une allée avant de faire demi-tour et de se remettre à suivre les soldats à bonne distance.

Les hommes marchaient sur un chemin tortueux en direction des falaises, se succédant pour tirer en avant Jonathan ou Avery, les faisant tomber avant de les laisser se relever maladroitement. Avec la robe qu'il portait, cela arrivait plus souvent à Jonathan. Une fois qu'ils eurent atteint les falaises, Audrey vit à sa grande horreur qu'elle ne pouvait pas les suivre jusqu'à la falaise sans se faire remarquer. C'était bien trop à découvert. Se réfugiant derrière un petit amas rocheux, elle patienta en retenant son souffle. Elle devait concocter un plan pour les sauver, et à voir les visages des soldats qui encerclaient les deux prisonniers, elle n'avait guère de temps.

⁂

GODRIC PARCOURUT LA PASSERELLE ET DESCENDIT SUR LES docks alors que la lune se levait au-dessus de l'horizon. Le reste de la Ligue était sur ses talons : Ashton, Lucien, Cédric et Charles. Ils n'avaient pas dit grand-chose durant leur traversée de la Manche. Ils étaient correctement armés et prêts à descendre quiconque se dresserait en travers de leur chemin.

— Où croyez-vous que nous trouverons Jonathan ? demanda Godric à Ashton une fois qu'ils mirent pied à terre.

Ce dernier avait ordonné à son capitaine de les attendre et, si nécessaire, d'être prêt à reprendre immédiatement le large.

— Je pense qu'il...

Ashton se figea et se concentra sur l'activité des docks. Des marins criaient et il y avait un tempo dans la foule qui rendit Godric mal à l'aise. Ashton paraissait partager son inquiétude. Il aborda un homme et lui demanda quelque chose que Godric n'entendit pas. Le temps que la Ligue le rejoigne, son visage avait pâli.

— Tout le monde parle d'espions anglais. Deux hommes ont été arrêtés et...

Il hésita.

— Dites-le.

Le cœur de Godric martelait. Il savait que c'était mauvais, mais il ne savait pas à quel point.

— Apparemment, les gens du coin ne savent pas s'ils survivront le temps d'être jugés.

— Seigneur Dieu, marmonna Lucien.

— Deux hommes, dites-vous ? Pas de femme ? demanda Cédric.

— Non, ils ont dit deux hommes. Cela étant...

Il discuta à nouveau avec l'homme afin de tirer quelque chose au clair.

— Apparemment, l'un d'eux était habillé en femme...

Cela désarçonna tous les hommes de la Ligue à l'exception de Lucien qui avait l'habitude quotidienne de résoudre des casse-têtes.

— Bien entendu !

Ashton remercia l'homme et la Ligue quitta rapidement les docks pour s'enfoncer plus profondément dans le port. Heureusement, Avery avait payé généreusement ses privilèges dans de nombreux ports, ce qui incluait une interférence minimum de la bureaucratie locale.

— Et Audrey ? demanda rapidement Cédric une fois qu'ils furent seuls.

— Je la soupçonne de s'être échappée, dit Lucien. C'est pourquoi un des hommes a choisi de s'habiller en femme, afin de dérouter les soldats et de lui donner le temps de s'enfuir. Je me demande qui ?

— Cela n'est pas très important pour le moment, dit Ashton.

— Probablement pas. C'est plus une question de curiosité. Avery s'est déjà certainement déguisé dans le cadre de son travail. Mais si Jonathan les a rattrapés... Alors oui, j'imagine qu'il a pris la place d'Audrey. Ou du moins a essayé de le faire.

— Alors vous pensez qu'Avery est avec Jon ? demanda Charles.

— C'est le scénario le plus probable, dit Lucien. Depuis qu'il s'est lancé dans cette carrière, j'ai craint que ce jour n'arrive, ajouta-t-il avec un profond soupir.

Ils s'arrêtèrent devant l'échoppe d'un maréchal-ferrant où ils tambourinèrent à la porte, appelant à l'intérieur. Un homme plus âgé fit son apparition, maugréant contre l'impolitesse de certains.

Ashton tira sa bourse de sa poche.

— Combien pour huit chevaux ?

— *Huit ?*

Le forgeron le dévisagea.

— Huit, Monsieur ?

— Huit, répéta Ashton.

Les cinq hommes obtinrent vite leurs nouvelles montures. Cédric, Lucien et Charles aidèrent à seller les chevaux puis ils prirent la route, Ashton et Godric ouvrant la marche.

Restez en vie, mon frère. Peu importe ce qu'ils vous font, restez en vie.

Godric ne voulait pas songer à ce qui se passerait s'il perdait son frère. Ils avaient à peine commencé à se connaître en tant que frères et plus seulement en tant que gentleman et serviteur.

Jonathan avait vécu dans l'ombre de Godric toute sa vie durant, et c'était un problème qui remplissait toujours ce dernier d'une culpabilité secrète.

J'ai tant de choses à rectifier avec lui. Je ne peux pas lui faire faux bond.

La Ligue chevauchait comme des spectres sur la route, avec seul le clair de lune pour les guider. En traversant le village, Ashton demanda de plus amples informations à des gens du cru. Son français était si parfait qu'à la faible lueur des fenêtres, ils avaient pensé que le groupe appartenait à la noblesse française plutôt qu'anglaise.

Quand il obtint les informations qu'il désirait, il adressa aux autres un geste du menton et désigna une falaise voisine.

— Par-là, dit-il en français.

Leurs chevaux repartirent à toute hâte. La vue d'un feu très loin devant eux était un bon signe. Ce devait être eux.

Quand ils se rapprochèrent, ils entendirent des coups de feu distants plus loin sur la route.

— Allez ! s'écria Godric.

Il claqua les rênes sur les flancs de sa monture et se pencha en avant, filant devant les autres. Cédric était pile derrière lui, hurlant le nom d'Audrey comme un cri de guerre.

❦

— CHIEN D'ANGLAIS !

Un des soldats abattit la crosse de son fusil sur le visage d'Avery.

— Où est la femme ?

Avery grogna et cracha du sang à terre.

— Elle est là-bas.

Il était allongé sur le côté, les mains toujours ligotées devant lui.

Ils avaient commencé leur interrogatoire par Avery et de toute évidence, ils aimaient lui faire mal. Certains se passaient une bouteille et plaisantaient alors que la scène se poursuivait.

— Je suis las de vos balivernes, chien d'Anglais. L'homme qui nous a prévenus de votre existence n'aurait jamais pris cet homme pour une femme.

— En êtes-vous certain ? Elle est très séduisante dans cette robe.

Le soldat donna un coup de pied dans le ventre d'Avery et Jonathan leur cria d'arrêter.

— Vous allez le tuer. Ne mérite-t-il pas d'être jugé au préalable ?

Les soldats hilares se tournèrent vers lui. Un homme, le capitaine, s'avança et posa un regard glacial sur Jonathan.

— Peut-être. Peut-être pas. Mais cela me donne une idée.

Son anglais était aussi mauvais que le français de Jonathan. Il se tourna, sortit un sabre dont il plaça la lame sous le menton d'Avery. La vive lumière de la lune donnait une lueur dangereuse au métal argenté.

— Celui qui me parlera en premier de la femme aura un procès, dit le capitaine en français, assez lentement pour que Jonathan comprenne.

Il regarda successivement les deux hommes.

— Quant à l'autre... qui saurait le dire ?

Avery secoua légèrement la tête. Jonathan le regarda pendant une longue seconde puis s'éclaircit la gorge. Il opina en regardant le capitaine.

— Je vais vous parler, mais en privé.

— Non ! cria Avery en se mettant difficilement à genoux. Vous n'allez pas oser...

— Silence !

Le soldat lui donna un coup de pied en plein visage et Avery s'écroula à terre avec un grognement de douleur.

— Je vais emmener celui-ci pour discuter.

Le capitaine redressa brusquement Jonathan, l'agrippant par le bras et le tirant vers un grand amas de rochers à une douzaine de mètres de là. Il lui donna un coup de pied dans les jarrets, le faisant s'écrouler à genoux. Puis il plaqua le canon d'un pistolet contre ses côtes.

— Dites-moi où est cette femme.

Jonathan essaya de temporiser pour se donner le temps de réfléchir.

— Elle...

Une silhouette sombre émergea des ombres et enfonça une lame dans la poitrine de l'officier.

— Elle est juste ici.

Le capitaine tituba en arrière, serrant toujours son pistolet dans ses mains, et il tira tout en s'écroulant à terre. L'ombre poussa un glapissement de douleur. Jonathan grimaça. Même vêtue d'un pantalon, il connaissait cette silhouette mieux qu'il ne se connaissait lui-même.

— Audrey !

Jonathan rampa vers elle. Ployée de douleur, elle se serrait le ventre.

— Je... je ne pensais pas... qu'il réussirait à tirer.

— Tout va bien. Respirez, ma chérie. Nous allons nous en sortir.

Il chercha la lame et quand il la trouva, la retira de la poitrine du soldat. Il trancha la corde qui lui retenait les poignets et jeta les liens à terre. Puis il déplaça Audrey, la ramenant derrière les rochers, tendant l'oreille pour savoir si d'autres soldats approchaient.

— Capitaine, que s'est-il passé ? Vous l'avez tué ? s'écria un des gendarmes français d'une voix légèrement grise.

Jonathan marmonna un juron et fit de son mieux pour répondre.

— *Oui* !

Il entendit l'homme rire et se hissa afin de jeter un œil de l'autre côté des rochers. Ses yeux mirent un moment à s'ajuster, mais il se rendit vite compte qu'un des soldats avait braqué son fusil vers la poitrine d'Avery.

Jonathan fonça vers le groupe de gardes armés et tacla celui qui braquait son arme, le projetant à terre. Il parvint à lui donner un bon uppercut avant d'être écarté par d'autres soldats puis taclé au sol.

— Plaquez-le à terre ! cria un des gardes.

C'était fini. Il allait mourir et Audrey risquait de décéder des suites de sa blessure.

Sous ses mains, l'herbe froide était rendue glissante par les embruns. Il leva la tête, contemplant à l'horizon les eaux de la Manche au clair de lune. C'était beau, mais il aurait préféré que son dernier spectacle soit le visage d'Audrey.

Nous étions censés vieillir ensemble, entourés par nos petits-enfants. Ce n'était pas censé de se terminer ainsi.

Le soldat qu'il avait frappé se tenait à présent devant lui, lui bloquant la vue.

— Je crois que personne ne va passer au tribunal aujourd'-hui, dit-il.

Il souleva la crosse de son fusil et frappa Jonathan en pleine tête.

Le visage d'Audrey remplit son esprit. Des bribes de souvenirs de l'année précédente défilèrent en succession rapide. Colérique, elle plissait les paupières alors qu'il la portait au lit. Le sourire tentateur sur ses lèvres pulpeuses alors qu'il amorçait l'hameçon pour pêcher. Son regard sulfureux et plein de désir dans le reflet d'un miroir au Jardin de Minuit. La façon dont elle avait murmuré son prénom alors qu'il faisait l'amour.

« Comment ne pourrais-je pas aimer un homme tel que vous ? »

Un bruit de tonnerre fit s'agiter les gendarmes français.

— Des chevaux arrivent ! cria un homme. Des chevaux arrivent !

Jonathan vit un certain nombre de chevaux débouler parmi eux comme une petite cavalerie. Godric ouvrait la marche, un pistolet à la main. Puis tout devint noir.

⁂

—Jonathan. Jonathan ! Réveillez-vous, mon frère.

À présent entouré d'amis et non d'ennemis, Jonathan reprit connaissance. Le silence au sommet de la falaise n'était rompu que par le halètement des hommes.

— Que... ? Que s'est-il passé ? Les soldats ?

— La plupart se sont enfuis, dit Godric. Je crois qu'ils avaient beaucoup bu et notre assaut nous a fait paraître plus nombreux que nous l'étions vraiment. Nous n'avons pas beaucoup de temps avant qu'ils ne reprennent leurs esprits et ne reviennent. Êtes-vous capable de bouger ?

Jonathan se rassit.

—Je le crois.

— Que diable portez-vous ?

Jonathan sourit.

— Ce satané déguisement ne m'a rien apporté de bon.

— Un déguisement ? On dirait que vous vous êtes échappé d'une vieille malle dans le grenier et que la penderie vous a attaqué au passage.

Il tirailla sur la dentelle couverte de boue en se demandant comment les dames réussissaient à garder leurs robes propres.

À quelques mètres de là, Charles et Ashton s'occupaient d'Avery. Cédric paraissait chercher quelqu'un. Mais qui ?

— C'est bien. Alors peut-être pourriez-vous nous expliquer comment vous avez fini en robe ?

— Eh bien, les soldats arrivaient et...

Jonathan se redressa d'un bond.

— Audrey… ? *Audrey !*

— Ici. Je peux sortir, maintenant ? l'entendit-il crier depuis l'affleurement rocheux.

Il s'avança en boitillant et trouva Audrey derrière, adossée à un rocher. Elle souriait en dépit de la pâleur de son visage.

— Mon Dieu, ma chère ! J'ai cru vous avoir perdue.

— Non. Je suis là où vous m'avez laissée.

Elle dévisagea sa robe affreuse.

— Le violet et la dentelle ne vous vont vraiment pas au teint, mais je parie que vous serez extraordinaire en vert.

Il l'étreignit tendrement, amusé par sa capacité à le taquiner pendant un moment tel que celui-ci.

— *Ah* !

Il la lâcha quand elle poussa un cri de couleur. La terreur le saisit quand il étudia les yeux emplis de douleur de la jeune femme.

— Votre blessure… commença-t-il.

— Audrey ?

Cédric se précipita vers eux, saisit doucement le visage d'Audrey et lui embrassa le front.

— Vous allez bien ! Dieu merci, vous allez bien.

Sa sœur grimaça en poussant un petit rire.

— J'avoue que je me suis déjà sentie mieux.

Cédric la lâcha et elle regarda les hommes qui se rassemblaient autour d'elle.

— Vous êtes tous… si gentils. Je…

Elle fit quelques pas tremblants puis s'écroula.

— Audrey ! s'écria Jonathan.

— Elle est blessée.

Cédric la prit dans ses bras et quand il retira la main de son flanc, elle était couverte de sang.

— Qu'est-il arrivé ?

Jonathan la souleva dans ses bras.

— Elle a reçu une balle quand elle a tué le capitaine. Nous devons retourner en ville.

— Vous ne devriez pas la bouger, protesta Cédric en ouvrant de grands yeux effrayés.

— L'endroit n'est pas sûr, dit Godric. Saouls ou pas, ces soldats reviendront vite.

Ashton prit la parole.

— J'ai un chirurgien à bord de mon navire. Si quelqu'un peut la sauver, c'est bien lui.

Cédric insista pour l'y emmener personnellement. Jonathan souleva Audrey dans ses bras et attendit que le frère de cette dernière enfourche sa monture. Puis il lui passa la jeune femme et Cédric fila des quatre fers. Jonathan retira sa robe à la hâte, ne portant plus que son pantalon fin et la chemise qu'il avait en dessous, et il enfourcha un des chevaux libres que la Ligue avait emmenés. Les autres le suivirent à bride abattue.

Ils mirent presque un quart d'heure pour revenir à Calais et monter à bord de leur navire. Ashton ordonna au capitaine de lever immédiatement les voiles et de surveiller attentivement les signes du moindre problème en provenance du port. Si les gendarmes sonnaient l'alerte, les bateaux de l'armée française amarrés au port pouvaient encore les attaquer.

Jonathan descendit sous le pont à la recherche du chirurgien, un homme aux cheveux gris appelé Lewis. Audrey se trouvait déjà à l'infirmerie, étendue sur un lit d'appoint. On avait déchiré sa chemise blanche. Cédric était incapable de regarder le médecin achever son examen.

— On lui a tiré dessus ? demanda le Dr Lewis.

— Oui. Par un pistolet, quasiment à bout portant, ajouta Jonathan.

Le docteur se pencha, souleva doucement la chemise d'Audrey jusque sous ses seins et examina la plaie. Du sang dégoulinait d'une profonde coupure dans son ventre, et il l'examina délicatement du bout du doigt. Puis il tâta son dos et grimaça.

— C'est apparemment une plaie superficielle.

— Alors, c'est positif ? demanda Jonathan.

— Ne confondez pas plaie superficielle et égratignure, le mit en garde le médecin. Je veux dire que la blessure ne s'étend apparemment pas à des organes vitaux et que la balle n'est pas restée logée en elle, mais la coupure reste profonde. Elle a perdu du sang.

— Va-t-elle survivre ? demanda Cédric.

— Une fois que j'aurai nettoyé la plaie et que je l'aurai recousue, elle va probablement se remettre. Je vous suggère à tous les deux d'attendre dehors.

Godric et Jonathan échangèrent un regard.

— On reste.

— J'ai été poli, jusque-là, gronda le docteur. Dehors, tous les deux ! J'ai besoin de paix et d'espace pour travailler.

Jonathan serra une dernière fois la main d'Audrey avant que le duo ne sorte de l'infirmerie. Cédric s'appuya contre le mur, mais après un moment, il se laissa glisser au sol et se prit le visage entre les mains. Jonathan regardait sans la voir la paroi en bois qui se dressait devant lui. Il se sentait engourdi, engourdi par la douleur, engourdi par la peur, engourdi par le fait qu'il risquait de perdre la seule femme qu'il avait osé aimer.

— C'est de ma faute, dit Cédric.

Jonathan fut choqué de voir des larmes maculer son visage.

— Ce n'est pas de votre faute, dit-il. C'est de la mienne. Avery et moi avons essayé de la mettre à l'abri, mais elle est venue nous chercher. J'aurais dû savoir qu'elle ne m'écouterait pas.

Cédric secoua la tête.

— Je n'aurais jamais dû faire fuir ces hommes qui sont venus la courtiser. Je l'ai poussée vers sa nature rebelle. Si je n'avais pas interféré, elle aurait pu être mariée à un homme tranquille et gentil, organiser sa maternité et assister à des bals.

Jonathan n'avait pas envie de s'imaginer tout cela, du moins pas avec un autre homme que lui, mais si cela signifiait qu'elle serait vivante et en sécurité, il aurait donné n'importe quoi pour revenir en arrière et lui offrir cette vie tranquille et heureuse.

Cependant, il connaissait Audrey. Elle n'était pas destinée à une vie tranquille. C'était une femme qui avait envie de se battre, de mériter sa place dans l'existence et de faire la différence. Il comprit que ses propres visions idéalisées de leur vie conjugale étaient bien bêtes. Audrey ne se contenterait jamais d'une vie tranquille et calme. C'était une battante, une petite Amazone. Cela ne changerait jamais.

Il comprit également – même s'il avait failli mourir aux mains de ces soldats français – qu'il voulait être à ses côtés à tout moment de chaque aventure. Il avait toujours eu un côté sauvage, mais depuis qu'il était devenu gentleman, il avait fait de son mieux pour le réprimer, pensant bêtement qu'Audrey aurait besoin d'un homme posé pour la calmer. Ce dont elle avait vraiment besoin était de quelqu'un qui serait à ses côtés à toutes les grandes étapes de sa vie et ne la retiendrait pas.

— Audrey n'épouserait jamais un homme calme et posé, dit Jonathan.

Il posa les coudes sur ses genoux et laissa la tête basculer en arrière contre la porte.

— Je suppose que vous avez raison. Depuis le jour de sa naissance, j'ai su qu'elle était destinée à de plus grandes choses. Elle n'était pas comme moi ou Horatia. Elle avait des étoiles dans les yeux et des rêves si grands qu'ils semblaient impossibles.

Un sourire en coin joua sur les lèvres de Cédric.

— J'aurais dû savoir qu'elle était sérieuse pour cette histoire d'espionnage.

— Je savais qu'elle était sérieuse, mais je n'aurais jamais cru qu'elle parte, pas après...

— Après quoi ? demanda Cédric.

Jonathan souffla et rassembla son courage. Si elle survivait à cette épreuve, il épouserait Audrey, et maudits soient ceux qui se dresseraient en travers de sa route.

— Après avoir accepté ma demande en mariage.

Il attendit, se demandant si Cédric laisserait exploser sa colère. Pendant des mois, tous les membres de la Ligue lui avaient dit que Cédric approuverait le mariage, mais l'esprit de surprotection de ce dernier et ses standards impossibles quant au bonheur de ses sœurs étaient légendaires.

— Vous lui avez enfin fait votre demande ? s'esclaffa Cédric. Il était grand temps.

— Vous n'êtes pas contrarié ? Je craignais qu'après que Lucien et vous...

— Vous n'êtes pas Lucien. Vous n'avez pas le même passé avec les femmes. Et Audrey n'est pas comme Horatia. Elle a le cœur doux derrière ses airs revêches. Elle avait besoin de ma protection, même si elle n'en avait pas conscience. Je devais m'assurer que l'homme qui remportait son cœur en valait la peine.

Il marqua un temps d'arrêt et posa sur Jonathan un regard brun ferme.

— Mais je ne me suis jamais inquiété pour Audrey. Oui, elle sera toujours ma petite chatte adorée, mais à l'intérieur, elle est dure comme l'acier. Elle n'a jamais eu besoin de ma protection. Quel que soit l'homme qu'elle choisisse, il aurait toujours été le bon. Et... je suppose que je ne voulais simplement pas qu'elle grandisse trop vite.

Il plissa les lèvres.

— Mais ses instincts étaient justes. Du moment où elle vous a choisi, quelles que soient les petites inquiétudes que j'entretenais à propos de son futur, j'ai tout oublié parce que je sais que vous êtes fait pour elle.

— Je dois admettre que je ne me suis jamais senti digne d'elle, confessa Jonathan.

— Et vous ne devriez pas, dit Cédric en s'autorisant un léger sourire. Mais un homme l'est-il vraiment quand cela concerne la femme qu'il aime ? Je ne serai jamais digne d'Anne ou du sol sur lequel elle marche. Nous ne sommes que des mortels qui osent aimer des déesses.

Songer à Audrey comme à une déesse fit sourire Jonathan. Elle serait certainement d'accord.

— Vous êtes la bonne personne, Jon. Faites confiance à votre cœur et vous verrez.

Ils redevinrent silencieux, un silence de ceux qui surviennent après une violente tempête, comme s'il savait qu'il affrontait à présent l'heure la plus sombre de sa vie. Et s'il survivait, si *elle* survivait, rien d'autre ne serait jamais aussi terrible.

Un par un, les derniers membres de la Ligue arrivèrent et s'assirent sur le sol près d'eux. Godric, Lucien, Ashton, Avery et Charles veillèrent alors qu'ils attendaient, priaient et espéraient.

Assis à côté de son frère. Godric posa une main sur son genou en signe de soutien fraternel.

— Comment cela a-t-il pu arriver ? demanda Cédric à voix basse.

Tous les yeux se tournèrent vers Avery.

— Nous avons été trahis. On a vu Daniel Sheffield, l'homme avec qui nous étions censés travailler, sortir de chez les gendarmes avant que ceux-ci ne se rassemblent.

— Mais pourquoi ? demanda Jonathan.

— Je devine qu'il avait reçu des ordres, dit Avery. J'avais déjà travaillé avec Sheffield. C'est un professionnel et à ce que j'en sais, il n'a pas la moindre animosité contre moi. Je crains également ment de ne pas avoir été la cible.

— Audrey... gronda Cédric. Mais pourquoi ? Elle était juste une enfant qui joue à des jeux d'adultes.

— On lui a confié cette mission parce qu'on pensait qu'elle serait douée pour acquérir des informations à la cour française. De nombreux aristocrates se seraient ouverts à elle à cause de son apparence, de son charme et de son sens de la mode. Et elle manie avec ruse l'art de la conversation.

Ashton se frotta le menton.

— Avery, je sais que vous n'êtes pas en droit de trop nous en révéler, mais si Sheffield n'a rien contre Audrey et vous, il doit s'agir de celui qui lui donne des ordres. À qui répond Sheffield ?

Avery resta silencieux pendant un moment.

— Allons ! dit Godric. C'est peut-être une histoire de vie ou de mort.

Avery soupira.

— Sheffield est sous les ordres de Sir Hugo Waverly.

— Non, murmura Charles.

Tous les hommes se tournèrent vers lui. Son visage devint cendreux alors qu'il levait la tête et que son regard quittait le sol.

— Est-il impliqué aux Affaires étrangères ? Ce n'est pas possible.

— C'est *parfaitement* possible, le contredit Godric.

— Il est à la *tête* des Affaires étrangères, dit Avery. Il y a une figure officielle, un homme que les membres du public voient gérer les affaires diplomatiques. Mais Hugo est chargé des agents sur le terrain.

— Nous savions qu'il était revenu, rappela Ashton à la cantonade. Et il a rendu très claires ses intentions envers nous.

— Que voulez-vous dire par *revenu* ? demanda Avery.

— Une de mes sources m'a informé voilà un moment de son retour de France, dit Ashton. À l'époque du mariage de Godric et d'Émily.

— Pour autant que je sache, Hugo n'a pas quitté l'Angleterre depuis des années, dit Avery. Il est bien trop occupé pour quitter son bureau pendant très longtemps.

Godric fronça les sourcils.

— Alors durant tout le temps où nous l'avons cru à l'étranger, il était à Londres, sous notre nez ?

— À manigancer, dit Ashton. À nous observer. À attendre. Ma source a certainement reçu la nouvelle du retour d'Hugo pour faire office de déclaration. C'était sa façon de nous faire savoir qu'il allait s'en prendre à nous.

— Tous les signes étaient là, dit Cédric. Il est temps de mettre un terme à tout cela. Il n'y a pas d'autre moyen. Il faut arrêter Hugo une bonne fois pour toutes.

— Seigneur Dieu, marmonna Lucien. Comment s'y prend-on pour combattre un chef des services secrets ?

— De la seule façon possible, dit Ashton. Nous devons jouer à ce jeu mieux que lui.

Jonathan voyait les pions se déplacer sur l'échiquier mental de son ami. La Ligue des Rebelles et Waverly s'apprêtaient à jouer au jeu le plus mortel que le monde avait jamais connu. Mais il devrait s'en inquiéter plus tard. Une fois qu'ils seraient rentrés, ils trouveraient un moyen d'arrêter Waverly. Pour l'instant, Hugo était relégué dans un coin de son esprit.

Soyez forte pour moi, mon cœur. Il envoya cette pensée silencieuse dans les airs, espérant qu'Audrey puisse l'entendre. S'il y avait au monde quelqu'un d'assez entêté pour rester en vie, c'était sa petite furie.

Je vous en prie, mon amour, revenez-moi.

CHAPITRE 23

La *douleur*... Audrey n'arrivait pas à se concentrer sur autre chose. Des images défilèrent dans son esprit, des fragments de souvenirs dont elle eut du mal à rattraper les éclats. Un bateau en partance pour la France, une auberge tranquille, des soldats, une explosion, une falaise au clair de lune, un couteau tiré, un coup de feu dans le noir... puis la douleur. Tant de douleur !

Puis quelque chose d'autre. Quelque chose de plus important.

« *Je vous en prie, mon amour, revenez-moi.* »

Cette voix !

C'était comme si elle était prisonnière d'un endroit entre deux respirations, un monde de souvenirs et de sensations.

Des yeux verts perçants, un léger sourire, un petit rire qui n'était destiné qu'à elle.

Elle inspira profondément dans un hoquet.

Le miroitement de la lumière sur l'eau, les poissons qui éclaboussent dans le lac, le balancement d'une barque. Un autre baiser profond afin de satisfaire des siècles d'attente.

Elle souffla lentement.

« *Je vous aime.* »

Ces mots resteraient gravés dans son cœur pour toujours. Ils ne pourraient jamais revenir dessus, mais à présent, elle avait soudain trop peur pour affronter l'homme à qui elle les avait dits.

— Sa respiration est devenue régulière.

Une voix différente parla, quelque chose remua au-dessus d'elle et ses muscles se tendirent. Puis...

— Elle m'a serré la main.

Jonathan. Avec ce nom, tout ce qui s'était passé lui revint. Les hommes, les soldats, elle qui bondissait hors de l'obscurité pour sauver celui qu'elle aimait, avant de s'écrouler de douleur et de se laisser engloutir par l'obscurité.

— Ce sont peut-être des spasmes musculaires. Mieux vaut ne pas vous faire de faux espoirs.

L'autre voix reprit la parole.

Son ton la fit se hérisser. Elle avait dit à l'homme qu'elle allait bien.

Mais ce n'est pas le cas. Tout n'est que douleur et je n'arrive pas à ouvrir les yeux.

— Nous sommes presque rentrés, Audrey. Les vents de la Manche nous ont été favorables, comme je l'avais promis.

La voix de Jonathan était proche et la pression de ses lèvres sur son front lui provoqua un frisson de soulagement. Il était en sécurité. Elle l'avait protégé, tout comme il l'avait protégée. Comme elle avait espéré qu'ils se protégeraient toujours.

Elle perdit à nouveau connaissance, son esprit s'échappant alors que son corps succombait à l'épuisement.

À son prochain réveil, elle battit des paupières et remarqua que le monde était devenu immobile. Les balancements s'étaient arrêtés. Elle mit longtemps pour trouver la force d'ouvrir les yeux entièrement. Elle se rendit alors compte qu'elle se trouvait dans son lit dans la demeure de Cédric. Dans le lit à côté d'elle, allongé sur les couvertures et entièrement habillé, reposait Jonathan.

Ceci n'avait-il donc été qu'un rêve étrange et terrifiant ? S'était-elle vraiment rendue en France ? Une douleur terrible palpitait dans son flanc et elle laissa échapper un gémissement. La douleur lui rappelait que tout ceci n'avait certainement pas été un rêve.

Jonathan était endormi sur le lit et ses deux mains étaient refermées autour d'une des siennes. Des lignes inquiètes marquaient son visage, même dans son sommeil, comme si son inquiétude l'avait suivi même dans ses rêves. Elle aurait voulu pouvoir les effacer.

Elle se sentit soudain bête de l'avoir quitté. Elle avait tant cherché à prouver sa valeur et à faire la différence qu'elle avait oublié qu'il y avait suffisamment de batailles à mener chez elle, à Londres. Les droits des femmes, dans un premier temps ! Elle se concentrerait dessus et laisserait l'espionnage à d'autres.

Enfin, à part peut-être quand c'était absolument nécessaire.

Elle resta allongée pendant de longues minutes, étudiant le visage de Jonathan, jusqu'à la moindre petite tache de rousseur sur son nez et ses joues, découlant des heures de labeur dans les jardins du domaine d'Essex. Il avait travaillé très dur dans la vie et connaissait à peine la chance d'en profiter. Elle avait failli le faire tuer. Elle jura alors de ne plus lui faire encourir le moindre problème.

Du moins, pas de problème sérieux.

Enfin... rien que Jonathan ne saurait gérer.

Après tout, elle ne voulait pas que sa vie devienne *ennuyeuse*.

Elle murmura son prénom et eut le plaisir d'assister à son réveil, de voir la façon dont ses yeux brillèrent de soulagement comme des émeraudes jumelles. À l'auberge, ils s'étaient avoué mutuellement leur amour ; elle ne l'avait pas oublié.

Mais les choses allaient-elles changer entre eux après leur aveu ?

Son visage rayonnait d'un amour qui la remplissait de joie.

— Dieu merci, dit-il. J'avais si peur que vous ne vous réveilliez jamais !

Elle ne put résister à l'envie de le taquiner.

— Pourtant, je suis là.

Elle se sentait étourdie et un peu nerveuse.

Un sourire hésitant s'empara de ses lèvres.

— C'est vrai. Comment vous sentez-vous ?

— Très mal, mais aussi merveilleusement bien.

Jonathan éclata de rire.

— « Très mal » est plutôt bon signe. Le Dr. Lewis nous avait prévenus que si la douleur cessait, nous vous perdrions probablement. Mais la douleur est une bonne chose. Cela veut dire que votre corps se bat pour rester en vie.

— Eh bien, vous avez dit que j'étais une battante.

Elle inclina la tête et battit des cils d'une façon qui mettait ses yeux en valeur.

— Vous feriez mieux d'arrêter, la prévint Jonathan. J'ai déjà très envie de vous embrasser, et je ne peux pas. Vous avez une grave blessure.

Elle fit la moue.

— Ce n'était qu'un coup de feu. Quelques baisers ne feraient pas de mal.

Jonathan leva les yeux au ciel.

— *Seulement* un coup de feu ? Écoutez-moi bien, ma chère : vous allez rester tranquille et tâcher de vous rétablir, parce que j'ai un mariage à préparer.

C'étaient les mots qu'elle avait eu envie d'entendre et ses yeux commencèrent à s'embuer.

— Un mariage ?

— Oui. À moins de m'être complètement mépris sur tout ce

qui s'est passé entre nous, vous m'aimez autant que je vous aime, et vous aviez parfaitement l'intention d'accepter ma proposition quand vous seriez rentrée de France. Eh bien, vous êtes rentrée de France, n'est-ce pas ? Si je me trompe, vous feriez mieux de me le dire tout de suite avant qu'il ne soit trop tard.

Il y avait une sincérité dans sa voix qui exprimait clairement qu'il craignait qu'elle ne revienne sur ses paroles.

Elle essaya de se retenir de rire.

— Êtes-vous certain de vouloir vous retrouver enchaîné à une femme telle que moi ?

— Je ne pense pas que vous puissiez être enchaînée à qui ou quoi que ce soit, Audrey. C'est ce que j'aime chez vous.

Puis il l'embrassa doucement, si doucement qu'elle eût l'impression que c'était le rêve le plus fantastique du monde. Quand leurs lèvres s'écartèrent enfin, elle se frotta le menton.

— Comment se porte Cédric ? Il doit être paniqué.

— Il l'est. Nous le sommes tous. La Ligue tout entière s'est précipitée à votre rescousse, Madame Société.

— Oh, non... Vous ne leur en avez quand même pas parlé ?

— Je crains que le secret ne soit éventé, mais pas de mon fait.

Elle soupira.

— Sont-ils furieux contre moi ?

Jonathan ricana.

— Furieux ? Non, mais vous avez hérissé quelques plumes. Puisqu'on en parle, Charles exige de savoir comment vous avez appris pour les cygnes.

— Les cygnes ? demanda-t-elle.

— Oui. Vous avez fait référence à l'incident dans votre rubrique bien avant que les rumeurs ne se propagent.

— J'étais présente, bien sûr. Vauxhall n'est pas exactement un endroit privé. Je me suis cachée à l'arrière d'une barque et je l'ai suivi à bonne distance quand sa maîtresse et lui sont partis sur le lac.

— Seigneur Dieu ! Je suppose qu'à votre manière, vous avez toujours été une espionne. Je devine que vous étiez aux premières loges.

Elle afficha un sourire taquin.

— Effectivement ! Et quand je me sentirai mieux, j'aimerais bien essayer une des positions que j'ai vues. Sans les cygnes, bien sûr.

Elle vit que ses paroles firent profondément rougir Jonathan.

— Je crois qu'être marié à vous ne sera jamais ennuyeux. Il porta la main d'Audrey à ses lèvres et déposa un léger baiser sur le revers de ses doigts.

— J'espère bien que non.

Audrey s'étira un peu pour bâiller, mais elle ne put dissimuler l'éclair de douleur que cela lui provoqua.

— Reposez-vous, je vous en prie, dit Jonathan. J'ai besoin que vous alliez mieux.

— Seulement si vous restez avec moi.

Elle ferma les yeux alors que l'épuisement la ramenait lentement vers le monde des rêves.

— Bien entendu, dit Jonathan. Je ne partirai jamais.

ÉPILOGUE

*D*eux mois plus tard.

La calèche d'Audrey s'arrêta devant Saint-Georges et elle retint son souffle. La nervosité lui fit placer une main sur son ventre. Elle avait gardé son corsage délacé et n'avait pas porté de corset sous sa robe afin de se donner l'espace de respirer sans trop frotter contre sa plaie. Elle n'était pas aussi bien habillée qu'elle l'aurait voulu pour le jour de son mariage, mais au moins, elle était vivante et épousait *enfin* Jonathan.

— Vous êtes prête ? demanda Cédric en l'aidant à descendre du véhicule.

— Je le suis.

Elle lui tendit les mains et leva les yeux vers lui.

— Et vous ?

Son frère aîné sourit.

— Prêt à vous laisser grandir et devenir une épouse et une mère ? *Jamais*, mais je ne pourrais pas vous confier à un homme meilleur.

L'émotion lui érailla la voix.

— Si mère et père pouvaient vous voir à présent, ils seraient fiers de vous.

Ses yeux s'embuèrent alors qu'il s'éclaircissait la gorge.

— Allons, ne commencez pas, dit-elle en reniflant. Si Jonathan me voit pleurer, il va s'inquiéter.

Cédric hocha la tête et essaya de se reprendre à son tour.

— Alors, nous ferions mieux de vous marier avant que je me comporte comme un idiot.

Il rit et s'essuya les yeux.

Cédric ouvrit les portes de l'église et ils allèrent à la rencontre de la foule qui les attendait. Audrey rayonnait. Elle se sentait belle dans sa robe rose pâle. Il y avait des perles sur le corsage et de la dentelle belge bordait les manches et l'ourlet. Elle était simple, mais élégante, la meilleure sorte de robe possible, et elle ne la porterait plus jamais. Son ventre avait enfin réussi à guérir hormis pour une cicatrice rouge vif qui la tiraillait toujours. Cependant, à présent, elle était capable de porter une robe légèrement plus serrée sans trop de douleur.

Son frère l'escorta jusqu'à l'autel où Jonathan l'attendait nerveusement. Depuis leur retour de France, il avait été si ouvert, si affectueux ! Il avait fallu qu'ils risquent de se perdre pour découvrir la profondeur de leur amour.

Ils échangèrent la promesse de s'aimer et de s'honorer mutuellement, et on les prononça mari et femme. Jonathan lui prit le visage entre les mains et en dépit – ou peut-être à cause – des murmures scandaleux que cela générerait, il déposa sur les lèvres d'Audrey un baiser de miel et de feu, en présence de tous.

— Serait-ce terriblement impoli de bannir tout le monde pour qu'on puisse profiter de notre nuit de noces, après tout ? demanda-t-elle quand ils s'écartèrent.

— Terriblement impoli.

Jonathan cligna des paupières.

— Mais depuis quand l'un de nous se préoccupe-t-il des convenances ? Vous n'avez qu'à dire un mot et je les bannirai.

— *Hmm*, les interrompit Charles derrière eux. Personne ne va être banni avant que j'aie pu goûter une tranche du gâteau de mariage. Ce sera ma récompense pour avoir assisté à un *autre* satané mariage.

— Ce sera bientôt *votre* tour, l'informa Audrey.

— Probablement pas, répliqua-t-il, mais elle ne manqua pas l'étincelle d'espoir dans ses yeux.

— Je suis certain que Madame Société a beaucoup de choses à dire sur ce sujet.

Elle se mordit la lèvre pour se retenir de pouffer devant l'expression horrifiée de Charles.

— Oh, non, marmonna Jonathan d'un air amusé.

— Pour une fois, Madame Société se mêlera de ses affaires.

Charles souffla et s'éloigna. Linley, son jeune valet, trottinait dans son sillage. Audrey sut qu'il n'était pas aussi en colère qu'il prétendait l'être et elle afficha un petit sourire malicieux.

— Oh, non, vous souriez ? demanda Jonathan.

Elle pouffa, ignorant le pincement douloureux dans son ventre.

— Peut-être.

— Vous complotez déjà.

— Mon cher, je complote *toujours*.

— Vous savez ce que je veux dire. Vous avez quelqu'un à l'esprit pour Charles. Un énième complot d'entremetteuse de Madame Société ?

— Non, non. Pour être honnête, je ne crois pas que *je* puisse faire grand-chose pour Charles. Il est trop fermé. Trop prudent.

Jonathan cala le bras d'Audrey sous le sien puis ils revinrent vers la calèche qui les emmènerait chez lui... non, dans *leur* maison, pour le petit déjeuner du mariage.

— Alors pourquoi souriez-vous ?

— Parce que je pense que parfois, les affaires se règlent toutes seules. Souvent des façons les plus improbables.

— Vous parlez comme une satanée pythie.

Elle ne parvint pas à s'arrêter de rire devant l'expression mystifiée du visage de son mari.

Mon mari. Elle avait attendu si longtemps de pouvoir vraiment se servir de ces mots ! Jonathan lui saisit doucement la taille et la hissa dans la calèche. Heureusement, la journée était chaude pour la mi-novembre, mais elle ne put résister à l'envie de se plaquer contre Jonathan qui passa un bras autour de ses épaules et la serra contre lui.

— Vous vous sentez mieux ? demanda-t-il.

Audrey plaqua la joue contre son épaule et hocha la tête.

— Bien mieux.

Quand ils atteignirent sa demeure, elle la contempla avec un regard nouveau : celui d'une épouse.

— Vous savez, je l'ai achetée pour vous, dit-il en rougissant à nouveau. Tout ce que j'ai ajouté, les meubles, les décorations... Tout est conçu pour vous.

— Mais... comment avez-vous su que nous finirions ensemble ? Vous l'avez achetée après le mariage de Cédric et d'Anne, il y a plusieurs mois de cela.

— J'ai su que je vous désirais dès le moment de notre rencontre et je me suis convaincu que posséder une demeure convenable était obligatoire avant de pouvoir faire ma demande. Sentez-vous libre de modifier tout ce que vous voudrez. Après tout, c'est votre maison, à présent.

Sans voix, Audrey le laissa l'aider à descendre du véhicule et l'escorter à l'intérieur. Les serviteurs patientaient dans le vestibule pour les accueillir. Même les chats étaient là : Mitaine et Archimède. Mitaine frottait sa joue contre la botte d'un valet et Archimède était perché sur la balustrade. Battant l'air de la queue, il observait la foule. À sa surprise, la décoration lui convenait très bien. Ce n'était absolument pas la maison d'un célibataire qui requerrait une influence féminine. Elle se sentait déjà chez elle.

— Le petit déjeuner du mariage est prêt, les informa la gouvernante. Les invités arriveront-ils bientôt ?

— Merci, oui, bientôt.

Jonathan escorta Audrey vers la grande salle à manger pour qu'ils puissent admirer les dispositions pour le festin.

Un mois s'était-il vraiment écoulé depuis qu'elle avait dit au revoir à Gillian en tant que suivante lorsque celle-ci avait enfin épousé lord Pembroke ? À présent, Audrey se retrouvait à son propre festin avec son propre mari, prête à entamer une nouvelle vie.

Elle s'accrocha à Jonathan qui la serra contre lui.

— Quel est le problème ?

— Je n'arrive pas à croire que nous sommes mariés.

— Dites-moi que vous n'avez pas de regrets.

L'inquiétude dans ses yeux était si touchante ! Il y aurait toujours une partie de lui qui aurait du mal à se sentir digne de ce que la vie avait jugé bon de lui donner, et elle sentit son cœur se serrer d'amour. Leurs lèvres se rencontrèrent dans le genre de baiser qui découlait d'années à attendre quelque chose pour l'avoir enfin à portée de main. Ils en avaient eu envie tous les deux, leurs cœurs alourdis par une douleur silencieuse et désespérée. À présent, il n'y avait que de l'amour, que de la joie.

— Regretter d'épouser un homme tel que vous ?

Elle se hissa sur la pointe des pieds pour l'embrasser à nouveau.

— *Jamais*.

Invisible, Hugo se tenait dans une des ailes de Saint-Georges alors que les invités s'en allaient un par un. La rage le remplissait comme un poison lent qui lui noircissait l'âme.

Avery et elle étaient censés se retrouver emprisonnés. Sheffield l'avait informé que tous les deux avaient été capturés par des soldats français à Calais. La mission avait reposé sur le fait qu'Avery ou Audrey – vivants – subissent un procès. Le chaos qui s'en serait ensuivi se serait répercuté jusqu'à la cour royale. C'était suffisant pour que les révolutionnaires dévoilent leur jeu plus tôt, ou du moins se révèlent.

Et tout cela avait été détruit. Oh, il y avait bien eu un scandale, la rumeur que des espions capturés s'étaient échappés, même l'allégation scandaleuse d'une attaque de la cavalerie anglaise par certains des soldats. Mais au lieu que les divers aristocrates s'accusent du doigt à Paris, une bataille diplomatique faisait plutôt rage sur le sol anglais, confrontée à un front français uni. Au lieu d'endiguer une révolution, ses ressources étaient plutôt utilisées pour éviter une guerre. Les Français finiraient certainement par s'en servir comme moyen de pression afin de signer de meilleurs accords commerciaux. Tout ceci parce que la Ligue s'en était mêlée et qu'Audrey s'était échappée.

Ils étaient là, riant, souriant. Audrey avait même *épousé* un de ces maudits Rebelles. Il se concentra sur Charles et le jeune homme qui était son ombre constante.

C'est entièrement de votre faute, Lonsdale. J'abattrai ma vengeance sur vous pour les péchés que vous avez commis. Vous auriez dû mourir dans la rivière, mais parce que vous ne l'avez pas fait, ils paieront tous pour vos crimes.

Ashton dit quelque chose qui fit éclater Charles de rire et sourire tous ceux qui les entouraient.

Les imbéciles ! Il avait joué à des jeux qui, pour la plupart, ne s'étaient pas déroulés comme il l'avait espéré. Mais jusqu'ici, ce n'était rien de plus. Des jeux. Des jeux qui pourraient être remportés ou perdus sans véritable conséquence. Toutefois, le jeu était à présent terminé.

Vous avez pris la vie de Peter et celle de mon père. À présent, je vais prendre la vôtre, me servant de la main de celui en qui vous avez le plus confiance.

De là où il était, il vit Tom Linley faire courir ses yeux dans l'église comme s'il s'attendait à le trouver. Hugo sourit.

— Bientôt, dit-il avant de sortir discrètement par une porte latérale pour aller se mêler à la foule des passants.

❧

C'ÉTAIT UNE FÊTE DE MARIAGE DONT ELLE SE SOUVIENDRAIT. Audrey peignit tous les moments dans son esprit afin de ne jamais les oublier. Tous ceux qu'elle aimait étaient présents : les rebelles de la Ligue, sa sœur et le petit Evan, Émily, Anne et même Gillian et James. Tout ce pour quoi elle s'était battue si fort s'était enfin réalisé et elle n'y croyait toujours pas.

— Audrey, vous avez l'air très heureuse, murmura Gillian avec un sourire de contentement.

Elles se tenaient dans un coin de la pièce et regardaient les invités manger et discuter.

— Je le suis, admit-elle. Merveilleusement. Y croyez-vous, Gilly ? Nous sommes toutes les deux mariées aux hommes que nous aimons.

Son ancienne suivante hocha la tête et les larmes envahirent ses yeux.

— Parfois, je me réveille en pleine nuit et pendant un moment, j'oublie que je ne suis pas à la résidence Sheridan. Alors, je sens James à côté de moi et...

Elle s'interrompit.

— Parfois, je me mets à pleurer. Cela dérange James, mais je lui dis chaque fois que ce sont des larmes de joie.

Audrey commençait à lutter contre ses propres larmes.

— Je sais exactement ce que vous voulez dire. J'ai abandonné tout espoir tant de fois ! Et à présent, je me sens comme une idiote. Saviez-vous qu'il m'aimait depuis le début ?

Sa suivante répondit par un large sourire.

— Tout le monde le savait. C'était aussi clair que le ciel d'été. Mais je suppose que même Madame Société ne peut pas voir dans le cœur de tout le monde.

Gillian et elle éclatèrent de rire ensemble. Ce son la réchauffa d'une façon qu'elle n'oublierait jamais. Gillian l'étreignit puis partit secourir son mari des griffes de Charles qui essayait de lui dérober une autre part de gâteau.

— Vous savez... À présent que vous êtes marié, vous devriez faire attention à votre ligne, mon vieux.

Charles désigna du regard la taille de James.

— On ne voudrait pas que Gilly pense que vous vous ramollissiez, n'est-ce pas ?

— Je vous demande pardon ? s'étrangla son ami.

— Oh, oui. Vous feriez mieux de me donner cette part, afin de ne pas vous laisser tenter. Merci bien.

Charles chipa adroitement le gâteau et se faufila sous les bras d'un valet qui portait un plateau de biscuits, manquant d'entrer en collision avec lui avant de disparaître dans le couloir. Audrey le vit offrir la part à Tom, son serviteur au visage sombre. Le jeune homme se força à sourire et accepta le gâteau tandis que Charles lui donnait une bourrade.

Audrey plissa les yeux en étudiant le comportement de Tom. Il y avait quelque chose chez lui, possiblement plus qu'elle ne l'avait soupçonné jusque-là.

La question était : y avait-il lieu de s'alarmer ?

Longtemps après que les invités furent partis et que la demeure des Saint-Laurent eut retrouvé son calme, Audrey prit Jonathan par la main et le guida vers sa chambre.

Il ouvrit la porte et la souleva dans ses bras.

Elle rit et enroula les bras autour de son cou.

— Attention ! Que faites-vous ?

— Ce n'est peut-être pas le seuil officiel, mais j'avais quand même envie de vous porter pour le franchir et aller jusqu'à notre lit.

Ses grandes enjambées les portèrent au lit où il la déposa avec précaution.

— Je ne suis pas fragile, lui rappela-t-elle avant de grimacer. Enfin, généralement pas.

— Je sais, mais vous êtes précieuse à mes yeux et j'ai envie de vous traiter comme tout ce qui est plus important pour moi que ma propre vie.

Audrey pouffa.

— Oh... Si vous vous comportez ainsi quand je serai enceinte...

— Vous le tolèrerez.

Il lui embrassa le bout du nez.

— Parce que je ne serai pas capable de m'empêcher de vous traiter avec le plus d'égards possible.

Audrey l'ignora et s'attaqua aux boutons de son gilet. Il retira maladroitement sa redingote et elle posa les mains sur son pantalon.

— Allongez-vous et laissez-moi savourer ceci, suggéra-t-il.

Le cœur battant, elle s'allongea alors qu'elle retirait ses chaussons et ses bas avant de faire descendre sa robe sur ses hanches. Il remonta le long de ses cuisses en l'embrassant et elle gémit puis ferma les yeux quand il posa la bouche sur son pubis.

L'orgasme qui suivit fut intense et elle poussa un soupir qui débordait de plaisir quand il couvrit son corps du sien et la pénétra. Elle lui retira sa chemise et ses jambes s'enroulèrent autour de sa taille avant de descendre davantage son pantalon alors qu'il la prenait.

— Jonathan, murmura-t-elle.

— Oui ?

Il s'empara des mains de son épouse et les plaqua contre le matelas alors que leurs corps fusionnaient.

— N'arrêtez pas... ce que vous êtes en train de faire avec vos hanches...

Elle gémit alors qu'il effectuait des cercles plus profonds avec les hanches et que croissaient de nouvelles vagues de plaisir.

— À vos ordres.

Il conquit sa bouche, leurs langues dansant férocement l'une contre l'autre. Rapidement, ils jouirent ensemble, partageant le même souffle, et le battement de leurs cœurs devint un martèlement régulier.

— Comment ai-je eu la chance de vous avoir ? demanda Jonathan avec un sourire canaille.

Il fit rouler leurs corps jusqu'à ce qu'ils se retrouvent côte à côte, les membres toujours unis.

Audrey lui caressa la joue du bout des doigts.

— Vous m'avez vue *moi*. Dès notre rencontre, j'ai vu que vous ne regardiez pas une dame, la sœur d'un vicomte ou même de l'argent. Vous n'avez vu qu'une femme.

— C'est vrai, admit-il. La plus belle femme que j'avais jamais vue. Mais c'est devenu encore mieux quand j'ai appris à vous connaître.

Il frôla les lèvres d'Audrey avec ses pouces.

— Et j'ai la sensation que passer le reste de ma vie en tant qu'époux de Madame Société ne sera jamais ennuyeux.

— Je n'espère pas.

Elle lui sourit et l'embrassa à nouveau.

— Je suis un aimant à problèmes, n'est-ce pas ?

— Je ne vous le fais pas dire, en convint-il. Mais cela vaut la peine, ma chère. Cela en vaut absolument la peine.

MERCI BEAUCOUP D'AVOIR LU *UN SECRET REBELLE*. TOURNEZ la page pour découvrir le premier chapitre de *Le Dernier des rebelles*, l'histoire de Charles.

LE DERNIER DES REBELLES

Londres, décembre 1821

Le craquement assourdissant de la glace résonna comme un coup de feu. Il fit piler net Charles Humphrey, septième comte de Lonsdale, qui avait couru sur la Tamise gelée. Devant lui, le crépuscule se déversait sur le paysage gelé, créant des ombres sinistres qui menaient à la silhouette se tenant juste hors de sa portée.

— Arrêtez ! s'écria-t-il.

Il était tant pétri de douleur et de rage que plus rien d'autre n'existait à l'intérieur de lui. Il était une bête dotée d'un seul objectif : tuer l'homme qu'il poursuivait.

Son propre frère.

Mais le bruit de la glace qui se brisait l'entourait à présent de toutes parts, résonnant sur la Tamise. Devant lui, l'homme s'arrêta sur un petit dérapage. Charles l'imita, à l'affût d'autres bruits inquiétants, mais il ne décela pas de fissure évidente à la surface.

— Ne faites pas un pas de plus, mon frère, le prévint l'homme d'une voix ferme et froide.

La rage qui avait été momentanément écartée par la menace de la glace fissurée revint en rugissant. Il serra les poings.

— Frère ? Comment osez-vous m'appeler ainsi ? Vous m'avez *tout* pris. Il n'y avait qu'elle au monde.

La fureur à l'intérieur de lui s'abattit comme un rideau noir sur sa vision. Il n'osa pas fermer les yeux. S'il le faisait, il la verrait, son amour, mourante dans ses bras, et cela l'affaiblirait. À présent, sa colère était sa seule force.

— Vous n'en méritez pas moins. Vous m'avez pris *mon* monde, gronda pratiquement son frère. Vous et votre père avez détruit ma vie.

— Il était votre père aussi, siffla Charles. Il essayait de vous sauver.

— Il m'a abandonné pour me sauver ? Vous êtes dégoûtant.

Charles contrôlait à peine sa fureur.

— Je n'ai jamais eu de problème avec l'homme que je suis, mais vous ? Vous êtes un meurtrier. Si nous dressions la liste des péchés, le vôtre serait en tête de file.

Charles fit un autre pas vers lui.

— Un *meurtrier* ? Comment *osez*-vous...

Crac ! La glace se brisa et son frère poussa un cri quand il plongea dans les profondeurs glaciales en dessous.

— Non !

Charles se précipita vers la main qui émergeait du trou dans la glace. Comme un imbécile, il plongea à son tour dans l'eau.

L'obscurité, la glace et le froid l'enveloppèrent. Il battit des membres quand il aperçut une autre silhouette dans les eaux troubles. Il tendit la main vers lui, effleurant des doigts l'épaule de l'homme, mais le courant était trop fort. Ils allaient mourir. Tous les cauchemars qu'il avait faits depuis l'université devenaient réalité. Cela allait être la fin.

Au moins, il la rejoindrait, sa chère épouse.

Devant lui, l'homme s'étranglait, son visage se contorsionnant alors qu'il inspirait une goulée d'eau.

Il aurait dû savoir que cela se terminerait ainsi. Une mort dans l'obscurité pour tous les deux. Sauf que cette fois, il avait tué son propre frère ainsi que son épouse, parce que le passé refusait de lâcher prise.

Peut-être avait-il été le méchant de cette histoire depuis le début...

CHAPITRE 24

Première règle de la Ligue :

Une maison en guerre contre elle-même ne tient pas debout. Notre amitié non plus. Nous devons nous dresser ensemble. Divisés, nous nous écroulerons.

Extrait de la *Gazette de la Lorgnette*, 11 décembre 1821, rubrique de Madame Société :

La Gazette de la Lorgnette est au regret d'informer son lectorat qu'il n'y aura pas de rubrique de Madame Société cette semaine. Nous savons que les lecteurs comprendront et nous espérons qu'elle nous reviendra dans un futur proche. Nous savons que vous êtes nombreux à avoir écrit à Madame Société à propos du destin de Charles Humphrey, comte de Lonsdale. Nous espérons que Madame Société reviendra avec des nouvelles de ce célibataire.

Chère Madame Société,

. . .

C'EST UNE TRAGÉDIE NATIONALE QUE VOTRE RUBRIQUE AIT ÉTÉ *suspendue maintenant*, puisque c'est avec une grande curiosité et une certaine inquiétude que je vous écris, horrifiée par ce à quoi mon cher mari a assisté hier soir en rentrant à Londres d'une réunion de travail près de Lewis Street. En se promenant dans la rue, mon séduisant mari a croisé une femme échevelée vêtue d'une magnifique robe rouge. Selon mon vaillant époux, elle fuyait. Madame Société, voici le plus déroutant : c'était à lord Lonsdale qu'elle essayait d'échapper !

Cela me fait de la peine de le dire, mais je crois que l'incident avec les cygnes mentionné dans votre colonne n'est pas le seul acte dévoyé de ce rebelle ! En effet, mon cher mari a soutenu que lord Lonsdale était très pressé, en plein milieu de la nuit, à la recherche de cette femme qui s'enfuyait, emboutissant des hommes sérieux et importants tels que mon mari !

Qui plus est, Madame Société, ce n'était pas le plus étrange que mon mari m'ait communiqué ! Une fois que la dame eut disparu et que lord Lonsdale fut déjà parti (sans doute pour rentrer se préparer à ressortir faire des ravages), mon mari se rappelle avoir vu un homme d'apparence dangereuse qui rôdait à la suite de lord Lonsdale d'un air plutôt menaçant. Quelle horreur !

De toute évidence, la seule solution est de caser Lonsdale aussi rapidement que possible ! Madame Société, si vous pouviez effectuer vos miracles habituels, comme avec ses amis et d'autres avant lui, je crois que lord Lonsdale aurait présentement bien besoin de votre aide.

Qui plus est, si vous pouviez également le diriger vers ma ravissante seconde fille... Elle est plutôt douée pour le piano et sa maîtrise de l'aiguille est impeccable. Cela dit, ne mentionnez pas son français, car il est déplorable.

BIEN À VOUS.
Une maman bien née désespérée

CHARLES SE PENCHA EN AVANT SUR SON FAUTEUIL. À DEUX rangées de la scène improvisée, il écoutait chanter Miss Matilda Brower, en essayant d'imaginer un moyen de projeter mystérieusement le pianoforte qui l'accompagnait par la fenêtre la plus proche, l'envoyant s'écraser dans la rue en contrebas.

Alors qu'elle roucoulait les notes d'une mélodie atroce, Charles sentait son cerveau s'atrophier par manque d'une simulation digne de ce nom. Il y avait une douzaine de choses qu'il aurait pu être en train de faire, une douzaine de *femmes* qu'il aurait pu séduire, y compris Mme Forsythe, cette ravissante jeune veuve qui le dévisageait par-dessus son éventail à une rangée derrière lui, à sa gauche.

Il décocha un clin d'œil à la veuve coquine qui s'éventa un peu plus rapidement. Mais c'était tout simplement impossible de se lever et de quitter la pièce, pas alors que Miss Brower continuait d'imiter un chat qu'on étranglerait avec une cornemuse.

Ces maudites soirées musicales !

Il y avait des façons plus faciles et miséricordieuses de tuer quelqu'un que de le forcer à assister à une performance par plusieurs jeunes femmes dont aucune ne possédait le moindre talent. Il resserra les doigts sur le programme de la soirée et réprima un grognement. Il avait besoin de s'échapper, ce qui demanderait une distraction.

À une rangée devant lui, Godric Saint-Laurent, Duc d'Essex, son ami proche, était en train de s'assoupir. Charles ne comprenait absolument pas comment il faisait pour s'endormir avec ces roucoulements aigus.

Doucement, il s'empara de la canne calée contre la chaise à côté de lui. Son propriétaire, Cédric, le vicomte Sheridan, avait le regard dans le vide et ne remarqua pas son absence. Avec un sourire jubilatoire, Charles positionna la canne sous le siège de Godric et lui donna un bon coup.

Son ami bondit de sa chaise comme s'il venait de se faire mordre par une vipère.

— *Par le sang de Dieu* !

Les sons d'étranglement félin moururent abruptement alors que tout le monde se tournait pour le regarder.

— Euh... je veux dire... quelle musique divine !

Le visage écarlate, Godric s'éclaircit la gorge et se rassit en lissant son gilet. Charles ricana dans sa barbe, mais le silence soudain fit qu'on l'entendit. Une flamme dans ses yeux violets, la beauté auburn assise à côté de Godric se tourna pour le fusiller du regard.

— Continuez de la sorte, Charles, et je me ferai une priorité de vous trouver une épouse. Ne serait-ce que pour faire cesser ce genre de comportement.

Émily, l'épouse de Godric, n'émettait jamais de menace qu'elle ne mettait pas à exécution, une prouesse extraordinaire pour une duchesse de dix-neuf ans.

— C'est peu probable, Madame, s'esclaffa-t-il. Si j'arrêtais d'être moi-même, alors vous vous ennuieriez comme des pierres avant deux semaines.

Émily arqua un sourcil défiant puis les feulements horribles reprirent.

Il en avait plus qu'assez ! Au diable les distractions ! Charles ignora les petits cris choqués de ceux qui l'entouraient alors qu'il sortait rapidement de la pièce en décochant un sourire libertin à une Miss Brower toute surprise. Une fois dehors, il s'adossa au mur, les paumes plaquées contre le papier peint en satin bleu.

— Milord ? s'enquit un valet.

Charles lui décocha un regard.

— Allez chercher mon chapeau et mon manteau. Faites amener ma calèche.

Il devait sortir de cette satanée baraque, s'éloigner de toutes ces bêtises telles que les bals et les fêtes. Les distractions sociales qu'il appréciait autrefois perdaient leur attrait au fil des jours. Il eut le souffle coupé quand une vague de panique s'empara de lui. Au cours de l'année passée, il avait vu tous ses amis se marier et commencer à avoir des enfants. Ils tournaient la page, abandonnant leur jeunesse et leur audace.

Ils m'abandonnent.

Avant, la perspective de passer le reste de sa vie seul ne le dérangeait pas. Il avait toujours eu ses chers amis, la Ligue des Rebelles, à ses côtés. Dans le feu de sa jeunesse, il n'avait jamais songé une seule fois qu'il serait le dernier célibataire du groupe. À présent, alors que les mariages et les baptêmes remplissaient ses journées, le rythme de sa vie avait été dramatiquement perturbé. Et une chose était devenue claire comme de l'eau de roche : il était seul.

La douleur creuse de la solitude s'abattit sur ses épaules. Bien entendu, il n'aurait pas pu y faire grand-chose à part trouver une jeune épouse et engendrer des héritiers. Mais Charles avait vu les résultats pour les hommes qui choisissaient mal leurs partenaires, et il avait espéré éviter ce destin.

Il n'avait également jamais fait l'expérience de cette sensation redoutée de perdre la tête par amour. Quasiment du jour au lendemain, celle-ci avait transformé en gentlemen ses amis qui n'avaient été que des rebelles dont on tolérait le comportement à cause de leur fortune ou de leur position sociale. Cette transformation terrifiait Charles, mais l'intriguait tout autant. Il n'avait peut-être pas envie de tomber amoureux, mais il refusait catégoriquement de se marier si ce n'était pas le cas. Mieux valait être un imbécile heureux qui aimait sa femme que le contraire.

Émily pouvait le taquiner autant qu'elle le voulait avec la perspective du mariage, cela n'arriverait pas, pas avec une Londonienne de sa connaissance... et il les connaissait toutes.

Il ferma les yeux pendant un moment, son anxiété se dissipant avant qu'il ne se dirige vers la porte d'entrée et retrouve le valet qui avait récupéré son chapeau et son manteau.

Il quitta la maison et se dirigea vers la calèche qui l'attendait. Normalement, son valet, Tom Linley, l'aurait attendu, mais il lui avait accordé une soirée de libre bien méritée. Vu la relation tendue de Charles avec son propre frère, le garçon était quasiment devenu un membre de la famille au cours des derniers mois. Quelqu'un en qui il avait entièrement confiance. Alors que le fossé entre ses amis et lui ne cessait de s'élargir, Tom devenait rapidement le *seul* en qui il pouvait avoir confiance.

Il ne pouvait s'empêcher de se demander ce que le garçon faisait quand il n'était pas chargé de le suivre comme son ombre. Sa timidité excluait toute possibilité de visiter une maison de passe ou un tripot. Tom avait probablement passé sa journée avec la petite Katherine. Avec sa petite sœur à charge, il passait probablement la majeure partie de son temps libre en sa compagnie.

— Où allons-nous, Milord ? s'enquit le cocher.

Charles regarda les routes verglacées. Il n'y avait qu'un seul endroit où il pourrait s'éclaircir la tête.

— Lewis Street.

Le cocher haussa les sourcils, mais il ne protesta pas. C'était une partie plutôt dangereuse de Londres et la plupart des gens l'évitaient. Des voleurs, des meurtriers et toutes sortes d'hommes mauvais résidaient dans les tunnels sous Lewis Street.

Par le passé, Charles se serait dirigé vers un lieu de plaisir, le reste de ses amis à sa suite, et ils auraient passé la soirée à boire et à faire ripaille en compagnie des plus belles courtisanes de Londres. Mais tout avait changé. Maintenant, ils n'auraient pas pu l'accompagner même s'ils l'avaient voulu. Le désespoir que lui provoquait l'idée d'être abandonné par eux lui noua la gorge. Bien vite, la témérité s'empara de lui. Il savait qu'il n'aurait pas dû se rendre à Lewis Street seul, mais il s'en fichait.

Il se hissa dans la calèche qui se mit en mouvement dès qu'il se fut assis.

Il était tard – vingt-trois heures trente – quand le véhicule s'arrêta sur Lewis Street.

— Dois-je vous attendre, Monsieur ? demanda le cocher.

— Pas près d'un repaire de bandits.

Charles savait que les taudis près des tunnels étaient remplis d'hommes qui n'hésiteraient pas à égorger quelqu'un s'ils pensaient pouvoir en tirer une piécette. Il était certain qu'une fois qu'il aurait fini, il pourrait se rendre quelques rues plus loin et héler une autre calèche pour rentrer.

— Très bien, Monsieur.

Le cocher fit claquer les rênes et les deux chevaux gris pommelés filèrent, le laissant seul.

Il remit son chapeau droit et avec un sourire sombre, il s'enfonça dans l'obscurité de la porte la plus proche. Il toqua du revers des doigts contre le bois ancien et patiné. Un panneau à niveau d'yeux coulissa et un homme costaud doté d'une barbe épaisse et d'yeux durs et sombres le dévisagea de la tête aux pieds. Le panneau se referma et la porte s'ouvrit. Le colosse laissa Charles entrer. Depuis la rue, le bâtiment ressemblait à un petit entrepôt, mais c'était en réalité un portail vers un immense monde souterrain de tunnels menant à des pièces où des hommes pouvaient boxer et parier sans règles et interférences. Même la police craignait de se rendre ici et ils ne le faisaient qu'en force.

Dernièrement, Charles s'y rendait de plus en plus souvent,

l'atmosphère sauvage et le chaos nourrissant en lui quelque chose de sombre qu'il ne parvenait pas à s'expliquer. Toutes les rages, toutes les peurs qui croissaient en lui... Il pouvait les libérer en ce lieu. Puis dans quelques brèves journées, il se sentirait libre.

— Le ring trois est disponible, dit le portier alors qu'ils avançaient plus profondément à travers les tunnels aux parois escarpées.

On disait qu'ils remontaient à l'époque des Tudors. La caverne principale contenait trois grands rings de boxe, dont deux étaient présentement occupés.

Dans le troisième, une grande brute aux poings épais provoquait la foule en appelant un adversaire à venir l'affronter. C'était un homme au cou épais et aux cheveux presque ras. Ses lèvres épaisses témoignaient d'un visage qui subissait des coups depuis des années.

Oui, cet homme lui fournirait du travail pendant toute la nuit.

Charles mit ses mains en coupe autour de sa bouche.

— Hé !

Son cri traversa la foule. L'homme dans le ring s'immobilisa et la foule se tut alors que tous se tournaient vers lui.

— Deux directs et je vous mets K.O., annonça Charles en retirant son chapeau et son manteau, les tendant à un gringalet qui levait vers lui des yeux immenses. Deux pence pour toi si tu me gardes ceci.

Le garçon opina anxieusement et Charles lui tapota l'épaule avant de grimper sur la plateforme du ring.

— Deux directs ? gronda l'homme. C'est pas un peu présomptueux ?

— Absolument, mon vieux.

Charles retroussa les manches de sa chemise blanche propre, dénudant ses avant-bras.

L'homme haussa les épaules.

— Si vous voulez mourir.

— Et les enjeux ? demanda Charles en prenant position.

Il n'avait pas besoin d'argent, mais l'emporter sur ces imbéciles était immensément satisfaisant. Il versait généralement ses gains à une noble cause ou — en de rares occasions — à son médecin qui le rabibochait après les bagarres les plus violentes.

L'autre homme partit d'un rire rude.

— Très bien. Celui qui l'emportera pourra ramener chez lui ce joli bout de mousseline.

Charles fronça les sourcils.

— Pardon ?

L'homme désigna d'un geste brusque du menton une femme qui fut soudainement dévoilée au grand jour par deux hommes qui la traînèrent à l'avant de la foule. Ce n'était pas normal, même ici.

Cette femme portait une robe rouge foncé et avait les plus beaux cheveux blonds qu'il avait jamais vus. Rassemblés en un style grec lâche, ils étaient tressés de rubans. Sa peau laiteuse était abîmée là où elle avait l'air de s'être pris des coups, et elle avait les yeux du bleu le plus pur qu'il avait jamais vu.

En dépit de la robe rouge et des tunnels éclairés au flambeau de ce trou infernal, elle ressemblait à un ange. Un ange terrifié. Elle se débattait, mais son bâillon étouffait ses cris. La rage explosa en Charles qui se tourna vers son adversaire. Son corps palpitait d'une vigueur renouvelée pour ce combat. Il n'aurait rien parié pour remporter une femme consentante, mais pour en secourir une réticente ? Sans hésitation.

— Il y a suffisamment de femmes dans les rues. Il a fallu que vous en preniez une qui n'était pas à vendre ?

La brute hocha la tête.

— C'est mieux de les entendre crier. Je préfère quand elles se débattent.

— J'en ai assez entendu, déclara Charles d'un ton dégoûté. J'allais vous laisser vous en tirer facilement parce que je m'ennuyais, mais maintenant, vous m'avez contrarié.

L'homme le lorgna.

— Ce gentleman maniéré se croit donc capable de me battre ?

Autour d'eux, la foule rugit d'enthousiasme, mais Charles n'y prêta guère attention. Au lieu de cela, il se concentra sur l'homme qui se dressait devant lui, la façon dont il bougeait, la démarche légèrement inégale qui le forçait à préférer sa jambe gauche, probablement à cause d'une vieille blessure. Sa respiration indiquait qu'il n'avait pas pleinement récupéré après son dernier combat. C'était bon à savoir.

Se concentrant entièrement sur le ring, Charles s'abandonna à l'instant. La brute leva les mains et, sans prévenir, plongea vers Charles, projetant vers lui un poing immense. Il préférait en finir rapidement au lieu d'étudier son adversaire. Erreur fatale.

Charles dansa en arrière et évita le coup. Son adversaire trébucha en avant et il lui donna un bon coup de pied aux fesses au passage quand il tituba près de lui. Dans la foule, les hommes l'applaudirent, ce qui ne fit qu'enrager la brute, comme il en avait eu l'intention.

Ils dansèrent, tels une mangouste et un cobra royal, effectuant des cercles dans le sens inverse des aiguilles d'une montre. Charles esquivait soigneusement chaque coup, forçant l'homme à se reposer sur sa jambe blessée, le poussant à se fatiguer alors qu'il titubait encore et encore.

— Vous êtes trop... pleutre... pour me frapper, haleta l'autre en essuyant la sueur dans ses yeux.

Cette fois, quand l'homme l'attaqua, Charles cogna. Fort. Son poing l'atteignit en pleine mâchoire et son adversaire s'écroula comme une pierre, atterrissant lourdement au centre du ring. Il ne bougeait plus, à part pour les faibles mouvements de son dos alors qu'il respirait.

Je n'ai même pas eu besoin d'un deuxième coup, n'est-ce pas ?

Autour du ring, la foule était en délire et Charles la fit s'écarter alors qu'il descendait de la plateforme pour libérer la femme. Les yeux écarquillés, elle respirait fort. En s'approchant, il remarqua qu'elle avait une certaine aura, comme un rêve dont il se souvenait à moitié. Il fusilla du regard les hommes qui la retenaient toujours et ceux-ci écartèrent leurs mains. Il s'était attendu à ce que la femme se précipite sur lui et le couvre de baisers reconnaissants.

Cela n'arriva pas. Au contraire, elle frappa, donnant un coup de genou dans les parties d'un des hommes avant de frapper l'autre à la gorge.

Cet ange savait se battre : un archange sans l'épée enflammée. Il s'apprêtait à applaudir ses efforts quand elle s'en prit alors à lui. Il attrapa son poing de justesse avant qu'il ne l'atteigne et l'attira contre lui, se servant de son propre corps pour l'immobiliser.

— Du calme, ma douce. Je ne vais pas vous faire de mal. Je ne vais laisser personne ici vous faire de mal.

Il se plongea dans ses yeux, se sentant bizarre, comme si ces deux étendues jumelles l'attiraient.

— Je...

Il s'éclaircit la gorge et elle détourna le regard, rompant ce sortilège puissant.

— Je vais vous lâcher, maintenant. Je vous en prie, croyez-moi. Je ne vous veux aucun mal.

Il la lâcha et elle se retira de son étreinte. Mais elle n'alla pas loin à cause du groupe d'hommes qui s'attardaient autour du ring de boxe.

— Je dois partir.

Sa voix était haletante, lui rappelant celle de ces filles durant leur première saison en société, qui en faisaient trop pour donner l'air d'être à leur place. Elle essaya de s'enfuir, mais Charles attrapa une de ses mains.

— Pas par ici. Je vous en prie, laissez-moi jouer au gentleman et vous escorter hors de cet endroit en toute sécurité.

La femme détourna le regard, mais hocha la tête à contre-cœur, lui permettant de la ramener par là où il était entré. Il referma les doigts sur sa main délicate, s'émerveillant de cette sensation fantastique. Tout ceci n'était peut-être simplement dû qu'à l'exaltation d'avoir secouru quelqu'un, il n'avait pas moins l'intention d'en profiter.

Il aperçut le garçon à qui il avait laissé ses affaires et lui fit signe de venir. Il lui donna les deux piécettes promises. Il vit la femme sourire au garçonnet qui détala. Cet ange avait-il un faible pour les enfants ? Il était pareil. Les garçons des tunnels menaient une vie difficile et dangereuse. La moindre petite pièce comptait.

— Savez-vous où se trouve la sortie, Monsieur ? demanda-t-elle alors qu'ils fendaient les foules qui attendaient déjà le match suivant.

— Oui.

Ils avançaient en silence dans le système de tunnels à présent vides, mais il resta en alerte, au cas où la brute avait des amis qui ne croyaient pas au *fair-play*. Toutefois, ce n'était pas facile. Tenir la main de cette femme était déjà trop distrayant.

Enfin, ils atteignirent la pente raide qui les ramènerait à la surface et un vent glacial venu de l'extérieur taquina le nez de Charles. Le gardien tenait toujours son poste près de la porte de Lewis Street. Il l'ouvrit sans un mot et les laissa passer.

Charles cligna des paupières quand ils émergèrent de sous la corniche. À présent, la bruine tombait, froide et glaciale. Avec ce temps, son ange qui n'avait pas de manteau n'irait pas loin sans attraper froid.

— Je vais appeler un fiacre pour vous emmener où vous le désirerez, dit-il en lui offrant son manteau.

Elle le refusa et ce faisant, libéra prestement la main de la sienne. La perte de ce contact le remplit d'un étrange désespoir. Il ne voulait pas qu'elle parte, il voulait... Que voulait-il ? Il la voulait elle, voulait la ramener chez lui, la réchauffer près du feu, explorer les mystères qui pétillaient dans ses yeux.

— Merci de m'avoir secourue, mais je dois vraiment y aller.

Elle passa une main sur ses yeux, ôtant quelques gouttes de ses cils dorés et s'éclipsa.

— Attendez ! cria-t-il en lui courant après dans la rue. Vous devez au moins me dire votre nom.

Il lui décocha son sourire le plus dévastateur, celui qui faisait palpiter n'importe quel cœur féminin à trente mètres à la ronde.

L'expression mélancolique qu'elle lui rendit lui fit l'effet d'un coup de poing au ventre. Elle ne semblait pas être affectée par lui ou, pire encore, peu impressionnée. Elle venait d'échapper à un destin terrifiant, supposait-il, mais ce n'était tout de même pas la réaction à laquelle il s'était attendu.

Elle marqua un temps d'arrêt, la pluie assombrissant la robe rouge qui s'accrochait à sa peau.

— Mon nom...

— Ma récompense pour vous avoir secourue, dit Charles, redoublant d'efforts. Même si je pourrais dire que c'était une récompense en soi.

Il ravala la honte qui croissait en lui. Après tout ce qu'elle avait traversé, elle avait besoin d'un chevalier servant sur un destrier pour la protéger, pas d'un maudit rebelle. Cependant, il fut incapable de s'arrêter. Elle l'avait ensorcelé.

Enfin, elle rompit le silence.

— Lily.

— Lily, répéta-t-il.

Ce prénom était doux, délicat, féminin, un peu comme sa façon de parler.

— Puis-je venir vous rendre visite ? Quand... vous vous serez suffisamment remise de votre aventure, bien sûr.

L'idée de laisser filer cette femme mystérieuse ne lui plaisait pas. Il avait peur que la laisser partir soit la pire erreur de sa vie.

—Je crains que ce ne soit pas une bonne idée, Milord.

— Comment savez-vous que je suis un lord ?

Elle sourit à nouveau.

— Votre adversaire avait raison. Vous êtes un gentleman trop maniéré.

Elle imita l'accent de la brute, tirant un rire à Charles.

—Je suppose que c'est vrai.

Il baissa les yeux vers son gilet brodé d'argent et d'or.

— Mais j'aimerais bien être *votre* gentleman trop maniéré.

Le sourire qu'elle lui adressa, si étrangement doux-amer, lui déchira le cœur. Pendant un moment, il crut qu'elle allait s'enfuir dans la nuit, mais au lieu de cela, elle l'attrapa par les épaules et l'embrassa.

Pendant une seule seconde, il fut surpris, puis il l'agrippa par la taille et prit le contrôle. Ce fut un moment de feu et de lumière, comme un choc électrique dans son système. Passé maître dans l'art de la séduction, il avait basé sa vie à parfaire l'art du baiser, pourtant, il évoquait présentement un garçon maladroit avec sa première vierge. Aussi impossible soit-il, c'était pourtant le cas.

Après un long moment, leurs bouches se séparèrent. Une bruine légère tombait toujours alors que la jeune femme frissonnait contre lui. Il posa son front contre le sien, leurs respirations haletantes parfaitement assorties. Tous ses sens s'embrasèrent alors qu'il luttait afin de graver ce souvenir dans son esprit : le corps de cette femme plaqué contre le sien, le bleu saphir de ses yeux, le velouté de ses lèvres et le bruit de sa respiration.

— Voici votre récompense, dit-elle.

— Je vous en prie, laissez-moi vous escorter jusque chez vous, l'implora-t-il.

S'il la lâchait, Charles craignait qu'elle ne disparaisse, que quelque part, il avait perdu le combat et que ce moment tout entier n'était qu'un rêve alors qu'il était K.O. au sol. Une telle femme ne pouvait pas être réelle.

Elle le repoussa et avec un sursaut de peur, regarda quelque chose derrière lui. Charles se tourna vers les ruelles sombres, les poings levés, prêt à en découdre avec ce qui émergerait des tunnels de Lewis Street pour les prendre en chasse.

Mais il n'y avait rien que l'obscurité et la pluie.

Il se retourna et vit que la rue était vide. Lily avait disparu.

Il leva les yeux vers le ciel, laissant la pluie glacée lui recouvrir le visage. Cela n'avait peut-être été qu'un rêve. Comment un tel moment aurait-il pu être réel ? Il avait trouvé la femme parfaite, mais l'avait perdue dans l'heure.

SI VOUS VOULEZ CONNAÎTRE LA SUITE, PROCUREZ-VOUS LE livre ICI !

www.ingramcontent.com/pod-product-compliance
Lightning Source LLC
Chambersburg PA
CBHW031840310726
48972CB00005B/1342